La tragicomedia de Calisto y Melibea

ラ・セレスティーナ

カリストとメリベアの悲喜劇

Fernando de Rojas

フェルナンド・デ・ロハス

岩根圀和

［訳］

アルファベータブックス

本文中の（1）（2）…と〔〕は訳註である。

ラ・セレスティーナ☆目次

作者からある友人へ

故郷を離れている者は、生まれた土地に是非とも必要な不足している物は何であるかに思いを馳せ、お世話になった同郷の人びとにいささかなりとも恩返しをしたいと考えるものです。分け隔てなく受けた篤《あつ》い恩義に報いるには、それがあるべき義務と私も考え、幾たびも部屋に引き籠もっては頬づえを突き、猟犬のように嗅覚を研ぎ澄まし、鷹のごとくに判断を宙に舞わせて思案の果てに、われらが故郷のあまたの伊達男や惚れ男に供するこの種の物語のないことに思いあたりました。とりわけ貴君においては青春時代に恋の虜となって、紅蓮《ぐれん》の炎から身を護る武器を持たないばかりに恐ろしいまでに苦しみ抜いていたのに思い至るおりしも、ミラノ鍛えの甲冑とまではいかないまでも、カスティーリャの博識なるひとびとの明晰なる知性で鍛え上げた鎧《よろい》を刻み込んだ紙片を発見した次第であります(1)。その入念な出来栄え、見事な技巧、力に溢れた明晰な質の良さ、カスティーリャの言葉にかつて見たことも聞いたこともないほどに洗練された記述、風雅な文体に魅せられて再読、四読、読めば読むほどにますます読む必要に駆られ、そのたびにいっそう魅了され、その手法に新鮮な筆の運びを感じました。主流となる物語も虚構もすべてに優雅であるのみならず、個々の部分においても軽妙に人生観を教え、ほかにも上品な言い回しならびに阿諛追従《あゆついしょう》の徒や怪しげな女どもの手練手管に対する警告が見られました。

作者の署名はないのですが、ある人はファン・デ・メーナだと言うし、別の人はロドリーゴ・コータだと申します[2]。いずれにせよその創作の妙、ならびに優雅な文体のもとに散りばめられた夥しい格言からして記憶に留めるに値する人物であります。大した哲学者でした。この作者が、創作を愛《め》でるよりも非難をもっぱらとする後世の罵詈雑言を怖れて名前を秘めて明らかにしたくなかったのだとすれば、さらなる非才の小生が姓名を記さぬからとて責めないでいただきたい。とりわけて法学の徒である小生が、心から貴重に思っている専門の学業の気晴らしではなく、真面目な作品とは言え専門とはかけ離れ、むしろ法律の勉学をおろそかにしてこの新規の作品にかかずらわったのだと言われるかも知れません。たしかに当たらずと言えども遠からず、当然の報いであります。さらには、級友たちが故郷に戻っている二週間の休暇ではじっくりと書き上げることはできまいと思われましょう。まさにその通り。実際にはもっと時間のかかる苦心をいたしました。せめてもの言い訳に、貴兄はもとよりお読み下さるすべての方々に次の詩編を捧げる次第です。わが荒削りな言の葉がどこから始まるかを知って貰うため、元の作者の部分を分けずにひとつの幕にしておきました。第二幕の「おまえたち云々」の所までとなります。

ではご機嫌よう。

この作品を手がけた作者が作中の過ちを弁護し、自ら反駁して譬える。[3]

沈黙は言葉の稚拙さと
愚昧《ぐまい》を庇《かば》い、かつ覆い隠し、
反して得意となるは不備をあばき
多弁を弄するは意味少なし。
地上に糧を求めるべき蟻が
翼を得て高みへと登り
行方も知らず身を滅ぼす。

続き

身に染まぬ慣れぬ大気を喜び
宙を舞う遙かに猛き猛禽の
恰好の餌食となり、
翼を得たのが仇となった。
異を唱える者たちの無知はともかく、
小生の羽ペンもかくのごとし

ゆくりなくも備わった脆弱な翼が
嵐と遭遇、わが身を破滅へと導く。

続き

蟻は翼を得て歓喜飛翔
小生は言葉を綴る誉れを得
いずれからも生じるは災い。
蟻は食われ、わが羽は切られんとす。
非難中傷、悪評には黙して語らず
妬《ねた》み嫉《そね》みと陰口の弊害
そのすべてを後に残し、
安逸の港を求めてひたすらに櫂を漕ぐ。

続き

わが清らなる目的がこの物語を
いずこへと導くのか、舵取るは誰、
漕ぎ手は何者、アポロン、ディアナ、

あるいは不遜のキューピッド、
知りたくば、物語る話の末か、
初めの梗概に心して求めよ。
読み給え、されば恋する者たちよ、
心楽しき物語に救いの道のあらん。

譬えて

苦き薬を厭《いと》うか、
ないしは飲み下せぬ病人が
美味なる糧に混ぜ込んで
味覚を欺き健康を得るごとく、
わが筆もかくあるべし
明るく楽しい物語を述べ
苦しむ人の耳に当たりよく
楽しく諫めて肩の荷を降ろさせん。

もとに戻って

遅疑逡巡《ちぎしゅんじゅん》のうちにありながらも
初めの作品に結末をつけたが、
目の前の純金に真鍮《しんちゅう》を被せ
薔薇園に毒草の種を撒くがごとし。
願わくば賢き人よ、至らぬ所を補い給え、
愚なる者は怖るるなかれ、
かく素晴らしき物語を
見ざる、言わざる、怒り給うな。

続けてこの物語に結末をつけるに至った理由

サラマンカでこの作品を見つけ
次の次第から結末を続けようと思った。
まずひとつは休暇中であったこと、
第二に、賢明なる人物の筆になること、
最後に恋の愚昧に取り憑かれた
あまたの人々を目にしたことであった。
ここに恋するふたりの成り行きは
女衒《ぜげん》の手管に頼りを求め

不忠の下僕を信じる者に戒めとなろう。

先立つ作品は短いながらも
洗練された布地のごとく
見事な技法と優雅の綾に裏打ちされ
夥しき格言を織り込むと見えた。
思うに、ダイダロスとても(4)
これを越える浮き彫りを成し得ず、
この作品の彫り物を完成させるのは
巧みの業《わざ》を持つコータかメーナのみ。

かくも格調高く威厳に満ちた文章は、
思い起こしてみるに、ローマの言葉にも
トスカーナ、ギリシャ、カスティーリャにも
小生には覚えなく、また見た人もなかった。
どの名言も作者に称賛をもたらし
永遠の記憶に留めぬ詩行とてなし。
われらをあまねく癒《いや》す
聖なる受難にありてイエス・キリスト、

栄光のもとにそを受け止め給え。

愛する者たちが神を敬い、虚しい愛の思念と悪徳を去るようにと戒める

汝、愛する者たちよ、これを手本とせよ、
おまえ達の身を護る精緻な甲冑である。
踏み迷わぬよう手綱を絞れ、
常に神の宮居を訪ねて崇めよ。
心せよ、死せる者、生ける者、
そして己自身も罪によりて
その名を汚す事なかれ。
汝、この世にありながら奥津城《おくつき》に眠る
そを見るはいかばかりの苦悩ぞ。

終わり

かくわれらを捕らえた悪徳を忘れよう。
虚《むな》しき望みに期待を繋ぐなかれ。
茨と槍、鞭と釘にて血を流され

神々しき御顔に唾をはきかけられた
かのお方を畏れよう。
飲み物は胆汁を混ぜた酢
両脇にもったいなくも盗人のあり。
信じ奉った者らと共に
願わくば、われらを伴い給え。

おお、淑女、貴婦人、若者、所帯持ち、
あの者達の生き様をしかと心せよ、
かの成り行きを己が鑑《かがみ》となせ
恋を離れて心を用いよ。
彷徨える盲人《めしい》達よ、いまや目をこらし、
清純の生き方をもって美徳の種を撒き
早駆けに逃げるべし、
キューピッドの黄金の矢とておよばず。

序文

かの偉大なる哲学者ヘラクレイトスは万物は対立、つまり争いによって成ると言う。「万物ハ流転スル」とは永遠に記憶に留めるに値する言葉だと私には思える。(1) 賢者の言葉はすべてに深い意味を孕《はら》んでいるものだが、この言葉も繁れる枝葉を伸ばしていっぱいにふくれ上がって破裂せんばかり、ごく小さな新芽からも賢明なる人間は豊潤な果実を摘み取るのであります。浅学非才の身には、輝かしき知性のゆえに認められたかの人々の言の葉の堅い殻を囓《かじ》るすらおよばぬゆえ、せめて僅少《きんしょう》ながらの理解をもってこのつたなき序文を満たそうと思う次第。かの偉大なる雄弁家にして桂冠詩人フランシスコ・ペトラルカの曰く「争いと反目なくして自然はいかなる物も生み出さなかった。万物の母である」。(2)

さらに曰く、

Sic est enim, et sic esse propemodum universa testantur: rapido stelle obviant firmamento, contraria invicem elementa confligunt, terre tremunt, maria fluctuant, aer quatitur, crepant flamme, bellum immortale venti gerunt, tempora temporibus concertant, secum singula nobiscum omnia.

その意味するところは、「まさに然り、森羅万象がその証明なり。星々は巡り行く天の蒼穹《そうきゅう》で覇《は》を競い、相対立する元素は諍《いさか》いを起こし、大地は震《な》い、海は逆巻き、大気は荒れ狂い、火焔は天を突く、風は撃ち合って止むことを知らず、時と時は争って四つに組み、そのことごとくがわれらを襲う。」夏は酷暑、冬は厳しい寒さで人を苦しめる。これが季節の移り変わりであり、これによってわれわれは身を保ち、これによって成長し生きているのだが、もし常よりも激しい動揺のあるときはすなわち闘っているのであります。地上と同じく天空でも、強大な地震や竜巻、難破や火災、洪水の猛威、怒濤の荒波、恐ろしき雷鳴、去来する雲の流れによって戦いが明らかとなるときのなんと恐ろしきことか。まざまざと見える動きからその原因を探るべく諸学派の論争は海の波にも劣らぬ激しさであります。

　動物の世界にあっても戦わないものはない。魚、獣、鳥、蛇。いずれにあっても食いつ食われつ、ライオンはオオカミを、オオカミは犬を、犬はウサギを追うのであります。炉端の夜話と思し召しがなくば、さらに先を続けましょう。あの強大な象がネズミ一匹に驚いて逃げます。ネズミの気配だけで恐慌を来すのです。蛇の仲間にあってバシリスクは、自然から与えられた猛毒をもって他を支配し、シューと舌を鳴らすだけで驚かせ、近づけば蜘蛛の子を散らして逃げまどい、睨《にら》み殺します。気の荒い爬虫類である蝮《まむし》は、子を孕むときに雌が雄の頭をくわえ込み、いとも優しく噛み砕いて殺し、かくして後、最初に生まれ出る子は母親の胎を食い破り、そこから次々と生まれ出るので母蛇は死にます。これはまさに父親の仇討ちでもありましょう。己の腹わたを食いちぎるものを胎内に宿すほど恐ろしくも苛烈なる諍い、これを越える闘いがありましょうか？　これに劣らぬ自然の戦いが魚にもあると言えます。なぜと申して鳥や獣、その他の多くを大地と空中が育むように、海も様々な魚類を抱えているのは確かだからです。アリストテレス(3)とプリニウス(4)が様々な形の争いに適した特質を持つ「エケネイス」（小判鮫）と言う小さな魚の不思議を記しております。なかでもとりわけて目立つのは、この魚が帆船つまりは荷船に近づくと船足を止めてしまい、どれほど波を切って走っている船も身動きが取れなくなることであります。これについてルカーノがこう述べている。“Non pupim retinens, Euro tendente rudentes, in mediis echeneis aquis”（大洋のただ中で東風《こち》エウロが帆綱を張るにもかかわらず船足が止まるとき、そこには必ずエケネイスがいる。）おお、素晴らしきかな自然界の戦い、満帆に風を受けて走る大船に勝る力が小魚にあるのです！

目を鳥に向けて数々の争いを考察するとき、すべては闘いから生まれると断言できます。鷹や鷲、ハイ鷹などはすべて掠奪で生きております。卑近なトンビにしても人里に舞い降りては若鶏を狙い、親鳥の翼の陰にいる雛鳥に襲いかかるのであります。東方のインド洋に生まれる「ロチョ」と呼ばれる鳥などは聞いたこともない大きさで、人間をひとりならず十人ばかり、そして船をそっくりそのまま乗員もろとも口ばしに乗せて雲間に舞い上がると言われています。かくして気の毒にも水夫達は空中高くに持ち上げられ、羽ばたきの震動で落下して無惨な最期となるのであります。

さて、先に述べたすべてを従える人間世界はどうでありましょうか？　その闘い、敵意、妬み、激昂、衝動、不和を誰がよく説明し得ようか？　装いを変え、建物を壊したり建てたり、このひ弱な人間に生じる様々な心の迷いと変化はどうであろう？　はるか昔から頻繁に起こる論争でありますので、読者がそれぞれの好みに応じて判断を下し、この作品が反目あるいは論争の具となったとしても驚きはいたしません。ある者は冗長に過ぎると言うし、短いと言う者もあれば愉快だ、または暗すぎると言う向きもありました。議論百出に応じての裁断は神のみぞ知る。この作品とても、世にある諸々と相俟って次の格言の旗のもとにあります。「人の世も仔細に眺めれば生まれてより白髪になるまで闘いである。」子供は玩具と、少年は学問と、青年は娯楽と、老年は無数の病気と闘っているのであり、この作品もあらゆる年代の人々と闘うでありましょう。子供は消したり破いたり、少年は読みこなせず、陽気な若者達には不満が残る。ある者は、筋が単純すぎて面白味がないと言って旨味の抜け落ちた骨だけを囓り、肝心の滋養を吸収せずに旅の無聊《ぶりょう》を慰める戯作《げさく》としてしまうでしょう。またある者は、世に知られた警句や諺ばかりを目ざとく見つけて褒め称え、もっと役に立つ肝心の事柄を見過ごしてしまう。しかしいずれも自分の楽しみのためであり、人に話すときには物語を解きほぐして自分なりにまとめ上げ、気の利いた台詞に笑い、学者の格言や警句《けいく》を記憶に留めて別の所で適宜目的に応じて小出しにするのです。この芝居を聞こうと十人が集まれば、[5]通常に起こるがごとく、それぞれにこのような解釈の違いが生じるのであり、これほど様々に理解される所に反目がないなどと言えましょうか?

　印刷業者にしても古典時代からの慣わしだとの結構な口実のもとにそれぞれの幕の初めに短く内容をまとめた梗概、すなわち粗筋を残して自分の印としてきました。[6]悲しみの結末をもって終わるのだから喜劇ではなく悲劇とすべきだと題名に異を唱える者もありました。第一幕の原作者は楽しく始まる前の方を取って表題にしたかったので喜劇と名付けた。この不統一を見て小生は、ふたつの間を取り持って悲喜劇と呼ぶことにしました。

　この争い、不協和音ならびに様々の意見を勘案して、大勢がどちらを向いているかを見極め、大方の希望がこの恋人達の喜びを長引かせる方にあると見ていたのですが、やむに止まれず、本意ならずもしばらくは本業の学問を等閑に付し、気晴らしの時間も返上して第二の作者としてかくも特異なそしてわが手に余る仕事に手を染めた次第。新しい版への誹謗の徒に事欠かぬのは覚悟のうえであります。

ラ・セレスティーナ（カリストとメリベアの悲喜劇）

無軌道の愛欲に溺れ、女を神と呼んで奉る狂おしき若者たちへの戒めに書かれたカリストとメリベアの芝居ないしは悲喜劇、おなじく女衒《ぜげん》や邪《よこしま》にして阿諛追従《あゆついしょう》の下僕《しもべ》たちの手練手管へ警鐘を鳴らすものである。

物語全体の梗概

カリストは聡明にして育ちが良く、姿に優れて才知に恵まれ、中背の貴族であった。汚れひとつ無き格式の高い血筋で世に聞こえて裕福な高家の若い娘、父親プレベリオとその愛妻アリサとのただひとりの世継ぎであるメリベアに恋い焦がれていた。彼女への純真な思いに拉《ひし》がれ、はやり立つ心のカリストの乞いに応じ、邪悪にして狡猾なセレスティーナが介入する運びとなる。傷心にあるカリストの下僕ふたりがセレスティーナの甘言に乗せられて強欲と快楽の針で忠誠心を釣り上げられ、背信の徒となり果てて一味に加わる。かくして恋人たちとそれを操った者たちは悲惨な最期を遂げるに至った。まずその手始めに、逆境の運命は意中のメリベアがカリストの面前に現れる機会を設けた。

この悲喜劇には次の人物が登場する

カリスト	恋する若者
メリベア	プレベリオの娘
プレベリオ	メリベアの父親
アリサ	メリベアの母親
ルクレシア	下女
セレスティーナ	女衒
パルメノ	カリストの下僕
センプロニオ	同
トゥリスタン	同
ソシア	同
クリート	娼婦の客
エリシア	娼婦
アレウサ	娼婦
セントゥーリオ	ならず者

第一幕の梗概

鷹を追って庭園へ入ったカリストがメリベアと遭遇し、愛しい思いにかられて言葉をかけるが手厳しく拒絶され、断腸の思いで苦悶のままに家路をたどる。下僕のセンプロニオに話すと、この男は様々に言葉を尽くした後、老婆セレスティーナを教える。その家にはこの下僕の娼婦エリシアがいた。センプロニオが主人のお使いでセレスティーナの家を訪ねたとき、エリシアは別の情夫クリートとの逢瀬の最中だったのでこの男を隠す。センプロニオがセレスティーナに用件を話す一方でカリストは、今ひとりの下僕パルメノと話す。センプロニオとセレスティーナがカリストの邸へ来るまでこの下僕とのやりとりが続く。パルメノと顔見知りのセレスティーナは、彼の母親にまつわる事柄をいろいろと話して聞かせ、センプロニオに協力して仲良くするよう説得する。

パルメノ、カリスト、メリベア、センプロニオ、セレスティーナ、エリシア、クリート

カリスト：今こそ、メリベア殿、神の偉大さを目に致しました。

メリベア：何のことでしょう、カリスト様？

カリスト：かくも完璧なる美貌をもたらす力を自然に与え、まさにふさわしい場所でもったいなくも拝謁を賜り、わが秘めたる思いの丈を披瀝できるように配慮なされたからです。今のこの時に私が神に捧げる奉仕、忍耐、献身ならびに敬虔なる行いよりも、この恩寵は比べようもなく大きいに違いありません。この世において、これほど栄光に満ちた生身の姿を見た者がほかにありましょうか？　聖なるお姿を享受なさる栄光の聖者たちとて、現在あなたを見つめている私ほどではありますまい。

しかし、おお、残念な！　ここが違うところだ。聖者たちは幸運の頂から落ちる懸念はないのだが、俗界の身の私は、嬉しいながらもそのお姿が見えなくなったときの苦しみに苛《さいな》まれます。

メリベア：それほどのものでございましょうか、カリストさま！

カリスト：そうですとも、たとえ神が天上界の聖者の頭《かしら》に私を置いてくださろうともさほどに嬉しくは思いますまい。

メリベア：それほどまでにおっしゃるなら、もっとふさわしいご褒美をさしあげましょう。

カリスト：ああ、これはまた耳にするのももったいない、嬉しいお言葉を聞くものかな！

メリベア：それどころか、お聞きになれば失望なさいましょう。だって才知あるお方ですから、カリストさま、そのままの意味なら期待もできましょう。ですがただ私のような女の美徳を汚そうがためのお言葉ですから、常軌を逸した大胆さ(1)に見合うだけの手痛いお返しがございますよ。さあ、そばを離れて下さい、恥知らずな！　みだらな恋の喜びに誘い込もうとする人がいるなんて私には耐えられません。

カリスト：ままならぬ手酷い憎しみに打ち拉がれて暗澹たる思いだ。

カリスト：センプロニオ、センプロニオ、センプロニオ！　奴はどこだ？

センプロニオ：ここです、旦那様、馬の世話をしております。

カリスト：いつのまに部屋をでた？

センプロニオ：ハヤブサが地面に下りていましたので止まり木に繋《つな》いでおきました。

カリスト：悪賢い奴め！　そのうちぽっくりと行って、永劫の責め苦にも勝る無限地獄に落ちるがいい。
　さあ、さあ、突っ立ってないで部屋に風を通して寝床を整えろ。

センプロニオ：ただいますぐに、旦那様。

カリスト：窓を閉めて、悲しみには薄闇を、不幸には闇をもたらすようにしてくれ。悲しみの心に光は無用だ。おお、苦しむ者に待たれる死はいとも幸せなり！　おお、医師エラシストラト殿、いまの世にあるなら脈を取ってはいただけぬか？　おお、慈悲深き沈黙よ、プレベリオの胸を掻き立ててくれ(2)。癒される望みのないまま落魄《らくはく》の不運の身をピュラムスと幸薄きティスべのもとへ送ってはくれるな(3)！

センプロニオ：どうしました？

カリスト：あちらへ行っておれ！　話しかけるでない！　さもないと、俺が怒りで死ぬよりもさきに
　この手で貴様を殺すことになるぞ。

センプロニオ：それはどうも、ご機嫌斜めはおひとりでどうぞ。

カリスト：糞食らえ！

センプロニオ：食らうのはそちらさま。おお、参った、突然のご不興ときた！　何があったからとてああ突然に機嫌が変わるものかね？　なおいけないのは正気まで失ってござる。ひとりにしておくか、それともそばへ行くべきか？　放っておくと死にかねない。中へ入ると俺が殺される。よけいなお世話だ、放っておこう。生きる気のない奴はくたばればいいんだ。人生を謳歌している俺が死んでたまるか。もっとも、エリシアに会いたくて生きてるようなもんだけど、危ない橋を渡るのはごめんだ。

　だけど、誰も見てないところで死なれたら俺のせいにされかねないぞ。入るか。だが、入るのはいいが、慰めだの助言はまっぴら。元気になりたくないと言うのはかなりの重病だ。ここはひとつ怒りが収まって機の熟すまで放っておくか。腫れ物を固いうちに斬り開いたらよけいに悪化すると聞いたことがあるからもっと化膿するのを待とう。しばらくひとりにしておこう。つらい心には涙と溜息が特効薬だから痛い奴は泣かせておくに限る。それに俺が目の前にいるとよけい怒りに火がつく。太陽も照り返すといっそう暑い。見る物がなければ目は休まるが、近寄ると目を細める。だから少し待つとしよう。その間に死ぬなら死ねばいい。俺だけが知っているお宝に預かって懐が暖まるかも知れん。人さまの不幸でツキを期待するはよくないがな。

　だが、うっかりと油断はできないぞ。奴が死んだら俺も罰を食らって元も子もなくなる。物知りの言うところじゃ、一緒に泣いてくれる人があるのは大きな慰めだし、腫れ物も身体の中にできると質が悪いらしい。どちらかを選ぶとすれば、ぐずぐずせずに中へ入って一緒に嘆いて慰めてやるのが良策かな。なにしろ医学も医術もなしに治せるものなら、医術と治療を使って手当をすればもっと手っ取り早く治せる理屈だ。

カリスト：センプロニオ。

センプロニオ：旦那様。

カリスト：リュートを持って来てくれ。

センプロニオ：ここにあります、旦那様。

カリスト：わが苦悶にならぶほど世に苦しみのあるものぞ？

センプロニオ：そのリュートは音締めが狂ってますよ。

カリスト：自分が狂っているのに音締めが合わせられるか？　狂った人間に調弦などできるものか。心が理性に従わぬ人間にだぞ？　心に棘《いばら》を抱え込む者にとって安らぎ、戦い、和平、愛、敵意、侮辱、罪、疑惑、すべてその源はひとつではないか？　弾いてくれ、知っている曲で一番悲しいのを頼む。

センプロニオ：タルペイヤに登りネロは眺める
　ローマの燃えるさまを。
老人子供の阿鼻叫喚《あびきょうかん》に
　眉ひとつ動かさず。

カリスト：俺の炎はさらに燃え募り、かの人の慈悲はネロにも劣る。

センプロニオ：（確かだ、ご主人はまともじゃない。）

カリスト：何をぶつぶつ言う、センプロニオ？

センプロニオ：別に何も。
カリスト：大事ない、言ってみろ。
センプロニオ：つまり、町を焼いてたくさんの人を殺した炎より、ひとりの人間を苦しめる炎の方が大きいなどあり得ません、どう言うことです？
カリスト：どう言うことかだと？　教えてやろう。八〇年続く劫火《ごうか》は一日で燃え尽きる炎よりも大きく、ひとつの魂を焼き殺す炎は一〇万の民を焼き尽した大火にも勝る。見せかけと実体、生ける物と写し絵、影と現実に違いがあるように、俺を焼く炎にも違いがある。なるほど俺を焼き尽くす炎が浄罪界の火であるなら、浄罪界を通って聖者の栄光の天国をめざすよりも、むしろ魂を野獣の群れに投げ込め。(4)
センプロニオ：（言った通りだ。こりゃそれ以上だぞ！　狂ってるばかりか異端者だ。）
カリスト：言うときは大きな声で言えといったはずだ？　なんと言った？
センプロニオ：神様はそんなことはお望みにならないってことで、今おっしゃったのは異端の類でありますよ。
カリスト：なぜだ？
センプロニオ：そのお言葉はキリストの教えに反します。
カリスト：それがどうした？
センプロニオ：キリスト教徒でいらっしゃる？
カリスト：俺か？　俺はメリベア教徒だ。メリベアを讃え、メリベアを信じそしてメリベアを愛する。(5)
センプロニオ：（よく言うよ。メリベアが大きすぎてご主人様の胸に収まりきらずに口からほとばしり出てやがる。）（カリストに）よろしいです、どちらの足を引きずっているのかわかりました。治して差し上げましょう。

カリスト：無駄なことを請け合う奴だ。

センプロニオ：むしろ簡単ですとも。治療の手始めはまず患者の痛みを知ることであります。

カリスト：何を言おうと聞く耳持たぬものをどんな診断で治せると言うのだ？

センプロニオ：（ハッ、ハッ、ハッ！　カリストの炎はこれか？　悩みの種はこれか。恋の矢に当たったのは自分だけみたいな顔をしてやがる。おお、至高の神よ、なんと摩訶不思議の神秘であることよ！　恋男を悩乱させる大いなる力を恋に授け給うた！　分別などめったにあるものでない。銛《もり》や槍を撃ち込まれた牛のように飛び跳ね、柵をぶち壊し、はめをはずして止める術もなく軽々と飛び越えて行くのものを、自分ひとりだけは取り残された恋人気取りだ。女のためなら人は父と母から離れよと神は命じた[6]。今じゃそればかりか、このカリストみたいに、神にも神の法にも従う様子がない。でも不思議はないね。だって賢者も聖者も予言者でも恋ゆえに神を忘れたんだからな。）

カリスト：センプロニオ！

センプロニオ：旦那様？

カリスト：そこにいてくれ。

センプロニオ：（調子が変わったぞ。）

カリスト：俺の病をどう見る？

センプロニオ：メリベアさまに惚れておられる。

カリスト：それだけか？
センプロニオ：心がひとつ所に囚われているのはそれだけで充分な災いです。
カリスト：一途《いちず》な思いを知らぬな。
センプロニオ：災いに固執するのを一途とは申しません。私の土地では頑固とか強情とか言います。愛の女神の哲学者であるあなたさまだから好きなようにお呼びなさい。
カリスト：人に教えを垂れる者が偽りを言うのは愚かだ。おまえだってエリシアを褒め称えているではないか。
センプロニオ：取捨選択をしなくてはいけません。
カリスト：お説教か？
センプロニオ：たかが至らぬ女の前に男としての威厳を失っておられる。
カリスト：女だと？　なんと無粋な！　神だ、神と言え！
センプロニオ：そう思われますか、それともお戯《たわむ》れで？
カリスト：なにが戯れなものか？　神と信じ、神として告白し、たとえ俗塵に混じってあろうとも天にもあれほどの崇高さはないと思っている。
センプロニオ：（ハッ、ハッ、ハッ！　聞いたか、なんたる冒涜。見たか、目も見えておらんわい。）
カリスト：なにを笑う？
センプロニオ：ソドムの悪徳に勝る罪作りはないと思っていたものですから、ついおかしくなりました。
カリスト：どういう事だ？

センプロニオ：あの連中は天使と知らずに忌まわしい行為におよぼうとしましたが、あなたは神だと崇めるお人に仕掛けるのですから。
カリスト：なるほど、おもしろい！　考えもしなかった。
センプロニオ：で、どうします、ずっと泣き暮らしますか？
カリスト：そうだ。
センプロニオ：なんでまた？
カリスト：手の届かぬ高嶺の花に恋をしてしまったからだ。
センプロニオ：（おお、意気地なしめ！　なんとも呆れた奴だ！　ニムロデを見ろ、アレキサンダー大王はどうだ！　地上ばかりか天上までも治めると豪語した連中だぞ！(7)）
カリスト：よく聞こえなかった。もう一度言え。その先はそれからだ。
センプロニオ：ニムロデやアレキサンダーよりも肝っ玉の据わったあなたが、女ひとりが手に入らないと嘆いてござると申しました。格式高い身でありながら下賤なラバ追いの胸に飛び込んで荒い息を吐く女は幾らもいるし、獣に身を屈する女だっております。牡牛と契ったパシフェ、野卑な鍛冶職のウルカーノと交わったミネルバの話を聞いたことがおありでしょう(8)？
カリスト：信じられん、たわごとだ。
センプロニオ：おばあさまと猿との一件もたわごとですか？　おじいさまのナイフのひと突きが証拠じゃありませんか。
カリスト：この馬鹿者が！　くだらん事を言う！
センプロニオ：お気に障りましたか？　歴史家の書いた物をお読みなさい。哲学を勉強なさい。詩の書物を開いてごらんなさい。忌まわしい悪徳の手本や、あなたのようにやたらと女を讃える男どもが被った転落の話であふれております。女とぶどう酒は男を背教者にするとソロモンが言ってます。セネカを紐解いてご覧なさい、女のことをなんと言っているか。アリストテレスに耳を傾け、ベルナルドに注目なさい。異教徒、ユダヤ教徒、キリスト教徒そしてイスラム、どれをとってもこの点では意見をひとつにしています。

でもいま申したことやこれから申しあげることをすべてにあてはめるのは間違いです。光り輝く栄冠が遍《あまね》く非難を帳消しにする、貞淑で清廉な天使のごとき女性は幾らもおりましたし実際にいます。ですが、その他の女たちについてはどうでしょう。神妙な見せかけ、駆け引き、移り気、尻軽、うそ涙、心変わり、はったりなしの向こう見ず、空とぼけ、おしゃべり、ごまかし、にわか物忘れ、情が薄くて恩知らず、移り気の速さ、誓うかと思えばすぐに反古にする、騒がせ屋、気取り屋、うぬぼれ屋、可憐なのはうわべだけ、気違い沙汰、冷たいそぶり、思い上がり、早呑み込み、金棒引き、ぺちゃくちゃ屋、無類の甘党、淫蕩《いんとう》にして不潔、恐がり、太い肝っ玉、たぶらかし、目くらまし、あざけり、破廉恥なおしゃべり屋、恥知らず、手練手管の数々はどうですか？

あの大きな薄い被り物の下に何があると思います。あの襟飾り、見事な裾を引く綺麗な衣装の陰で何を考えている事やら。悪臭紛々、鮮やかな聖堂の下は排水溝でありますよ！　こう言われてます、「悪魔の手先、罪の導き手、天国の破壊者」サン・ファンの祝日に「これはその昔、アダムを楽園の喜びから追放した女なり。この女は人を地獄へ送った。預言者エリアスは女を蔑んだ、云々」と祈ったことがおありでしょう？

カリスト：それじゃ、そのアダム、ソロモン、ダビデ、アリストテレス、ウェルギリウスなど、おまえの言う連中はどうして女の前に膝を折ったのだ？　俺はその上を行くのか？
センプロニオ：女にいかれてしまった連中じゃなくて、女を拉《ひし》いだ者たちを見ならってくださいよ。女の手練手管から離れることです。手口をご存知ですか？　女を理解するのは至難の業ですよ。節度も道理も流儀もへったくれもありゃしません。その気があってもまずは手厳しく出ます。穴をめがけてくる男どもを人前でおおぴらにののしる。誘っておいてすげなく扱い、呼んでおいておあずけを食らわし、惚れたらしく見せて憎さげに言い立て、腹を立てるかと思うとすぐに優しくする。どうして欲しいかを察してもらいたいのですよ。なんとも厄介な、腹が立つじゃありませんか！　束の間のお楽しみをおあずけにして、長々と女のご機嫌を取らなくちゃならないとはうっとうしい限りです！
カリスト：だがな、おまえが異をとなえて不都合を言い立てるとますますあの人が好きになる。なんだろうな、これは。
センプロニオ：見るところ、この考えは理性を忘れて自分を律することのできない若者にはあてはまりません。弟子になったこともないのに親方になろうとするとひどい目に会います。
カリスト：おまえになにがわかる？　誰に聞いた？
センプロニオ：誰にですって？　女ですよ、ひとたび羞恥心をかなぐり捨てて正体を現すと、こんなことやほかにもっと様々を男にさらけ出すものです。ですから、相応しい名誉をしっかりと守りなさい。本来よりも毅然と見せることです。生まれを低く見積もるのは、実際より高く見せるよりもはるかに弊害があります。

カリスト：すると、俺はそれほどの者か？
センプロニオ：それほどの者かですと？　まずもってあなたは男だし才知に優れたお方だ、そのうえ自然から最高の資質に恵まれておられる。言うならば、美貌、気品、伸びやかな四肢、活力、身軽な身のこなし。さらには、幸運が富をあなたとふんだんに分けあったので、心の内に秘めた資質と外にある財産とが相俟って輝きを放っております。幸運の手にある現実の財産がなければ人生において誰ひとり幸運とは言えません。しかも星の巡りに照らしてあなたは誰からも愛されています。
カリスト：メリベアは違う。おまえの褒め称えたことごとくにおいて、センプロニオ、比べようもなく、また釣り合いもとれぬほどにメリベアの方が優れている。家系の高貴さと古さをみろ、莫大な財産、素晴らしい知性、燦然たる美徳、崇高なる精神、言葉に尽くせぬ優雅さ、比類なき美貌、これについて少し言わせてくれ、多少なりとも心が安らぐ。俺の言うことは表に見える部分のことだ。秘められた場所のことを話せるならこんな愚にもつかぬ言葉は無用だろうよ。
センプロニオ：（哀れな恋の奴《やっこ》が、こんどはどんな戯言《たわごと》、御託《ごたく》を並べることやら！）
カリスト：なんだ？
センプロニオ：どうぞおっしゃってくださいと申しました。よろこんで拝聴いたしますよ。（さぞかし楽しかろうよ！）
カリスト：なんと言った？
センプロニオ：さぞかし楽しいお話でしょうと申しましたので！

カリスト：じゃ、おまえにも楽しいようにひとつひとつ細かく聞かせてやろう。
センプロニオ：（そう来るか！　こいつは参った、がまんのしどころだぞ！）
カリスト：まず髪の毛から行こうか。アラビア紡ぎの繊細な黄金の房を知っているか？　あれにもまして美しくて輝きも劣らない。踵《かかと》にまで届く長さ。今もそうしているが、櫛にとかして細身のリボンで結い上げるだけで男どもを石に変えてしまう。
センプロニオ：（ロバにでもなりやがれ！）
カリスト：なんだって？
センプロニオ：ロバの堅毛《こわげ》ではかなわぬことだと申しましたのです。
カリスト：馬鹿なことを、なんたる例えだ！
センプロニオ：（おまえさん、気は確かか？）
カリスト：緑の瞳の目は切れ長、長い睫毛、眉はきりりと細く、鼻はほどほど、おちょぼ口に歯並びは小粒で真っ白、唇はふっくらと赤く、顔立ちはやや卵形、胸乳は高く、形のいい小さな胸は言いようもない。あれを見れば男は腑抜けになってしまう。肌は艶やかに滑らか、皮膚の白さは雪をも欺き、頬紅の化粧がほんのりと赤みを射す。
センプロニオ：（どうしようもない馬鹿だ！）
カリスト：ほどよく小さな手はふくよかな肉付き、指は長め、それに合わせて爪は長くて紅色、真珠に混じった紅玉《ルビー》とも見まごうばかり。見ることのかなわぬお身体の釣り合いは、およばずながら外側から判断する限り、パリスが三人の女神から選んだひとりよりも優れている。(9)
センプロニオ：それだけですか？

カリスト：ざっと切り詰めてこれぐらいだ。
センプロニオ：それが全部ほんとうだとしたら、男であるあなたはそれに勝ります。
カリスト：というと？
センプロニオ：なぜなら、女は不完全なものでありますから、その弱点のゆえにあなた様やもっと下賤の者を求めます。哲学者が言ってます。「物質が形を求めるように女は男を求める。」読んだことがおありですか？
カリスト：おお、つらい！　俺とメリベアの間がそうなるのはいつのことだ？
センプロニオ：なりますとも。思いを遂げて今の迷いから醒めた目で見るようになると、愛するほどに憎しみも募るものですが、出来ないことではありません。
カリスト：醒めた目とは？
センプロニオ：曇りのない真実を見る目ですよ。
カリスト：今はどんな目で見ている？
センプロニオ：拡大鏡ですね。わずかな物が大仰に見えて、小さい物も大きく見えます。落胆させるのもなんですから望みを叶えて差し上げましょう。
カリスト：おお、それはありがたい！　実現はすまいが聞くだけでもうれしい！
センプロニオ：なんの、きっとやってみせますとも。
カリスト：だといいがな。きのう着ていた錦糸入りの胴着、あれをやろう、センプロニオ、取っておけ。
センプロニオ：ありがたいことです。（ほかにもいろいろと頼みますよ。手管ならまかせておきな、報酬さえたっぷりいただければ女を寝床にまで運んでやる。滑り出しは順調だ！　まずご褒美の効き目だな。なにしろ戴く物がなけりゃ何事もうまく運ぶもんでない。）
カリスト：ぬかるなよ。
センプロニオ：そちらこそ。主人がのんびりだと家来の働きも鈍ります。
カリスト：どう埒《らち》を明けるつもりだ？
センプロニオ：申しあげましょう。名前をセレスティーナと言って、この街区のはずれに住む髭の濃い婆さんを久しい以前から知ってます。およそどんな悪事にも長けた狡猾でずる賢い魔女なんです。この婆さんの手にかかって処女膜を破ったり繕ったりした数はこの町で五〇〇〇を越えるはずです。こうと思えば堅い岩でも動かしてその気にさせます。
カリスト：話はできるだろうか？
センプロニオ：ここへ連れてきますから手抜かりのないように願います。気前よく鷹揚《おうよう》に振る舞ってくださいよ。呼びに行ってきますから、その間に苦渋のうちを存分に訴えて、手立てを講じてもらえるよう腹づもりをなさい。
カリスト：長くかかるか？
センプロニオ：すぐです。それじゃ。
カリスト：ああ、気をつけてな。
おお、永劫の全能の神よ！　迷える者を導き、そして東方の三博士を星によりてベツレヘムへ連れ来たって後、祖国へ戻し給うた主よ、わが苦悶と悲しみを喜びに変えるべくなにとぞセンプロニオを導き給え。また、およばずながら私に思いを遂げさせ給うよう伏してお願い申します。

セレスティーナ：朗報だよ、吉報だよ！　エリシア、センプロニオが来たよ！　センプロニオのご登場だよ！
エリシア：（シッ、シッ、シッ！）
セレスティーナ：（どうしたい？）
エリシア：（クリートが来てるのよ。）
セレスティーナ：（箒部屋に押し込んでおしまい、はやく！　あんたの従弟で私の身内にあたるのが来てるからと言いな。）
エリシア：（クリート、あそこへ隠れて。たいへん、従弟が来たの！）
クリート：（気を遣わなくてもいい。心配ない。）
センプロニオ：やあ、おっ母さん(10)！　うれしいね、元気そうでなによりだ！
セレスティーナ：あれ、おまえ！　私の王様、すっかり驚いて言葉もでない。もう一度抱かせておくれ。三日もご無沙汰じゃないか？　エリシア、エリシア！　来てごらん！
エリシア：誰なの、おっ母さん？
センプロニオ：センプロニオさまだ。
エリシア：あら、たいへん、びっくり！　何の用かしら？
セレスティーナ：ともかく来てごらんよ。でないと私が抱いちゃうよ。
エリシア：まあ、いやだ、いじわる！　ほんとにもう、あんたなんか瘡《かさ》でもかいて腫れ物で死ねばいい。仇の手でくたばるか、厳しい裁きにかかって非業の最期を遂げるがいいんだ！
センプロニオ：ヒッ、ヒッ、ヒッ！　どうしたんだ、エリシア、ひどくご機嫌な斜めじゃないか？
エリシア：三日も鼻の頭を見せなかったじゃないか。すっかりお見限りで何やってたんだい！　あんただけが頼りのしがない女が嘆いてるのにさ！
センプロニオ：よしやがれ！　離れているからとて惚れた思いを遠ざけ、胸の炎を消し去ると思うか？　俺の行くところ、いつもおまえが身近にいる。繰り言はやめてくれ、俺だって会いたいんだ。そう責め立ててくれるな。ところで上で足音がするな？
エリシア：あれかい？　私の恋人さ。
センプロニオ：だろうな。
エリシア：ほんとうだとも！　あがって確かめてごらんよ。
センプロニオ：そうしよう。
セレスティーナ：およしよ、そんなこと！　この娘《こ》は浮気者で、あんたがご無沙汰だからすっかりお冠《かんむり》でおかしくなっちまってるんだ！　馬鹿なことばっかり言うよ。時間を無駄にせずに、あちらで話をしようじゃないか。
センプロニオ：それで、上にいるのは誰だ？
セレスティーナ：誰だってかい？
センプロニオ：そうよ。
セレスティーナ：修道士さまから預かりものの若い娘。
センプロニオ：どこの修道士だ？

セレスティーナ：それは言えないよ。
センプロニオ：頼むから、おっ母さん、どこの修道士だ？
セレスティーナ：しつこいね。ふとっちょの司祭さま。
センプロニオ：ああ、娘には気の毒だ。荷が勝ちすぎるぜ！
セレスティーナ：なんとかなるものさ。腹に鞍ずれはできやすまい。
センプロニオ：鞍ずれはできないが赤むけはできる。
セレスティーナ：皮肉屋だね！
センプロニオ：俺が皮肉屋とは恐れ入る。その娘に会わせてくれ。
エリシア：まあ、いけすかない！　顔をみたいの？　目玉が飛び出すといい！　ひとりふたりの女じゃ足りないんだね。さあ、見ておいで！　私とはお見限りだよ。
センプロニオ：いや、違うんだ！　怒ったのか？　誰を見たいと言うわけじゃないんだ。おっ母さんに話があるからふたりにしてくれ。
エリシア：あれ、まあ、離れていろだって！　それっきり三年は戻ってこないんだろ！
センプロニオ：おっ母さん、信用してくれ、まじめな話なんだ。ここでぐずぐず話してると大事なふたりの儲け話がふいになる。道々、話すから外套を羽織って一緒に来てくれないか。
セレスティーナ：承知した。エリシア、出かけてくるからね、鍵を締めておくれ。行ってくるよ！
センプロニオ：なあ、おっ母さん、ほかのことはいっさい放りなげて俺の頼むことだけにかまけてくれないか。あれもこれもとなると虻蜂《あぶはち》取らずになるから、ひとつに絞ってもらいたいんだ。前代末聞の話なんだ。あんたを信頼すればこそで、ぜひとも一枚加わってくれないか。

セレスティーナ：神様がおまえに分け与えてくださるにはわけがあって、私みたいに罪深い老婆にも慈悲を施せということさ。いいかい、ためらうことはないよ、おまえと私との固い友情が心を通じ合うには、回りくどい前置きや能書きはいらないからね。これっぽちのことにくだくだしく言葉を弄するのはよして、手っ取り早く本筋をお聞きかせな。

センプロニオ：よしきた。カリストがメリベアに首っ丈で、あんたと俺の助けがいる。俺たちふたりがご入り用なんだ。好機到来、機に乗じてうまくやればたんまりと懐に転がり込む。

セレスティーナ：そうだとも、ぬかりはあるものか。私なんかひと目でそれと分かる。お医者様でも草津の湯でもって言うその手の話は大好きだね。医者ってのはまず腫れ物をつぶしておいてから治りますよと請け合う。私もカリストにその手で行こう。期待が長びけばそれだけ心は苦しむというから、せいぜい焦らせてやろう。心がぐらつくたびにますます確信を植え付けてやるのさ。まあ、まかせておきな！

センプロニオ：邸の前だ、壁に耳あり、もう話はよそう。

セレスティーナ：呼んでごらん。

センプロニオ：トン、トン、トン。

カリスト：パルメノ。

パルメノ：旦那様。

カリスト：あれが聞こえないのか？

パルメノ：とおっしゃいますと？
カリスト：扉を叩いている。早くいけ。
パルメノ：どちらさんで？
センプロニオ：開けて貰いたい、ご婦人をお連れしている。
パルメノ：旦那様、センプロニオが厚化粧のばあさん娼婦を連れて来ています。
カリスト：何を言う、馬鹿者、俺のおばさんだ。早く行って開けてこい。（一難去ってまた一難と来た。愛か忠義かそれとも怖れからか、歯止めをかけようとしたらしいパルメノの不作法のおかげで、俺にとっては神にも等しい婦人の機嫌をそこねてしまった。）
パルメノ：旦那様、その落ち込みようはなにごとです？　なにを思い悩むことがありますか？　私の呼び方があの婦人の耳を汚すとでもお考えですか？　とんでもない。むしろ「カリストは手練の乗り手だ！」と世間で言われた時のあなた様とおなじで大得意ですよ。このほかにもあれやこれやと呼ばれております。女ばかり大勢のいるところで「老いぼれ娼婦！」と言えば、臆面もなくさっと振り向いてにっこりと笑顔を返します。
宴会でも祝宴でも、婚礼、講社の集まり、埋葬式、処かまわず人寄り場所であればどこでもあの婦人が取り仕切ってます。犬の横を通れば吠え声がそう聞こえる。鳥に近寄るともっぱらその名前をさえずる。家畜のそばだと鳴き声がそう言うし、ロバの近くだと「老いぼれ娼婦！」とロバ鳴きする始末。水辺の蛙だって鳴き声は決まってます。鍛冶屋へ行けば金槌がトンテンカン。大工や武具師、鍛冶屋、鍋釜屋、羊毛梳き職人、およそ道具を使う仕事はみんなそう言って音を立てます。靴屋、布梳き職人も歌い、庭園や畑、ぶどう畑や麦刈り仕事の農夫が日がな一日そう歌ってます。

　賭博で負けるとたちまちにセレスティーナを讃える声があがる。セレスティーナのいるところに音のでる物があれば、ことごとくがその名前を鳴らすのです。ああ、その亭主たるやさんざんの寝取られ男でございましたよ！　なにしろ、石が石にぶつかってもたちどころに「老いぼれ娼婦」と音を立てるんですからね。

カリスト：やけに詳しいが知り合いか？

パルメノ：旦那様もそうなります。もうずっと昔のことになりますが、貧乏な女でしたが私の母親が近所に住んでまして、私を召使いに取ってくれるようセレスティーナに頼みました。もっとも、勤めたのは短い期間だったし歳を取って姿も変わったのであちらはそれと気づかないでしょう。

カリスト：どんな用をしてた？

パルメノ：それは、旦那様、市場へ買い物に行って食糧を運んだり、お出かけのお供とか、幼い力に足りる用を果たしてました。でも、仕えていたのは短い間でも、刻まれた幼い記憶は歳を取っても消えません。

　この結構なご婦人は、町はずれの土手淵にある革鞣《かわなめ》し場の近くに、半ば崩れかかった建て付けの悪い、家具も満足にない一軒家を持っております。(11)仕事は六通りあって、ざっと申しますと、裁縫、化粧師、化粧品調合と処女膜縫い合わせ業、女衒《ぜげん》、それと魔法を少しばかり。裁縫はほかの仕事の隠れ蓑で、それを口実に女中奉公の娘たちがたくさんに出入りをしては処女膜を縫い合わせてもらったり、衣服や襟飾りなんか、いろんな物を仕立てにやって来ます。誰もが豚の脂身、小麦、小麦粉あるいはぶどう酒の壺など、ほかにも主人のところからくすねた品物を持ってきます。

なかにはくすねるどころじゃないもっとすごいものもあります。学生たちや修道院の食料係や下働きなんかと友達ですからお手の物。この連中に哀れな女どもの汚れ無き血を売りつけ、元に戻してやると請けあうのをあてにして女どもはちょっとばかり冒険をするわけです。これが嵩じるともっと凄まじいのがあって、女中たちを手なづけて深窓のお嬢様に渡りをつけて思うままに操ってしまうことです。なにしろ、顔を包んだお嬢様方が、畏れ多くも教会へ祈祷に出かける折りや、夜間の行列、深夜ミサ、早朝ミサ、ほかにも秘かに献身を捧げる時を利用してあの家へ忍んでくるのを何人も見ましたよ。その後から裸足の男[12]、悔い改める男、マントに顔を隠したのや著名人などが涙を流しに入っていくんです。まさに千客万来でありますよ！子供の病気は診るし、毛糸を買い集めては糸に紡いで別の家で売り入り込む口実にする。「おばさん、こちらへ」と呼ぶ女もあれば、「おばさん、あちらでお呼びだよ！」と言う者あり、「あら、お婆さん！」、「やっと来てくれた」とみんな顔見知りなんです。みんなから待たれているからミサや夜のお勤めを欠かしたことはなく、修道士や尼僧の修道院へもまめに顔を見せる。そうやって楽しいことをきっちりと取り持ってくれるわけです。

家では香水を調合したり、安息香、芳香剤、芳香髪油、竜涎香《りゅうぜんこう》、麝香《じゃこう》剤、粉末芳香剤、麝香油、麝香もどきなんかのまがい物を造っていました。小部屋には蒸留器、フラスコ、土器やガラス器、銅製、錫製の大小さまざまの容器がいっぱいありました。そこで蒸留加工して昇汞水〔消毒液〕、化粧水、美肌液、携行用乳液、口紅棒、汚れ取り油、艶だし油、肌乳液、皺伸ばし、下塗乳液、洗顔液、化粧落とし乳液などを造っていましたが、他にも蔓バラの根、センナ葉、金魚草の根、牛の胆汁、苦《にが》ぶどうなどで化粧水を造ります。胡椒《こしょう》の木の粉末、ノロ鹿とサギ鳥の骨髄液やそのほかの材料を混ぜ込んだレモン液で革を鞣しておりました。バラ、柑橘類、ジャスミン、クローバー、スイカズラとカーネーションを混ぜ合わせたのをぶどう酒で溶いて芳香水を調合していました。ぶどうの蔓、常磐樫《ときわがし》、苦薄荷《にがはっか》、硝石、明礬《みょうばん》とノコギリ草、ほかにも様々を混ぜ合わせて漂白剤を造ります。

それに塗り薬や軟膏の種類と来たらうんざりするほどです。原料はと言えば雌牛、熊、馬それに駱駝、蛇に野ウサギ、鯨、サギ鳥と石千鳥《いしちどり》、ダマ鹿や山猫に穴熊、リス、ハリネズミ、カワウソ。入浴用品とくればこれは見もので、家の天井に吊した薬草と根菜から奇跡をひねり出します。リンゴ、マンネンロウ、タチアオイ、ホウライシダ、オウガンハギ、柳と芥子の花、ラベンダーとローリエの白花、バラ色イブキ、トラノオとスズノヒエ、野生の花と唐胡麻《とうごま》、黄水仙とハリエニシダ。

顔の手入れに使う香油の数は信じがたいほどで、原料となるのはエゴノキとジャスミン、レモン、果物の種子、スミレ、クスノキ、ピスタチオ、松の実、イナゴ豆、ナツメ、ムギ撫子、ルピナス、レンリ草、インゲン豆、ナデシコ草。鼻の横にある切り傷を隠すのに塗る香油を少しガラス瓶に入れてました(13)。

処女膜ですが、これは血を詰めた魚の浮き袋で造るか縫い合わせます。棚に置いた色塗りの小箱には革細工用の細い針と蝋をかけた絹糸、それに血止めのオトギリ草の根、カイノソウとチャボアザミが吊してありました。これで奇跡を起こしまして、なにしろフランス大使がこの地へ来た時には、自分の所にいる同じ女中を三度も処女として売りつけましたからね。

カリスト：一〇〇回でもできそうだな！

パルメノ：そうですとも！　頼りにやってきたたくさんの孤児や家なし子をただで治してやります。別の部屋には媚薬や惚れ薬も置いてます。鹿の心臓膜、蝮の舌、うずらの骨、ロバの脳みそ、産まれたての仔馬の額の瘤、胎膜と胎盤、磁石、絞首台の縄、蔦の花、ハリネズミの棘、イチイの茎、シダ種子、鷲の巣の小石、その他にも無数の品物があります。

男女を問わず大勢がやってくると、囓りかけのパンが入り用だと言ったり、衣類だの、髪の毛だったり、あるいは手のひらにサフランで赤い文字を書いたり、それが朱色だったり、蝋で作った刺し傷だらけの心臓を持たせたることもあり、土や鉛でこしらえた見るからにおぞましい物もありました。地面に記号を描いて呪文を書いたりもします。この婆さんのやることをとても語り尽くせません。それがことごとくデタラメでまやかしなんです。

カリスト：わかった、パルメノ、続きは今度の機会にしよう。いま聞いただけでたくさんだ、覚えておく。遅きに失するとまずい、すぐ行こう。いいか、ちょうどあそこに本人が来ている。あんまり待たせると悪い。機嫌を損ねるまえに行こう。気がかりだ。心配は考えを鈍くして予想ばかりが働く。よし、行くぞ、のるかそるかだ！

パルメノ、このことで働いてくれているセンプロニオを妬《ねた》んで生涯の重大事に邪魔を入れてくれるなよ。あいつには胴着をやったがおまえには上着をやるからな。あいつの働きに比べておまえの忠告と情報をおろそかにしているとは思ってくれるな。

精神は肉体に優ると承知している。獣は人間よりも体を働かすからこそ飼い葉を与えられ養ってもらえる。しかし人間の友達にはなれない。センプロニオについて言うならそれとおなじ違いだ。ここだけの話、身分は別にしておまえを友人として信頼している。

パルメノ：私の忠義と奉仕を疑って褒美の約束と戒めとは心外です、旦那様。私がいつ妬みました、利益や不満にかられてあなたの不利に働いたことがございますか？

カリスト：そう怒るな、これもきっと、仕えてくれる誰よりもおまえの行いと育ちの良さが目に立つからだ。だが俺の財産と命のかかった難しい場合には用心が肝要だから、念のために言ったのだ。生まれの良さが行動の根本だから、おまえの生まれの良さが行いの良さに反映されると信じたくて言ったまでだ、これぐらいにして出迎えに行こう。

セレスティーナ：（舞台奥で）足音がする。降りてくるらしい。ほれ、センプロニオ、気づかないふりをしな。こちらに都合のいいことをしゃべるからあんたは黙ってるんだよ。

センプロニオ：（舞台奥で）承知した。

セレスティーナ：（舞台奥で）うるさくせっついて困らせるんじゃないよ。荷を積み過ぎると獣にはつらいばかりだからね。自分の身に引き替えてご主人カリスト様の苦しみを感じておあげ。苦悩をひとつにするんだよ。問題を解決しないまま計画倒れにするつもりはない、一連托生の覚悟なんだからね。

カリスト：待て、パルメノ、シッ！　ふたりでなにか話してる。聞き耳を立ててみよう。おお、高貴なる婦人だ！　おお、気高いお心には世俗の財宝などもったいない！　おお、まことに忠義のセンプロニオ！　聞いたか、パルメノ？　どうだ、俺の言うとおりだろ？　わが秘密と助言の溜まり場、わが魂よ、どう思う？

パルメノ：ふと気になったんですが、頂いた信頼にかけて申しますが、いいですか、あれを聞いて有頂天になって目が眩んだりしてはいけませんよ。気を落ち着けてあわてないことです。忠義にみせた欲にだまされて目標をあやまるのはよくあること。私は若輩者ですけど、目だけは肥えてます。頭も目も経験だけはふんだんに積んできました。あなたが階段を下りてくるのを聞きつけて、あいつらはいかにもそれらしくしゃべっているのですよ。そのデタラメに望みを託しておられる。

センプロニオ：（舞台奥で）セレスティーナ、パルメノがよけいなことを言いやがる。

セレスティーナ：（舞台奥で）お黙り、ロバが来るときゃ荷鞍も一緒さ。パルメノはまかせておき、こちらへ取り込んでやる。こちらのやることに片棒を担がせよう。みんなで分けてこそお宝だからね。ごっそりいただいて、山分けして大いに楽しもう。すっかり手なずけてやる。赤子の腕をひねるようなもんさ。今は二人に二人のところを三人とひとりにしてやる。

カリスト：センプロニオか！

センプロニオ：旦那様で？

カリスト：何をしてる、俺の命の鍵だ。おお、パルメノ、開けてやれ、やっとあえた。達者だぞ、生き返る思いだ！

なんと厳かな、なんと尊いお方ではないか？　お身体のすべてから、ご尊顔の陰から心の美しさがうかがえる。美徳の老女殿！　おお、齢《よわい》を重ねた美徳！　おお、わが思いが望みをかける栄光！　おお、わが愉楽の望みの果て！　おお、わが情熱の安らぎ、苦悶の癒し、わが命の復活、生命の活力、死の蘇り！
　おそばによってその巧みの御手に口づけがしたい。しかし卑しいわが身にはもったいない。この場からお御足《みあし》の大地を讃え、敬意を表して大地に口づけを致します。
セレスティーナ：（聞き飽きたね、センプロニオ、使い古されたお世辞を並べ立ててるよ！　敵は本能寺にあり、後の祭りにならないように無駄口はよして金袋を開くようにいいな。鼻薬をケチるとうまく回りゃしない。口は達者でも仕事ははかどらず、おべっかはほどほどにしてテキパキと頼むよ。）
パルメノ：（聞きたくもない！　貧《ひん》すりゃ鈍《どん》するだな。おお、不運に打ち拉がれて目も見えないか！　大地の上に並み居る娼家で鍛えられてきた百戦錬磨の娼婦を崇め奉ってござる。絶望に打ちのめされて倒れ伏している！　取りなしも助言も力添えも役立たずだ。）
カリスト：おばさんはなんと言ってた？　謝礼の約束が聞きたいように見えたが。
センプロニオ：私もそう思いました。
カリスト：一緒に来てくれ。鍵を頼む。懸念を取り払ってやろう。
センプロニオ：それは結構、すぐに参ります。小麦畑に雑草の生えるがまま、友達の心に不審の生まれるままにするのはいけません。すぐに刈り取って綺麗にしませんと。
カリスト：うまいことを言う奴だ。すぐに頼むぞ。
セレスティーナ：おまえをどれほど愛しく思っているか分かってもらえてうれしいよ、パルメノ、それに私にこだわりを感じている理由を知る機会もできたしね。こだわりと言うのは、おまえの言ってることを聞いたからで、わたしゃ気にしてないよ。だって報復の誘惑に耐えよと言うのが美徳の教えだし、悪をもって悪に報いるなとの戒めもあるじゃないか。とりわけ若気の過ちで、俗世にも慣れていないと、カリストに対する今のおまえのように目先の忠義で自分も主人も見失ってしまう。

おまえさんの言うことをしっかりと聞かせてもらった。歳は取っても耳は達者、他の感覚だって衰えてちゃいないからね。目に見る物を耳で聞いて、しかも心の目でしっかりと本質をつかむのさ。しかも鋭い目は物の本質をお見通しだからね。

いいかい、パルメノ、心得事だよ、カリストは恋の病にかかってる。だからといって弱虫ではない、恋は万難を乗り越えて岩をも穿《うが》つ。これも言っておくよ、結論はふたつあってどちらも真実だ。まずひとつは男は女に引かれ、女は男に魅せられる。ふたつめに、まことに愛する者は、万物の創造者による計らいである至福の喜びに惑溺すべきだ。なぜなら人類の家系はこれが無ければ途絶えてしまう。人間のみならず魚も獣も、鳥も、爬虫類も、そして植物の世界でもある種の植物はこの法則に従っている。だからたとえ近くに生えていても、薬草取りや農夫が雄花と雌花の媒介をしてやらなければならない。

どう思うね、パルメノ？　世間知らずのお馬鹿でおめでたい間抜けのお人好し！　ふくれっ面はやめて、世間のことも世俗の楽しみも知らないお人好しのおまえさんがそばへ行っておやり。私を口説こうなんて不埒な気を起こしたら、歳は取っているけどそのままじゃおかないよ。声変わりもして髭も生えてるけど、お腹の突起はおとなしく収めておおき。

パルメノ：サソリの尻尾なみだぜ！
セレスティーナ：もっと悪いね。サソリは刺しても膨らまないけど、おまえのは九ヶ月膨らむからね。
パルメノ：ヒッ、ヒッ、ヒッ！
セレスティーナ：笑ったね、横根病みが。
パルメノ：いや、おっ母さん、責めないでくれ、歳は若いが間抜けとは思ってもらいたくない。俺はカリストさまを慕ってるんだ。なぜって、育ててくれて恵んでもらって、まっとうに人らしく扱ってもらっている。これこそは、どんなことがあろうと主人に寄せる召使いの愛情をつなぎ止める太い絆なんだ。ご主人が愛に迷って、はっきりと見通しもないままいたずらに望みをかけているのはいかにもまずい。しかもろくでなしのセンプロニオがあてもない助言や甘言を吹き込んで難関を乗り切ろうとしているけれど、まるで疥癬《かいせん》を治療するのに鍬で耕すようなものだ。とてものことにがまんできない。こう言うだけで涙が出る。
セレスティーナ：パルメノ、泣いてみたって始まらないことで涙を流すのは賢くないだろ？
パルメノ：だからこそ泣くんだ。泣いて主人に埒《らち》が開くものなら、大きな期待が持てる嬉しさから涙はでるまい。だけどまったく期待できないとなれば嬉しくもないし涙もでる。
セレスティーナ：泣いてみたってどうしようもない、癒しようのないことで涙を流してるよ、パルメノ、誰にもあることじゃないか。
パルメノ：ああ、だけどご主人様には苦しんで欲しくない。
セレスティーナ：大丈夫、苦しむにしても手立てはある。

パルメノ：そうかな。だって善いことは、そうなるかもしれないより実際にそうであるほうがいいし、悪いことは実際にそうであるよりも、これから悪くなるかも知れない方がましじゃないか。だから健康になるよりもいま健康である方がいいに決まってるし、現実に病人であるよりは病気になるかも知れない方がましだ。つまり悪いことは実際に悪であるよりも、悪くなるかも知れない方がましなんだ。

セレスティーナ：いけすかないね、屁理屈をこねるやつだ！ ご主人の病気をなんとも思わないのかい？ いままで何て言ってた？ あんなに嘆いてたくせに。それらしく見せかけて、うわべだけそう思わせて嘘だったのかい。実際に病気なんだよ、回復の見込みはこの老いぼれ婆さんの手にあるんだ。

パルメノ：老いぼれ娼婦の手にな！

セレスティーナ：なにをろくでなしが！ よくも言えたもんだ！

パルメノ：足の裏まで承知だ。

セレスティーナ：おまえなんか、なんだい？

パルメノ：俺か、俺はパルメノ、あんたの仲間アルベルトの御曹司。川岸の革鞣《かわなめ》し場近くの斜面に住んでた頃におふくろが俺をあんたにあずけてしばらく一緒に暮らした。

セレスティーナ：おや、まあ、まあ！ するとあんたはクラウディーナの息子のパルメノかい？

パルメノ：そのとおり！

セレスティーナ：なんだつまらない、お袋さんだって私とおなじ老いぼれ娼婦だった！ ちょっとお待ちよ、パルメノ、そう、あの子だ、たしかにあの子！ もっとこちらへお寄りよ、鞭をたらふく食らわせたし存分にひっぱたいたけれど口づけもたっぷりとしてやった。私の足元でスヤスヤと眠ったのを覚えているかい、坊や？

パルメノ：ああ、しっかりとね。幼い頃、ときどき枕元へ来て俺を抱きしめたな。年寄り臭くて逃げ出したものだった。

セレスティーナ：よしとくれ、臆面もなくそんなこと言うもんじゃないよ！　昔の冗談はともかく、いいかいおまえ、よく聞くんだよ、ある目的があって呼ばれたんだけど、実は別の用件できたんだ。さっきはおまえを知らないふりをしたけれど本当はおまえに用があるんだよ。亡くなったお袋さんとおなじでおまえだってよく承知だろう。親父さんが生前におまえを私に預けたけれど、私の所から逃げ出したものだからあんたの身柄を死ぬほど案じて暮らしていた。晩年には、行方知れずをどれほど心配して気に病んでいたことか。

寿命も尽きると言うときに私を呼んで秘かにあんたを託して言うには、すべての所業と心の証人で魂の奥を見そなわす神様だけが、親父さんと私の間で言い交わしたことをご存知だけれど、あんたを探し出して盛り立ててくれるようにとくれぐれも言い残して言ったんだよ。あんたがいっぱしの大人になって生きる術《すべ》を心得た頃に、あんたの主人のカリストを越える量の金銀の隠し場所をあかしてくれるようにとのことだった。約束に安心してあの世へ旅立ったけれど、誓いは生者よりも動けない死者としっかり守るべきもので、あんたの行方を捜して時間と費用をたっぷり使ってきた。

それでいま、ありがたいことに神様の慈悲のおかげであらゆる努力が報われるときが来て、つい三日ほど前にここに住んでいるのが分かった次第なんだよ。わずかの滞在では友達もできないから、セネカが「巡礼に宿は不自由しないが友情は結べない」と言う通りで、肉親や友人から手を差し伸べられることもなく方々を彷徨い巡り歩いたのだろうと思うと心が痛んでならない。方々を訪ね歩く者に常住の場はなく、食べては吐《もど》す生活では滋養にならず、食べ物がころころ変わるのでは身体にもよくない。どんな薬を試してみても傷が塞がるときはなく、あまり植え替えると木々は弱ってしまう。なにごとにもそれなりの時間がかかる。だから、おまえ、若者の元気もいいけれど年寄りの教えにも耳を傾けなくちゃ。どこかで息抜きをするんだよ。それには両親が信頼していた私の心、気持ち、助言が最適じゃないか。

私の所を逃げ出したときに両親が怒ってたのを思い出すよ。今は仕えるご主人ができたのだから、それについてはいずれ言って聞かせることもあるけれど、実の母親のつもりで言わせてもらうと、それまではせいぜいがまんして奉仕することだ。だけど、近頃のご主人方の気まぐれに信義を求めたりせず、忠義もほどほどにするがいい。

友達を作ること。これは長続きする。友人には意志を堅固に真摯であること。主人の空約束はあてにしないこと。召使いの存在などなんとも思わぬ連中だからね。蛭《ひる》が血を吸うように奉仕などあたりまえ、叱りつけ、忘れ去り、褒美の約束など思い出しもしない。

お邸で朽ち果てる哀しさ！　ソロモン神殿の池について言われているように、一〇〇人のうち癒されるのはひとりだけ(14)。当節の主人方は召使いよりもまずわが身可愛さ、間違ってもその逆はない。召使いもおなじようにすべきじゃないか。恩恵はおろか鷹揚さも気品ある振る舞いもあるものか。それぞれが奴隷のようにこき使い、さもしいことには、召使いを踏みつけにして出費を抑えようとする。あの連中は、たとえ少し控えるにしても、自分の利益だけを考えて生きて行かざるをえないんだ。
こう言うのはほかでもない、パルメノ、人の噂によると、おまえのご主人は相当に手前勝手なお人らしいよ。人を容赦なく使い捨てる。そうとも、ほんとだよ。お邸で友達を作ることだ。この世で最高の財産だからね。主人と友達になろうなんて考えちゃいけないよ。身分違いでうまく行ったためしがない。承知だろうけど、誰にも出世の機会はある、あんたには今がそれなんだ。私の言ったことを肝に銘じておくんだよ。それにセンプロニオと仲良くすると大いに役に立つからね。

パルメノ：武者震いがするよ、セレスティーナ。どうしようか困ってしまう。あんたを母親と思う一方でカリストはご主人様だしな。金は欲しいが分不相応に登りすぎると転落も早い。曲がったことはごめんだ。

セレスティーナ：わたしゃ歓迎だね。曲がってようとまっすぐだろうと戴く物はいただく。

パルメノ：俺はそれじゃ気が休まらない。貧しいながらも楽しくまっとうに生きたい。さらに言うなら、貧しいのは持たざる者じゃなくて高望みをする奴だ。だから、あんたはそう言うけれど俺は信じない。妬みのない人生、荒れ地も荒野も踏み分けて、夢にうなされることもなく、侮辱にはお返しをする、人に暴力を振るったり、嫌々ながらに強制されたりすることのない生活を送りたいんだ。

セレスティーナ：なんと、まあ、分別は老齢にありとはよく言ったものだこと！　まだまだ若いねえ。

パルメノ：貧しくとも平穏なのがなによりだ。

セレスティーナ：マロンのように「富は勇者を助ける」と言いなさいよ。(15) それに財産がありながら友を持たぬ生活を選ぶ者が世にあるだろうか？　あんたもおかげさんで財産を持つようになるとそれを守るのに友人が必要になるんだよ。運が巡ってくればそれだけ不安も募るものだから、ご主人さまの贔屓があれば安泰だと思ってはいけないよ。不運の時こそ友人が頼りになるんだ。いいかえ、知っておくといい、この絆を結ぶには友情の三つの作用、つまり思いやり、利益、それに快楽の集まるところが最適じゃないか？

思いやりを言うなら、センプロニオの気持ちはあんた次第なんだ。あいつとあんたは気性がそっくりだ。利益はふたりが気心を合わせれば手の届くところにある。快楽もおなじで、似た年頃のふたりだからどんな娯楽も思いのまま、老人よりも若者の方が結束は堅い。遊びにしてもおしゃれにしても、ひやかし、飲み食いから恋の建引《たてひき》まで一緒にやれる。ああ、パルメノ、おまえさえその気なら楽しきかな人生だ！　センプロニオはアレウサの従妹のエリシアに首ったけなんだ。

パルメノ：アレウサの？
セレスティーナ：アレウサの。
パルメノ：エリソの娘のアレウサかい？
セレスティーナ：エリソの娘のアレウサ。
パルメノ：ほんとに？
セレスティーナ：ほんと。
パルメノ：そいつはすごい。
セレスティーナ：そう思うかい？

パルメノ：最高だよ。

セレスティーナ：そこで、あんたの幸せを願ってここに福の神がいる。(16)

パルメノ：信じられないね。

セレスティーナ：誰でも信じるのは行き過ぎだけど、誰も信じないのは間違いだよ。

パルメノ：あんたを信じるけど、ふんぎりがつかない。かまわないでくれ。

セレスティーナ：愚かなことを！　病める心には人の親切が耐えられない。馬耳東風、馬の耳にお説教。ああ、情けない！　まさに知性のあるところに財は少なく、財のあるところに分別は少ない。言い得て妙だね。

パルメノ：ああ、セレスティーナ、淫乱とか強欲はたったひとつの手本でも害悪を流すものだから自分のためになる大人と言葉をかわし、自分を良くしてくれる大人と交わるべしと聞いたことがある。センプロニオは良い手本にはならないし、俺もあいつの悪徳を諫める事は出来ない。あんたの言う方へ気持ちは傾いているけど、ひとつ知りたいのは、世間の明るみに出さずにどうやって罪を隠し通すかということなんだ。快楽に負けると人は背徳に走って後ろ指をさされる。

セレスティーナ：埒《らち》もないことを言う。楽しみには何事にも連れがある。尻込みしたり悩んだりは無用、悲しみを離れ快楽を好むのが人の本性だよ。心のとろける楽しみ事には友達がいる。とりわけ恋の手管を数え上げて吹聴するにはね。「こうした」「こうも言った」「こんな粋なやり取りをした」「こう抱き寄せた」「こう口づけをした」「あの子がここを噛んだ」「抱きしめた」「引き寄せた」ああ、なんたる睦言、優雅で、楽しくて、雨霰《あめあられ》の口づけ！「あそこへ行こう」「もう一度行こう！」「音楽をやってくれ」「標語を作ろう、歌おう、槍試合だ、兜の立て飾りはどうしよう、なんと記そうか？」「ミサへ行くぞ」「明日はお出かけだ」「街へ行こう」「手紙がきた」「夜にでかけるぞ！」「梯子を押さえろ」「戸口で待て」「首尾はどうだった？」「ひとりにするな、寝取られるぞ」「もうひと巡り」「あちらへ戻ろう！」こんなことには、パルメノ、仲間がいてこそ楽しいじゃないか。知っていればこそ言えることなんだよ。これが快楽と言うもので、野原のロバだってやってることさ。

パルメノ：快楽を戒めながら助言をするのはやめてくれないか。思うに、理に適った根拠もないのに、毒を甘い皮でくるんだ流派を起こし、情熱に口当たりの良い粉をふりかけて理性の目を眩ましておいて、意志の弱い人間の心を捉えようとしたエピクロス派の連中とやることがおなじじゃないか。

セレスティーナ：理性ってなんだい、あんた？　情熱ってなにさ？　あんたの持ち合わせていない分別がそれを決めるのさ。分別の大きいのが慎重ってやつさ。慎重さには経験がなくてはかなわない。その経験は老人の十八番《おはこ》。人は老人を敬って親と呼ぶ。よき親は子によき助言をもたらす。とりわけ私は自分の命よりも評判よりも大切に思っているあんたにね。このお返しはいつしてくれる？　両親と教師に同等に仕えることは絶対にできないんだよ。

パルメノ：眉唾の助言だな、おっ母さん。

セレスティーナ：気に入らないのかえ？　じゃ、賢者の言葉を教えてやろう。「幾度も叱られてなお頑固《かたくな》な者は、たちまち打ち敗《やぶ》られて助かる見込みなし。(17)」だから、パルメノ、これっきりにしてわたしゃ手を引くよ。

パルメノ：（機嫌をそこねたか。助言も怪しいもんだ。信じないのは間違いで、頭から信じるのは罪だという。人は信頼しなくちゃ。とりわけ愛の成就を無償で保証してくれるこの女なんかはな。人は目上の言うことを信じるべきだと聞いている。この女は俺にどうしろと言うのかな？

センプロニオと仲良くしろってか。神の子たるもの心穏やかなのは幸いなるかな、仲良くするのに文句はない。愛を退けてはいけないし、兄弟には慈悲を、利益を拒む者はまずいない。とすれば、言うことを聞いて喜ばせてやるか。）

（大きな声で）おっ母さん、教師たるもの生徒の無知を怒ってはいけない。でないとほんらい伝わるべき知識が、どこへも伝わらなくなってしまうじゃないか。だからごめんなさいよ、頼みます、あんたの忠告を特別のはからいとして耳に聞いて肝に銘じておきたいんだ。かと言って礼にはおよばない。称賛と感謝は与える側のもので受け取る方じゃないんだ。だからおっしゃるとおりにしますよ。

セレスティーナ：間違いを犯すのは人の常だけどそれに固執するのは獣にも等しい。だから、パルメノ、目から曇りを取り払って認識を新たにし、おまえの父親のすぐれた分別と良識にもどってくれたのが嬉しいよ。あのお人は、いまも記憶に蘇るけど、優しい目に滂沱《ぼうだ》と涙を流しておられるよ。あんたとおなじで、時に頑固なところもあったけど、すぐに正しい道へ戻ったものだった。ウソ偽りのないところ、先ほどまで言い張っていたのを捨てて正道を選んだ様子を見ると目の前に親父さんの姿が彷彿と浮かぶ気がする。ああ、それはもう素晴らしい申し分のないお人だった！　顔に威厳があった！　もうよそう、カリストとおまえさんの新しい友人センプロニオがやって来る。あいつと仲良くするお膳立てをしてあげよう。ふたりが心をひとつにして向かえば守るも攻めるも怖い物なしだ。

カリスト：わが身の不運を思うと生きてお目にかかれないかと心配していた。だが望み通りご尊顔を拝することができた。このささやかな贈り物に私の命を添えて受け取っていただきたい。
セレスティーナ：黄金も顔色を失うほどに見事な巧みの細工ですこと。深い感謝の気持ちと惜しみない寛大なお心を表して余りがございます。このいち早い贈り物は必ずや効果を倍増いたしましょう。と申しますのも贈り物が遅くなると約束を悔やんで反古になすったかと思うものでございます。
パルメノ：（何をやった、センプロニオ？）
センプロニオ：（金貨で一〇〇枚。）
パルメノ：（ヒッ、ヒッ、ヒッ！）
センプロニオ：（おっ母さんと話したのか？）
パルメノ：（シッ、もちろん。）
センプロニオ：（それで、どうする？）
パルメノ：（どうするかな。驚いたけど。）
センプロニオ：（じゃ、黙ってろ。その倍も驚かせてやるからな。）
パルメノ：（なんと！　獅子身中の虫ほどやっかいなものはないぞ。）
カリスト：それでは、おばさん、まずお宅へ戻って顔を見せて、それからここへ来てもらいたい。では、後ほど。
セレスティーナ：ごきげんよう。
カリスト：あんたも。

第二幕の梗概

セレスティーナがカリスト邸から自宅へ戻ったあと、カリストは召使いのセンプロニオと話す。この召使いを多少ともあてにしているのでどれほどせっついてもあきたりない。センプロニオをセレスティーナのもとへやって首尾を急がせることにする。あとに残ったカリストとパルメノが話す。

カリスト、パルメノ、センプロニオ

カリスト：おまえたち、あの婦人に金貨一〇〇枚を差し上げたがよかったか？

センプロニオ：それはようございました！　命が繋がるばかりか名誉も高めてくれます。世の中で最大の財産である名誉の役に立つのでなければなんのためのお金ですか？　名誉は美徳の褒美にして報酬であります。それを神に捧げるのは、与えるほど素晴らしい行為はないからであり、寛大で鷹揚な心こそ名誉の大部分をなすのであります。財宝を惜しんで与えるのをケチると名誉を陰らせ、寛大な気前の良さは名誉を得てそれを高めます。役に立たぬものをもっていたとて何になりましょう。

言わせてもらうなら、まさにお金を貯め込むよりは使う方がよろしいのです。与えるのは素晴らしい！　受けるのは何と惨めなことか！　抱え込んでいるよりも行動に移す方がすぐれているように、受けるよりも与える人こそ高貴であります。

　四元素のなかで火はもっとも行動的であるがゆえにいっそう気高く、地上で最も高貴なる位置をしめております。高貴さとは先祖の評価と家名の古さに由来するひとつの称賛であると言う者もあります。でも私が思うに、自らが光るのであってよそからの光で輝くのではありません。ですから、素晴らしいお人であった父上の輝きをありがたがるのではなく、ご自分で輝きなさい。人が身にまとう最善の財産である名誉をそうやって獲得するのです。そのためには悪人じゃだめです。あなたのように善良な人物こそ完璧な美徳を持つに相応しいのです。

　でも、さらに申しますなら、完璧な美徳と言えどもしかるべき名誉を受けるに相応しいとは限りません。ですから気前よく寛大であることで良しとなさい。私の助言を入れて部屋へ戻って休んでください。今度の件をあのような婦人の手に任せてしまわれたのですから、初め良ければすべてよし、しっかりと見極めてくださいよ。

　すぐに行ってきます。この件についてもっとじっくりと話すことがあります。

カリスト：俺がおまえとここに残って、センプロニオ、病の手当を求めてあの婦人をひとりで行かせるのはいい考えとは思えない。あの婦人の才覚に俺の健康がかかっているし、先延ばしにされるとつらい。忘れられたりするとなお絶望的だから、おまえが一緒に行ってせっついてくれるのがいいだろう。おまえは頭がいいし忠義なのは承知だ、いい召使いを持ったと思っている。そうしてくれ。おまえがついてくるとなれば、俺の苦しみと身を焼く炎を察してくれるじゃないか。激しい炎が舌を縛り感覚をしびれさせて病状の三分の一も伝えることができなかった。おまえはそんな熱情に捕らわれていないから自由に話せるだろう。

センプロニオ：旦那様、仰せの通りに致しましょう。心痛を和らげて差し上げたい思いでいっぱいです。ご心配は痛いほどに分かりますし、寂しいお気持ちもお察しいたします。仰せの通り婆さんの所へ参って急がせましょう。

はて、困りましたね、おひとりにしておくと、正気を失ってたわごとをまき散らし、ため息をつき、嘆いて悲しみに浸り、暗闇を好んで孤独を求め、新たな悩みを求めて苦しみに沈み込むのでしょう。そのままでいると死ぬの狂うのと果てしがございますまい。気晴らしをしたり、冗談を言ったり、陽気な唄や物語を歌って聞かせ、お伽《とぎ》をし、言葉遊びをしたり、小話を聞かせたり、カードをやったり、チェスの相手をしたり、つまるところ恋の馴れ初めにあの方から受けた連れない仕打ちに浸り込まないように心楽しい数々の楽しみをなさるべきです。

カリスト：なにをとぼけたことを言う。原因に涙すれば苦痛も和らぐと知らないか？　熱い思いを嘆くのは悲しむ者にとってどれほど心に甘いものか。涙ながらの苦悶の声がどれほど苦痛を和らげて軽くするかおまえには分かるまい。慰めの手本を記した人びとはこぞってそう言っている。

センプロニオ：ページを繰ってその先を読んでご覧なさい。儚《はかな》きものに信を置いていたずらに悲しみの種を求めるのは狂気に等しいと言っておりますよ。それにあの恋人たちの崇拝の的マシアス(1)にしても、忘れられないがゆえに忘却に苦情を述べてます。恋人にひたすら思いを馳せるのは苦しみであり、忘れることに安らぎがあるのです。

傷口をつつくのはおよしなさい。陽気に気楽さを装えば実際にそうなります。自由に羽ばたく想像は幾度となく物事を望みのところへ導くものですが、これは真実を黙らせるためではなく悲しみを抑えて理性を司るためなのです。

カリスト：俺をひとりにするのをそれほど心配してくれるのだったら、友達のセンプロニオ、パルメノを呼んでくれ。あいつがいてくれる。これまで通り忠義につくしてくれよ。召使いの働きに応じて主人の褒美もある。

パルメノ：お呼びでしょうか。

カリスト：いたのか、気づかなかった。センプロニオ、おまえはあの婦人から離れるな。しっかり頼むぞ、気をつけて行け。

パルメノ、おまえは今日のことをどう思う？　俺の苦痛は大きく、メリベアは高嶺の花、セレスティーナがこの一件の知恵袋にして指南役だ。間違いは許されない。おまえはあの婦人のことを嫌いながらも認めていた。それを信じよう。真実の力は偉大だから敵の言葉でも味方につけてしまう。あの婦人がそれだけの人物ならば、ほかの女なら金貨五枚のところを一〇〇枚でも出そうと思う。

パルメノ：（もう涙か？　まるでお通夜だな！　それだけの金を飯代に回してもらいたいね！）

カリスト：おまえの考えが聞きたい、パルメノ、腹蔵のないところを言ってくれ。

応える時にうつむくな。だが妬みとはさもしいもので舌を持たない悲しさ、俺を怖れるよりも妬み心の方がおまえにつきまとっているらしい。どうした、怒ったのか？

パルメノ：気前よくなさるなら、旦那様、私の知ってるあの女よりも、この家の者やメリベアさんへの奉仕にお金を遣いなさい。あいつに取り込まれるのは最悪ですよ。

カリスト：取り込まれるとはなんだ？

パルメノ：だって、秘密を打ち明けるのは鼻先を掴まれることになります。

カリスト：（まんざら馬鹿でもないな！）（大きな声で）だがいいか、頼む者が頼まれる者に従わねばならいとか頼まれる者の身分が高かったり、俺とあの方の場合のようにそれが女性であれば特別な敬意を払わなければならん。請う者と請われる者の間に大きな隔たりがあるときは、二度と言葉を交わせそうにないあちらの耳へ、間に立って手ずから言葉を伝えてくれる仲立ちが必要になる。だからこれでよかったのかどうか言ってくれ。

パルメノ：（悪魔に聞け！）

カリスト：なんと言った？

パルメノ：過ちはいつも仲間を連れてくる。災いは扉を開いて災いを呼び込むと申しました。

カリスト：それはそうだが、おまえがなぜそう言うのか分からん。

パルメノ：旦那様、つまり先日、逃げた鷹を追ったのがメリベア様の庭園へ入るきっかけでした[2]。中へ入ったのが言葉をかわすきっかけとなり、それが馴れ初めとなりました。恋が苦痛を生み、苦痛が肉体と魂の健康をそこね、財産を失う原因となりましょう。何よりも気がかりなのは三度も女衒《ぜげん》の廉《かど》で仕置きを受けたあのやり手婆の手に落ちることです。

カリスト：何とでも言うがいい、パルメノ、俺には楽しいだけだ！　おまえが悪く言うだけますますよく思えてくる。俺の願いを果たして四度目の仕置きを受けるがいいんだ。苦しみのないおまえは呑気なものだ、パルメノ、俺の痛みを知らないからな。

パルメノ：心を奪われたときに寛大さをなくしておられますから、あとで悔やんで、なぜあの時に助言をしなかったと叱られるより、機嫌をそこねたと怒鳴られる方がありがたいです。

カリスト：（こいつめ、棒を食らわせてやろうか！）（大きな声で）おい、けしからん奴だ、俺の崇拝するお方をなぜそう悪く言う？　おまえに名誉の何がわかる？　言ってみろ、恋とは何だ？

　自分に思慮分別があるように言うが、育ちの良さとはいったいなんだ？　愚者の始まりは自分を賢いと思うことにあると知らないか？　俺の苦痛を感じるなら、キューピッドの非情の矢に射られて燃え立つ傷口を露の滴で洗ってくれようものを、おまえはセンプロニオが足で稼いで運んでくれる手当をむなしい多言を弄して事も無げに退けるだけではないか。忠義面をして阿諛追従《あゆついしょう》の塊、悪意の器、妬みの巣くう館そのものだ。ああでもない、こうでもないと老婆をおとしめて俺の恋心に水を差す。

　いいか、寄せては返すこの苦悶の波は理性ではどうにもならず、戒めや忠告には貸す耳を持たぬと承知でありながら、もし無理やりに引き離そうとすれば内臓までも引きずり出さずにはおかぬだろう。センプロニオはおまえを残して行くのを気にしていた。俺はかまわないと思ったが、おまえがいてあいつのいないのがつらい。いらぬ道連れならひとりのほうがましだ。

パルメノ：旦那様、忠義とはもろいもので、懲らしめを恐れて追従へと変わります。苦悶や悲嘆に捕らわれてまっとうな判断を失っている主人を前にしてはなおさらです。やがては目を塞ぐ覆いが取れ、炎の収まるときが来ます。腫瘍に栄養を与え、炎を掻き立て、恋心を募らせ、火を燃えたたせ、燃えるべき薪をくべ、ついには墓場に運ぶことになるセンプロニオの甘い言葉よりも、耳ざわりな私の諫言の方が頑固な腫れ物を潰すには効果があるとお分かりになりますよ。
カリスト：黙れ、やめろ、虚《うつ》け者！　苦しんでいるのにご託をならべやがる。もうたくさんだ。馬を曳け。よく手入れをしてくれ。腹帯もしっかりしめろよ。神とも崇める思い人の邸あたりへ行ってみる。
パルメノ：（舞台奥で）おおい、誰か！　若い者はいなのか？　俺がやるしかないか。轡《くつわ》取りよりもひどい役目じゃないか。やれやれだ！　本当を言うと嫌われる…、嘶《いなな》き召さるか、馬殿！　盛りのついたのがひとりじゃ不足か、それともメリベアにご執心か？
カリスト：馬を曳いたか？　何をしている、パルメノ？
パルメノ：できてます、旦那様、ソシアの姿が見あたりません。
カリスト：あぶみを抑えろ。扉をもっと開いてくれ。センプロニオがあの婦人を連れてきたらすぐに戻る、待つように伝えろ。
パルメノ：二度と戻ってくるな！　地獄へ堕ちやがれ！　ああいう馬鹿どもは適当にあしらってやるとご機嫌斜めとくる！　踵《かかと》に穴をあけると、間違いなく頭よりもたくさん脳味噌が出てくるだろうよ。なにしろ俺の睨んだところでは、セレスティーナとセンプロニオがたっぷりと稼ぎを引き出すつもりらしい。
ああ、参ったなあ！　忠義ゆえにひどく言われる。悪巧みで稼ぐ奴もあるのに、俺はお人好しで損をする。世の中こうしたものか。人並みにやってるつもりなんだけど、裏切り者を賢者に仕立て、忠実な人間を馬鹿呼ばわりだものなあ。十二年の六倍もある歳のセレスティーナを信用すればカリストは満足なんだろう。

ともかくこれは今後の戒めだな。食事だというなら俺もお相伴しよう。家を崩すならそれもよかろう。家を燃やすなら火を取ってこよう。壊して、潰して、傷つけて、女衒どもに金をやれ、こちらも分け前が入る。なにしろこう言うじゃないか、「漁師は河へ獲物を返す。」尻尾を振って殴られるのはごめんだ！

第三幕の梗概

センプロニオがセレスティーナの家へ行って段取りの遅いのに苦情を言う。ふたりはカリストとメリベアの一件をどう処理すべきか思案する。エリシアが来合わせる。セレスティーナはプレベリオの家へ向かう。センプロニオとエリシアが家に残る(1)。

センプロニオ、セレスティーナ、エリシア

センプロニオ：（髭女め、のんびりしてやがる！　足取りに少しも急ぐ様子がない！　金さえもらえばあとは野となれか。）（大きな声で）やあ、セレスティーナおばさん。随分とゆっくりじゃないか。

セレスティーナ：何の用だい、あんた？

センプロニオ：われらのご病人様が待ちきれなくて、しびれを切らしてやたらとせっつくんだ。おろそかになってないか心配している。財布のひもを気前よく解かなかったんで礼金が少なかったかと後悔してるよ。

セレスティーナ：惚れた弱みに待つ身のつらさ、イライラと気が急《せ》いて少しでも遅いとご機嫌が悪い。

想いを早く成就させたくて、すぐにも結果へ飛びつこうとするものさ。どんな囮《おとり》にも後先考えずに無闇と飛びかかって行って、本人はもとより仕えてくれる者もおかまいなしに罠に落としてしまうんだ。

センプロニオ：仕える者はどうなる？　あんたの理屈じゃ、今度の件の災いが俺たちにもおよんで、カリストからの飛び火で焼かれるわけか？（まっぴらごめんだ！　最初からこの調子でつまずくんじゃ暇乞いをするか。給金は損になるけど命あっての物種《ものだね》だ。(2)　家が倒れるときと同じで、そのまえに兆候が現れるから、機会を逃がすとまずい。）

（大きな声で）もしよかったら、おっ母さん、まず自分の身を危険から守ろうじゃないか。何をやるにせよ首尾よく行けばめっけもの、だめなら来年、それがだめなら白紙に戻す。初めはがまんできなくても、時が和らげて耐えやすくしてくれる。どれほどひどい痛みの潰瘍《かいよう》でも長い間には苦痛がゆるみ、どんなうれしい喜びも時が経てば色あせるものだ。悪と善、繁栄と逆境、栄光と苦難、ことごとくが時と共に当初の活力を失っていく。だから、素晴らしい事柄も待ちわびたこともすぐに忘却の彼方へと過ぎ去ってしまう。日ごとに新しい出来事を目に見て、耳に聞き、後ろへと通過していく。時が弱め、ただの偶然へと変えてしまうんだ。

たとえば「地震が起きた」とか「河が凍った」「盲人の眼が開いた」「あんたの親父さんが亡くなったよ」「雷が落ちた」「明日は日食だ」「橋が流された」「誰それがもう司祭様」「ペドロが強盗にあった」「イネスが首をくくった」など、その類いの事件を聞いてもさほどびっくりするわけでもない。こんなものたかだか三日ばかりのことで、次に会ったときにまだ驚いてる奴はいないいじゃないか。すべてこうしたもの、なにごともこんな風にして忘れ去られて後ろへ残されていく。
だからご主人様の恋だってそうなるさ。懸命に先へ進めばそれだけくたびれもうけ。慣れてくれば苦痛は和らぎ、喜びは楽しみを失い、驚きは薄れる。丁々発止とやっている間はもうけさせてもらおう。安全なところで手をうてるならしっかりと治療してやろう。それが無理ならメリベアのすげない仕打ちを少しずつ身に浸みさせてやるんだ。召使いが危ない橋を渡るより主人が苦しめばいいいんだ。
セレスティーナ：うまいことを言う、その通りだ。気に入ったね、抜かりはないさ。だけどおまえ、優秀な弁護士は何か理由をでっちあげたり、でたらめの法的措置をこしらえて仕事を難しく見せないといけないよ。判事からお叱りをうけても裁判所へお百度を踏むんだ。依頼人から見たときに楽に報酬を稼いでいると思わせないためさ。そうすれば顧客が増えてセレスティーナさまには恋愛問題の依頼が殺到するって寸法だ。
センプロニオ：好きにやってくれ。これが初めての仕事じゃあるまいし。
セレスティーナ：初めてだってかい？　およそこの町で店を張っている娼婦で私が最初に切っ掛けをつけてやらなかった女はいないよ。女の子が生まれると帳面につけておいて網から何人漏れたか掴んでるんだ。
どう思うね、センプロニオ？　霞を食って生きているとでもお思いかえ？　ほかに財産があるわけでなし。家屋敷やぶどう園があるならともかく、この仕事のおかげで飲み食いして服や靴も調達して、ほかに実入りはないんだ。誰もが承知の通りこの町に生まれて、ここで育って、堂々とまっとうに暮らしてきた。私の名前と住まいを知らない者がいるかえ？　そんな奴はよそ者だよ。
センプロニオ：ところで、おっ母さん、金を取りにカリストと二階へ上がっている間に、同僚のパルメノと何を話してたんだ？
セレスティーナ：夢の謎解きをしてやった。主人におべっかをつかってるよりこちらの味方に入った方が儲かることや、料簡《りょうけん》を変えないといつまでも軽く見られて生きることになるし、それにしたたかな老犬にごまかしは効かないってことも教えてやった。私の仕事を蔑《さげす》まないようにあいつの母親が誰かを思い出させて、私のことを悪く言おうとするとまず自分の母親につまづくってことをね。
センプロニオ：古くからの知り合いか？
セレスティーナ：このセレスティーナさまが生まれるのに立ち会ったし、育てるのにも手を貸してやった。あいつの母親と私とは骨肉の間柄でね、この仕事の要《かなめ》をすっかり教わってきた。同じ釜の飯を食って、同じ布団に寝て、喜びも楽しみも、考えも意見もひとつにしてきた仲なんだ。家でも外でも実の姉妹みたいだった。たとえ一文の儲けでも分け合った。私の方が長生きする運命でなかったらこんなつらい人生にならなかったろうに。ああ、先に死んでしまった！　心楽しい仲間を奪い、慰めを奪って行く惨い死神！　成熟した木を一本切り取るついでに未熟な木を千本刈り取っていく。
あの人が生きてた頃は、どこへ行くのも一緒だった。忠実な友、良き同僚だったあの人に平安を！　いつもふたりでいて、私だけで何かをすることはなかった。私がパンだとあの人は肉を持って来た。私が食卓を出すとあの人は布を広げた。今時の女みたいに、お馬鹿でも傲慢でも自惚れ屋でもなかった。酒壺を手に外套を着ずに町はずれまで行っても、その道中で「クラウディーナさん」と呼ばれこそすれ、ひどい言葉はひとつもなかった。(3)

他の誰よりもぶどう酒やどんな盗品にも詳しかったのは確かだね。まだ市場に着かないだろうと思ってるともう二度目のお出かけなんだ。みんなから好かれて方々からお声がかかって八回、十回の利き酒はあたりまえ、いつも酒壺に一升、身体に一升を入れてご帰宅さ。だから銀の器をかたに二升や三升はいつでもつけにしてくれたもんだよ。絶対に支払いをたがえることはなかったからどこの酒屋でも上得意。

街を行くと喉の渇いた所でどこでも目についた酒屋へ入ってまず五合をひっかけて喉を湿らせる。かぶり物をかたに取るでなし、飲んだ量を印につけてつけにしてそのまま店を出てそれっきり、酔って件のごとしさ。今のあの倅《せがれ》がそうだったら、きっとあんたのご主人は文無しになってこちらはほくほく。ともかく私の目の黒いあいだは手の内に入れてしっかり繋いでおくさ。

センプロニオ：信用ならない奴ですよ、いいんですか？

セレスティーナ：裏切り者ひとりにはふたりでやるさ。アレウサをあてがってやろう、そうすりゃこちらのものだ。カリストの金貨が安全に網を打てる場所を教えてくれる。

センプロニオ：メリベアを物にできるんだね。脈はあるのかい？

セレスティーナ：最初の手当だけで傷の治りがわかる外科医はいない。私の診断《みたて》を言うと、メリベアは美人、カリストはいかれているが気前はいい。金に糸目はつけないし、こちらも努力をおしまない。金は天下の回りもの、訴訟は出来るだけ引き延ばせ！　すべてこの世は金次第、岩をも砕けば、河の水も干上がる。黄金を積んだロバは高いお山もひとまたぎ。あの度を越した熱の入れようじゃわれを忘れてこちらは儲かる。そう睨んで、そう見越している。男と女のことは承知だ、うまく利用しない手はない。

それじゃ、これからプレベリオの家へ行ってくる。メリベアがどれほど気丈にせよ、まかり間違っても私が初めて遅れを取ることにはなるまいよ。むずむず来たらこちらのもの、鞍をいちど背中に乗せてしまえばあとはせっせと励むものさ。勝ち戦さは女のもの、たとえ討ち死にしようとも疲れは見せない。夜間に出歩くようになると朝日を嫌う。夜明けを告げる鶏を憎み、急がせる時計を退ける。占星術師を気取って六連星《スバル》や北極星を求め、明けの明星が顔を出す頃にはすっかりしょげ返り、夜明けの輝きは心を暗くする。(4) この道ばかりは厭う者もいない。うんざりし覚えもなければ、ご覧の通りの年寄りだけどおかげで今でも気持ちだけはある。ましてや炎も立てずに燃える女たちときたらなおさらじゃないか。最初の抱擁で夢中になり、口説いてきた男を口説き、苦しみゆえに苦しんで、主人だった女が恋の奴隷となり、権限を無くして命令され、壁を毀《こぼ》ち窓を破り、仮病をつかう。扉のきしみに油を流して音を殺す。愛する人の最初の口づけであの甘い気持ちが女たちにどう働くかは言うまでもあるまい。ほどほどなんてありゃしない。極端にまで突っ走るものなのさ。

センプロニオ：そこのところがよく飲み込めない、おっ母さん。

セレスティーナ：つまり女ってのは、愛してくれる人に首っ丈になるか、あるいは嫌い通すかのどちらかなんだ。だから愛を告白する相手を拒むと、歯止めが効かなくなって際限なく嫌うことになる。それを承知だから、メリベアが手の内にあるならあの家へ行くのは気が軽いのだよ。今はこちらからお願いするけれど、ついには向こうから頼んでくるのが分かっているからね。初めは居丈高に怒っても最後にはこちらへお世辞を使うようになる。
　面識のない家へ初めて入れてもらう時の口実にするいつもの小物のほかに少しばかり糸束やなんかを小袋に入れてある。襟飾り、髪被り網、リボン、縁飾り、髪挟み、眉墨、白粉それに昇汞水《しょうこうすい》から針と止めピンまで入ってるから準備は万端、細工は流々仕上げをご覧じろ。お呼びのかかる所、餌を撒いておいていきなり懐に飛び込むんだ。

センプロニオ：おっ母さん、気をつけないといけないよ。出だしでつまづくと成果は望めないからね。あの父親はおそろしく気位が高くて男気があって、母親は猜疑心が強くて気丈夫ときてる。あんたもそう思うだろ。メリベアはひとり娘。これを取られると何にも無くなる。そう考えると身体が震える。虻蜂《あぶはち》取らずにならないように頼むよ。

セレスティーナ：虻蜂だってかい？

センプロニオ：羽根を貼りつけられるとなお悪い(5)。

セレスティーナ：余計なお世話だ、まかせておきな！　セレスティーナさまに仕事の指南ときたかい！　おまえさんの生まれたころからこの道で食ってるんだ。虫の知らせだの蜂の頭だのと、とんだ言い種《ぐさ》だよ！

センプロニオ：俺が心配するのを驚いちゃいけない。欲張ると目先の見えなくなるのが人の常だからね。ましてや今回は、あんたと俺がひどい目に遭うのが心配だ。儲けたいんだ。この仕事でがっぽりといきたいじゃないか。主人の悩み解消がどうのこうのじゃなくて、懐を暖めたい。だから百戦錬磨のあんたはともかく、経験不足から生じる不都合を俺は気にしてるんだ。

エリシア：まあ、驚いた、センプロニオじゃないの！　珍しいことがあるもんだこと！　今日は二度目じゃない。何かあったの？

セレスティーナ：お黙り、構うんじゃないよ。ほかに考え事があるんだから。家は空いてるかい？　院長さまを待ってた娘は帰った？

エリシア：あとからもうひとり来たけどそれも帰った。

セレスティーナ：そうかい。無駄足にはならなかったかい？

エリシア：それは大丈夫。来るのは遅れたけど、捨てる神あれば拾う何とかよ。

セレスティーナ：じゃ、急いで二階の東部屋から蝮《まむし》油の瓶を持ってきておくれ。この前、雨が降った暗い晩に処刑場から取ってきた首くくりの縄の切れ端で縛ってある。それから堅糸を入れてある柩を開くと右手にコウモリの血で書いた紙があるからそれも頼むよ。昨日、爪を抜いておいた吸血コウモリの翼の下にあるはずだ。言っとくけど、おまじないに貰った五月《さつき》の露をこぼすんじゃないよ。

エリシア：おっ母さん、見あたらないよ。いつもしまったところを忘れるんだから。

セレスティーナ：これも歳のせいだからうるさく言わないでおくれ、エリシア。センプロニオもいることだし、お手柔らかに頼むよ。あんたの大好きな男だろうけど、私を女としてよりも相談役として好いてくれているんだからそう怒りなさんな。

　膏薬と黒猫の皮を置いてある部屋にあるはずだ。雌狼の目玉をしまっておくように頼んだ部屋だよ。雄山羊の血とおまえが切り取った髭も少しばかり頼むよ。

エリシア：はい、おっ母さん、これでいいかしら。センプロニオを上へ連れて行くわよ。

セレスティーナ：哀れなるプルトン、地獄の奈落の王者、邪悪なる宮廷の皇帝、堕天使の支配者、エトナの火山が吐き出す硫黄の炎火《えんか》を司る者、罪人の魂の苦悶と責め苦の総帥にして監視役、ティシフォン、メゲラそしてアレトの三つの怒りを取り仕切る者、エスティジとディテの湖と地獄の暗黒ならびに無秩序の混沌を含めた王国のすべての邪悪を統《す》べる者、瞠目すべき脅威のヒドラの一群と共に怪物ハルピアの飛翔する翼を抑える者に物申す。御身《おんみ》のもっとも知られたお得意であるセレスティーナが、夜の鳥の血を以て記された赤い文字の効能と力にかけ、かつはここに記された名前と印の重みと、この油に溶け、糸束に塗った蝮の猛毒にかけて依り頼みて願うものなり。速やかにわが意志に従い来たりてこの糸に宿り、ただちに力を現し給い、メリベアが機会を得てこれを買い求め、それにより心を絡め取られ、見るほどに心をわが願いへ向けて和らげ、カリストの熾烈なる思いに哀れを覚えて心を開き、而《しこう》して慎みを振り捨て、わが元に従順となり、わが訪《おとな》いと言伝《ことづて》に歓喜するように取り計らい給え。しかるのち、われは御身の意のまま、命じるところに従うものなり。すみやかになし給わざれば、われを大いなる敵となすであろう。悲しみの暗黒の獄舎を光もて打ち破り、御身の数々の偽りを厳しく糾弾するであろう。おぞましき御身の名を熾烈なる言葉をもって責め立てるであろう。繰り返しここに願いあげ奉る。わが大いなる力を依り頼み、すでに御身の宿り給うと信じるこの糸束を手にかなたへ向かうものなり。

第四幕の梗概

セレスティーナが独り言を言いながらプレベリオ家の玄関へ来る。そこでプレベリオの下女ルクレシアと出会う。これに話しかける。メリベアの母親アリサが気づき、セレスティーナだと分かって家に招じ入れる。アリサへ伝言が届き、出かける。家にはセレスティーナとメリベアだけとなる。訪問の理由を明かす。

ルクレシア、セレスティーナ、アリサ、メリベア

セレスティーナ：ひとりになって考えるとセンプロニオの心配にも一理あると思えてくる。こう言ったことは、時にはいい結果をもたらすこともあるけれど、充分に算段を整えておかないと、とんでもないしくじりをやらかすものだ。知恵の樹はいい実をつける。あいつを煙に巻いてやったけど、この一件がメリベアの側にばれたら命がけになるかも知れない。命はとらないまでも毛布上《ケットあ》げかひどい鞭打ちを食らうことになるだろう。(1) この金貨一〇〇枚が仇となる。

さあて、どうしたものか！　頼まれてやる気を出したばっかりに命を危険にさらすはめとなった。抜けるのもままならず、このまま進めば身の危険だし、進退窮まった。行くべきか戻

るべきか、ここが思案のしどころか！　どちらが害が少ないかわからない！　恐れずに行けば命があぶない。臆病風に吹かれると評判を落として恥をさらす。鋤《すき》を引けない牛の行く末は見えているじゃないか？　どの道を取っても深山幽谷の谷間が控えている。盗みで捕まったぐらいで殺されることはあるまいし、三角帽子をまぬがれて釈放もあり得る。

　行かなければセンプロニオはなんと言う？　策略と骨折り、熱意と献身、知恵と才覚、こんなことはみんな私の腕の見せ所だったはずなのにとなじるだろう。主人のカリストはどうだろう？　なんと言う？　別の算段があると思うだろう。私腹を肥やす悪徳弁護士のように、こちらの手の内を相手にさらけだしておいてさらなる利益を得るつもりだと勘ぐるかも知れない。あるいはそんな姑息な考えを抱かないまでも、狂ったように叫び、面と向かって怒りをぶつけてくるかな。いとも簡単に方針を変えたと不満を言い立てるだろう。

「このおいぼれ娼婦め、いたずらに約束をして俺の恋心を燃え上がらせただけか。だましたな。世間では評判のおまえが俺には口先だけか。みんなのためには駆けずり回るおまえが俺には空約束か？　みんなには手段を講じるくせに俺には苦しみだけ。みんなには骨を折ってやるのに俺にはなしか。みんなには光をもたらして俺には暗闇か。このくたばりぞこないの裏切り者、なんで請けあった？　そう言うから俺は期待した。期待したから命が延びた。命を保ち、気持ちも軽くなった。しかるに成果が無いとあれば、おまえもただでは済まぬが、俺には悲しい失望があるばかりだ。」

　あちらを立てればこちらが立たずに共倒れ。人は追いつめられると最も安全な方へ身を寄せるのが分別と言うもの。カリストを怒らせるよりはプレベリオの名誉に手をかけるほうがましだ。このまま行こう。臆病者の恥を被るよりは、約束を大胆に果たしたうえで気に病む方がいい。労すれば報いも得られる。

もう玄関だ。もっとやっかいなことが待ち受けているかも知れない。勇気をお出し、セレスティーナ！　くじけるな、理を分けて訴えれば罪の軽減もある。予兆なんかの判断はとんと苦手だけれど、前触れはすべてに吉とでている。出くわした男四人のうち三人までが名前をファン、しかもそのうちのふたりは寝取られ亭主。外へ出て最初に耳に入ったのが恋の噂。いつもならつまずくところを今日は一度もなかった。石も脇へよけて道を開けてくれる、裾はまとわりつかないし歩いても疲れない。みんなが挨拶をしてくれる。犬は吠えかからないし黒い鳥も見なかった。なによりも素晴らしいことにルクレシアがメリベア家の表口にいるじゃないか。エリシアの従妹だものこちらの味方だ。

ルクレシア：お年寄りが急ぎ足にくるけど誰かしら？

セレスティーナ：この家に平安のありますように。

ルクレシア：ようこそ、セレスティーナ。この界隈へ来るのは珍しいことね？

セレスティーナ：そりゃ、あんたたちの顔を見たいからだよ。エリシアからの言づけを頼まれてきたよ。それにあんたのご主人とお嬢様にもお目にかかりたくてね。別の街へ移ってからすっかりご無沙汰してしまって。

ルクレシア：それだけにわざわざ家を出てきたの？　驚いた、いつにないことだし、用もなしに家を出るお人じゃないもの。

セレスティーナ：人の望みを叶えるほどの用はないじゃないか？　それに年寄りになるといろいろと雑用があってね。とくに私なんかは、よそ様のお嬢様を美しくしてさしあげないといけないから、糸を少しばかり持ってきたよ。

ルクレシア：そうだと思った。転んでもただ起きる人じゃないものね。奥様は布を織って、糸が入り用だから売れるわよ。入ってここで待ってて。いい商いになりますよ。

アリサ：誰とお話しだい、ルクレシア？

ルクレシア：土手淵の革鞣《かわなめ》し場に住んでいた、顔に切り傷のあのお婆さんでございます、奥様。

アリサ：なおさら分からないね。そんな知らない人のことを言われても困るじゃないか。

ルクレシア：なにをおっしゃいます、奥様！　知らない人のないお婆さんですよ。修道院長に若い娘を売りつけたり、何組もの夫婦仲を引き裂いたりして、魔女の嫌疑でさらし者にされたあのお婆さんじゃないですか。

アリサ：お仕事はなんなの？　多分、それを聞いた方がわかりやすいでしょう。

ルクレシア：香水の調合、昇汞水《しょうこうすい》の製造、そのほかいろいろと三十ばかり。薬草の知識が深くて、子供の病気を治したり、薬石の知恵者と呼ぶ者もあります。

アリサ：そう言われてもまったく分からないねえ。知っているなら名前をおっしゃい。

ルクレシア：知っているならですって、奥様？　子供から大人まで町中で知らない者はないのですから、私の知らないはずがございません。

アリサ：じゃ、どうして言わないの？

ルクレシア：気が引けます！
アリサ：さっさとお言い。ぐずぐずして怒らせるんじゃないよ。
ルクレシア：はばかりながら、セレスティーナでございます。
アリサ：ハッハッハッ！　お婆さんのことを煙たがって名前を言いづらそうにしていたのはとんだお笑い草だね。思い出しましたよ。お馬鹿さんだねえ、もうたくさん！　何か用があるのでしょう。あがっておもらい。
ルクレシア：どうぞ、おばさん。
セレスティーナ：奥様、あなた様とお嬢さまに神の恵みがございますように。お伺いしなければなりませんのに、体調を悪くいたしまして足が遠のいておりました。清い心の内、誠の愛を神様はご存じでありまして、住まいが離れておりましても親しく思う気持ちに変わりはございません。かねがねそう願っておりましたのですが、こうして必要にかられて出て参りました。出費のかさむことがあって手元が不如意となりまして、肩掛けにうってつけの糸を少しばかり商うしかないのでございます。
お宅の女中さんから、糸を求めておいでだと聞きました。ささやかな品物ではございますが、よろしければご覧になっていただければ幸いでございます。
アリサ：お婆さん、あなたのお言葉に心が痛むし、申し出にはとても感謝します。糸は別としても何とか力になってあげたいと思います。よく言って下さいました。ちゃんとした糸なら充分に支払いましょう。

セレスティーナ：ちゃんとしたですって、奥様？　私の老いた命とその保証に立ってくれる老人の命にかけてまっとうですとも。髪の毛のように細くて質がそろっておりまして、リュートの弦《いと》のように丈夫、雪の塊のように真っ白、全部この指で紡ぎだしたのを枷《かせ》に巻き取ってまっすぐに延ばしたものでございます。この束をご覧下さい。ありがたいことに昨日は一オンスにつき金貨三枚で売れました。

アリサ：メリベア、クレメスさんへ嫁いだ妹を訪ねるのが遅くなってしまいそうだから、おまえがこのお婆さんのお相手をしてあげてちょうだい。昨日から会ってないし、それに小姓が呼びに来てここしばらく病状が悪くなったそうなの。

セレスティーナ：（もうひとり病に陥れようと悪魔が機会を狙ってこのあたりを徘徊してるよ。さあ、良き友よ、しっかり頼むよ。いまこそ好機到来、逃がすんじゃないよ、獲物の所へ連れて行っておくれ！）

アリサ：何かおっしゃった？

セレスティーナ：悪い時に、奥様、お妹さんの病が募って商いがふいになりそうなものですから悪魔と私の罪に呪いあれと申しましたのです。どこがお悪いのでございます？

アリサ：使いの者の話では脇腹に痛みがあるそうなんだけど、命にさわらないかと心配でね。(2)　どうかお願いですから、あなたからも神様に回復をお祈りしてやってくださいな。

セレスティーナ：ここを出たら、奥様、私の信頼しているお坊さまたちの修道院へ必ず立ち寄って、おっしゃるとおりにお祈りを頼んでおきましょう。それに加えて、朝食前には数珠を四回くってお祈りを唱えますでございます。

アリサ：じゃあ、メリベア、糸の代金をくれぐれもはずんでおあげ。ごめんなさい、お婆さん、またいつかゆっくりとおいでなさい。
セレスティーナ：なにをおっしゃいます、奥様、ごめんなさいなどとめっそうもない。お嬢さまがいらっしゃるのですからよろしゅうございますとも。気品にあふれる若い花盛りを堪能なさって、ますます楽しみと喜びを享受なさるお年頃でございます。
なんと申しましても、年寄などは病気の館、愚痴の宿、不平屋、絶え間ない嘆き、ふさがらない潰瘍《かいよう》、過ぎし昔の恥さらし、現在の苦悶、将来を思い煩い、死と隣り合わせ、雨漏りだらけのボロ屋根、すぐに曲がってしまう柳の杖でございますよ。
メリベア：世間では亀の甲より年の功と喜ぶのにおばさんはなぜそんなに悪く言うの？
セレスティーナ：生きている証となりますから人は災難を望んだり、苦労を喜んだりするものです。人生は甘やか、そして生きていれば歳を取ります。だから子供は若者になりたがるし、若者は老《ふ》けたがる。老人は苦労があってもなお歳を取りたがるのはすべて将来のためですよ。「腫れ物できてもにわとり元気」と言うとおり。(3) でもお嬢さま、考えてもごらんなさいまし、節々は痛む、故障は起きる、身体は怠《だる》い、気が塞ぐ、病持ち、暑さ寒さが身にこたえる、不満たらたら、喧嘩口論、悩みは増える、顔に皺、髪の毛は色あせる、耳は遠くなるし目に隈が出来て視野はかすむ、口は落ちくぼんで歯が抜ける、力が衰えて歩くのもままならず、食べるにも時間がかかる、とこう来たらどうですか？
ああ、お嬢さま、これに貧乏神がくっついて来るとしたら、稼ぎに追いつく貧乏でほかの苦労なんか物の数じゃありませんよ。ひもじさほどうんざりな物はございません。

メリベア：人は誰も自分の身に引き寄せて物をいうものだから、お金持ちにはまた別の言い分があるでしょう。

セレスティーナ：ぬかるみの道も三里までですよ、お嬢さま。阿諛追従《あゆついしょう》の煉瓦を積み上げて目から隠されてはいますが、巧妙な水路があるのでお金持ちには財産と幸運と安穏が流れ込みます。神様と仲良くできるのはお金持ち。恐れられるよりも蔑まれているほうが安全です。汗水たらして稼いだ物を懸命に守り、いずれは涙ながらに手放すことになるよりも貧乏人の方がのんびりと眠れます。

私の友達はうわべだけじゃございませんが、お金持ちの友人は見せかけばかり。私は人柄で好かれますが、お金持ちは財産で好かれます。本当のことは耳に入らず、口にするのは耳に快いお世辞ばかり、みんな妬《ねた》んでいるのです。本音を言えば、そこそこの身分か実直な貧乏人の方が気楽だと言わない金持ちはまずおりますまい。

財産は人を金持ちにするどころか煩《わずら》いを増やすばかり。主人にするどころか金に仕える執事に変えてしまいます。財産を持たない人こそが持てる人なんです。財産は多くに死をもたらし、すべてから喜びを奪い、これほど良俗に反するものはないのです。

「金持ちの男たちが眠っていた。目覚めると手になにもなかった」と言うのを聞いたことがおありでしょう？　お金持ちにはいずれも息子や孫が十二人ほどもいるものですが、連中がいつも神に祈願して祈るのは他でもない、この世から早く連れ去り給えと言うこと。父親を早く地下に葬って財産を手に入れる時を待ちわび、終《つい》の住処には金をかけずにおくことなんです。

メリベア：そうだとしたら、おばさん、これまでの歳月が悔やまれるでしょう。初めに戻りたくはないですか？

セレスティーナ：一日の難儀に腹を立ててもとの場所へもどって出直そうとする旅人がいたら正気じゃありません。たとえ難儀はしても進んだ分だけいっそう目的地に近づくのですから、先にある旅程よりも歩き終わった方に値打ちがあります。疲れ切った旅人に旅籠《はたご》ほど嬉しく素晴らしいものはありません。ですから若い頃がどれほど楽しくともまっとうな年寄りならそこへ戻ろうとは思わない。失った物ばかりをありがたがるのは分別に欠けた愚かな人間でございます。

メリベア：せめて長生きするためにでも戻りたいのが道理でしょ。

セレスティーナ：「親羊も子羊も死ぬのはおなじ」でございますよ、お嬢さま。老人に余命一年とは限らないし、若者が今日死なないとも限りません。ですからあなた様に利があるとは申せませんよ。

メリベア：あなたの言うことには驚きます。お言葉を聞いていると別の時代を見てきた人みたいね。どうなの、おばさん、あなたはセレスティーナと言って、河っぷちの革鞣し場に住んでたお人じゃなくって？

セレスティーナ：つい先頃までは、お嬢様。

メリベア：老《ふ》けたわね。歳月人を待たずとはよく言ったもの。よろしくね。その顔の印がなければ分からないところだった。さぞお美しかったのでしょうね。すっかり変わって別人みたい。

ルクレシア：（ヒッ、ヒッ、ヒッ！　悪魔が変わるものか！　お美しいのは顔半分のあの傷だろ！）

メリベア：何を言ってるの、何て言った？　何がおかしいの？

ルクレシア：あのご面相を見ればひとめで例の婆さんと分かりそうなものですのに。

メリベア：二年も前だもの、それに皺も増えたし。

セレスティーナ：時間を止めてごらんなさいまし、お嬢さま、私だって変わらずに居てみせますから。鏡に向かって「あんたは誰？」と言う日が来ると読んだことがおありでしょう。でも若い時に比べて白髪が増えましたから倍にも老けて見えましょう。私はこの罪作りな魂を楽しみますから、あなた様は瑞々《みずみず》しい身体をお楽しみなさい。おっ母さんが産んだ四人のうち私が末っ子でした。ですから見かけほどの年寄りじゃないんですよ。

メリベア：セレスティーナさん、お近づきになれてうれしいです。話もおもしろかった。代金をもってお帰りください。お昼をまだすませてないようですから。

セレスティーナ：まあ、おやさしいこと！　真珠の輝き、話し方も素晴らしい！　お話を聞いていると楽しゅうございます。あの地獄の誘惑者に向かって、「人はパンのみに生くるにあらず」と神聖な口から申されたのをご存じですか？　食べるだけじゃ人は生きていけません。とりわけ私なぞ、人さまのお役に立とうと奮闘している時などは、一日ふつかは食べずに過ごしますが、いいことをしているのだからそれで死ぬこともありません。いつもこうして、人さまに良かれと思って働いておりますと自分でも楽しいものでございますよ。

お邪魔にあがった理由を申してもよろしいでしょうか。いままでお話したのとは別のことでして、これをお耳に入れないと来た甲斐がございません。

メリベア：何なりと言ってごらんなさい。近所に住む知り合いのよしみで私に出来ることならよろこんでいたしましょう。良き人の務めですから。

セレスティーナ：私のことじゃなくて、お嬢さま、申した通り人さまの事なんです。自分の事でしたらこっそりと手に入れて、食べられる時に食べて、あるときに飲みます。以前なら足りなくて困るなんてことはなく、革袋にはたっぷりと入っていて、ひとつが空でも別のにはいっぱい入ってましたけれど、ひとり暮らしになってから貧乏をしております。それでも、おかげさまでパンを買う小銭やぶどう酒を買うお金に不自由することはございませんです。婦人病に効くと言うので寝るまえには焼いたパンをぶどう酒に浸したのを食べて、そのあとに必ずたらふく飲むのを欠かしたことがありません。

　いまでは自分の好きなように出来ますが、二升足らずしか入らない塗りの剥げた壺に入れて届けて寄越します。でも罪なことに老いの身で一日に六回は酒場へ出かけていっぱいにしないとなりません。家にある革袋や酒壺を飲み尽くしてからでないと死んでも死にきれません。私が思うのはこのことばかり。世間にも言うように、「パンとぶどう酒たっぷりあれば、亭主は留守でいらぬもの」です。だけど男がいなけりゃ物足りない。髭面がいなけりゃ糸紡ぎもつまらない、でございますよ[4]。ここへ来たのは、お嬢さま、私の事じゃなくて人さまの必要からだと申し上げたのはこのことございます。

メリベア：誰のことか知らないけど、言ってごらんなさい。

セレスティーナ：お優しいお嬢さま、それに気高くていらっしゃる！　このしがない老婆にも屈託のない物腰のうえに柔らかなお話と明るい笑顔で接してくださる。勇気を持って申しましょう。

　命の危ない病人を抱えておりますが、あなたさまの寛大なお心におおいに信頼を込めておりますので、気高いそのお口からもれる一言をこの胸にしっかりと秘めて運びますと必ずや回復すること間違いございません。

メリベア：お婆さん、もっとはっきりとおっしゃらないと分かりません。一方で怒らせるようなことを言うかと思えば、片方では同情を買おうとなさる。舌足らずな言葉では返事のしようがありません。どこかのキリスト教徒の健康回復に私の言葉が役立つなら幸いです。恩恵を施すことは神に仕えることですし、恩恵に相応しい人に施しをするなら、与える者が恩恵を受けることになります。そのうえ、苦しむ人を癒すことのできる者がそうしないのは相手を殺すにも等しいと言います。ですからどうぞご心配なく単刀直入におっしゃって下さい。

セレスティーナ：そのお美しさを見ておりますと、お嬢さま、心配も消し飛びます。神様が誰よりも見事なお顔を描き、優雅さを与え、綺麗な目鼻立ちを理由もなく授けなさったのではなく、あなたのように徳目、慈悲、哀れみの宝庫、そして恩恵と献身を司る者となさるためだと納得がいきます。みんな死すべくして生まれた人間ですから、自分ひとりのために生まれた人間は生まれたとは言えないことは確かです。それでは獣にも等しいのでしょうが、獣にも一角獣のように慈悲深いのもいて、いかなる乙女のまえにも膝をおります[5]。凶暴な衝動にかられて噛みつこうと牙を剥いた犬も地に伏した相手には危害を加えません。情けがあるからです。鶏にしても雌鶏を招いてそれが食べるまで雄鶏は何もついばもうとはしません。ペリカンは自らの胸を切り開いて子供に内蔵を食べさせます[6]。コウノトリは雛鳥の時に餌を運んでくれた老いた親鳥を同じ期間、巣に養います。
　獣や鳥に自然はこのような心を持たせるのに、人はなにゆえはるかに情け知らずなのでしょう？　なぜ隣人に身も心も捧げないのでしょう？　ましてや人知れず病に苦しんだり、その原因がわかって手当が出来るという時にです。

メリベア：お願いだからくだくだしい能書きはやめて、苦痛と手当とが同じ原因だと言う、そのひどい苦しみに陥っている病人はどなたなのか言ってちょうだい。

セレスティーナ：おそらくは、お嬢さま、この町の若い貴族で血筋の高貴な紳士、カリストと言う名前をお聞きでございましょう。

メリベア：ええ、ええ、ええ、お婆さん、もうたくさん！　その先は言わないで。さんざんに前置きをしたあげく、命にかかわる頼まれ事を抱えて危ない橋を渡るのはその人のためね？　向こう見ずの恥知らず。あなたがそんな決死の思いで来ているのを、その悩めるお人はどう思ってるのかしら？　正気の沙汰じゃないわね。そうでしょ？　気のふれたそのお方のことを私が怪訝《けげん》に思わなければ、あんたは渡りに船と乗り移るつもりね。男女のいずれにせよ最も害毒を流すのは舌だと言うのはもっともです。腹黒の女衒《ぜげん》、魔女、純血の敵、密かな過ちの咎で焼かれてしまうがいい。

ああ、どうしょう！　ルクレシア、目の前から遠ざけてちょうだい、息が詰まりそう。身体中の血が引いてしまった気がする！　こんなお婆さんに耳を貸した当然の報いね。私の純血を蔑ろにするつもりなら、ろくでなしの婆さん、その思い切った大胆さが世間に漏れないよう、命も言葉も諸共に消し去ってやる。

セレスティーナ：（呪文の効き目なしとはまずい！　なんのこれしき、思案は胸先三寸にあり。おい、悪魔の兄弟、なにもかもぶち壊しになりそうだよ！）

メリベア：まだぶつぶつ言ってる、私を怒らせてますます困るばかりでしょ？　お馬鹿さんの命を助けるのに私の純血を踏みにじり、その人を喜ばせるのに私を悲しませ、私の失う物を手に入れて贈り物にするつもりなんでしょう？　お父さまの家庭を壊し名誉を崩壊させ、悪辣な老婆のあんたが得意になるつもりね？　企みに気がつかないと思うの？　邪《よこしま》な言づてを感づかないと思いますか？　ここから持って帰った吉報があんたの命取りになって、二度と神様を侮辱することがなくなればいい。どうなの、嘘つき、よくも企んだわね？

セレスティーナ：お怒りが怖くて、お嬢さま、お詫びもままなりません。悪気があってしたことではなし、お腹立ちに当惑いたしますが、それにもまして悲しくも残念なのは、ゆえなくしてお叱りを受けることでございます。どうか最後までお聞きくださいまし。あの方に罪はないし、わたくしも悪意があってのことではございません。不埒《ふらち》なやり方かも知れませんが、医師にあるあなた様の評判を落とすためではなく病人に健康を授けるため、すべては神への奉仕でございます。昔のことを捉えて先のことをそう悪く勘ぐられるのなら、お嬢さま、カリストさまばかりか他のどなたさまにかかわることにせよ、これほどまで無遠慮に話したりはいたしませんでしたのに。

メリベア：ああ、夜遊び屋の頭の狂ったお調子者、井戸の水汲み竿《さお》、出来損ないの壁絵、戯言《たわごと》はもうたくさん、でないと息もできない！　その人は先日、私を見ると伊達男ぶって口説いてきた方じゃない。伝えてちょうだ、おばさん、大胆な言動を人に知らせもせず、浅はかに思って懲らしめずおいたのをすっかり真に受けて自分の物にしたと思ったら料簡《りょうけん》違いもいいところ。不埒な考えは捨てて、まともになりなさいと言ってあげて。でないと、とんでもないツケを払うことになりますよって。

負けたと思うから負けるのであって、私はまったくの無傷、あちらが勝手にうぬぼれているだけ。気のふれた人は他もみんな自分と同じだと思ってしまう。戻って今の通りに伝えてちょうだい。私の返事はこれでぜんぶ、待っても無駄です。これ以上はいくら頼まれても指一本動かしません。すんなりと帰れるだけでも喜びなさい。あんたのことを知らなかったけれど、どんな人かそのやり口を聞いておいてよかった。

セレスティーナ：（トロヤはもっと強固だったし、はるかに手強い女を何人も手なずけてきた！　どんな嵐もいつかはおさまる。）

メリベア：何を言ってるの？　聞こえるように言いなさい。私の腹立ちを静め、あんたの大胆な心得違いを正すのに筋の通った言い訳ができますか？

セレスティーナ：お怒りの静まらないあいだは何を申しても火に油。厳しいお方ですし、若い血はすぐに沸騰いたしますから無理もございません。

メリベア：すぐに沸騰ですって？　こんな傍若無人なやり方に腹を立てているのに、その嬉しげな物言いは何ですか。私に気があるそのお方に言葉が何とかと言ってたわね？　どうなの、言いさしたままになってたでしょ。はっきりさせておきなさい。

セレスティーナ：呪文でございますよ、お嬢さま、歯痛《はいた》に効く聖ポローニアの呪文をご存じだと聞いたからです。それにローマとエルサレムにあるいろんな聖遺物に触れてきたと評判の飾り紐でございます。

申しましたあの貴族は、歯痛で死ぬ苦しみなんですすございます。それが私のお邪魔にあがった理由なのですが、はからずもこんな役立たずの仲立ちを選んだばっかりにお怒りにふれて、あの方は歯痛に苦しんだままとなります。徳目に溢れながらもご親切をいただけず、とんだ無駄骨を折りました。でも、ご存じでしょうけれど、復讐の喜びは一瞬、慈悲の楽しみは永遠とか申します。

メリベア：それならそうと、初めから言えばいいのに、どうしてはっきりとそうおっしゃらないの？

セレスティーナ：お嬢さま、潔白な動機でございますからみなまで言わずとも疑われることはないと思っておりました。説明が足りなかったとしたらそれは真実には多言を弄するにおよばないからでございます。あの方の苦悩を思いやり、あなたさまの寛大さを信頼して原因を申し上げる言葉がいきなり喉に詰まってしまいました。苦痛は惑乱を呼び、惑乱は舌をしびれさせて言葉を縺《もつ》れさせるとご存じでしょう。舌はつねに脳に繋がっていますからどうか私を責めないでくださいまし。あの方の料簡違いは私のせいではございません。私の咎めは罪人《つみびと》の仲立ちをしたことだけです。縄をもっとも細いところで切るな。か弱い虫に横暴な蜘蛛の巣となるなかれ。罪人の責めを正しき者が肩代わりするなかれ。「罪を犯す魂はかならず亡びる」という聖なる裁きに倣うべし。子の罪ゆえに親を裁いてはならない、親の罪ゆえに子を裁いてもならないとする人の世の裁きに従うべし。(7)それにまた、お嬢さま、あの方の向こう見ずが私を破滅に誘い、あの方が罪を犯し、私が罰せられるのは、あちらの身分からすれば些細なことかも知れませんが間尺《ましゃく》にあいません。このような人に奉仕するのが私の仕事でこれで竈《かまど》の煙を立てて暮らしております。

陰で悪しざまに言う人がいるかも知れませんが、あちらを喜ばせてこちらを怒らせるのは決して私の本意じゃございません。つまるところ、お嬢さま、はっきりしているのは、人の口に戸は立てられぬでございます。このまっとうな仕事では誰にもひけをとりません。町でどんな不満を聞くこともなく、何事によらず頼まれれば東奔西走して責任を果たして参ります。

メリベア：大都会を堕落させるのに悪徳の指南役がひとりいれば事足りると言いますから驚きはしません。呪文がいるというのが本当かどうかは計りかねるけど、たしかにあなたのいかがわしい手管についてはいろいろと褒め言葉を聞いてます。

セレスティーナ：私は呪文を唱えたりはいたしません。もし唱えるなら人に聞かれないようにいたしますから、たとえひどい拷問にかけられても何も引き出せやしませんです。

メリベア：先ほどは私もうろたえてしまったので、あなたの言い訳を笑えない。誓いも拷問も、言う気のない真実を聞き出すのはとうてい出来ないと分かりました。

セレスティーナ：お嬢さまは私のご主人です。秘密は守って奉仕いたしますのでお申し付けくださ い。厳しいお言葉は外套を頂戴できる前触れでございます。

メリベア：それだけの価値は充分にあるでしょうよ！

セレスティーナ：呪文がだめならせめてお約束だけでもいただきたいものです。

メリベア：いかにも自分に悪意はないように言うから、そうかしらと思ってしまう。言いさしたままの言葉は怪しくてまだ信用がならないし、頼みの件をにわかに軽々しくかなえてあげるわけにはいきません。先ほどの私の気持ちを大げさに取ったり驚いたりしないでちょうだい。だってあなたの言い方にはふたつが混ざっていて、そのどちらかひとつでも平静ではいられないことですもの。大胆にも話しかけてきたあの貴族の名前を口にしながら、私の名誉にかかわらずにはおかないことを約束をしろという。でも悪気がないのなら、先ほどのことは謝ります。病気で苦しむ人への親切だと知って少しは気が楽になりました。

セレスティーナ：ええ、ご病気なんでございますよ、お嬢さま！　あのお方をご存じだったら、きっとあんなことはおっしゃらなかったでしょうし、お怒りもなかったと存じます。誓ってあの方は嫌味のないお方で、優雅さにあふれ、寛大なことはアレキサンダー大王なみ、力はヘクトルク、物腰はさながら国王のごとく、ユーモアがあって快活、決して悲しみに沈むことなどございません。

　ご存じの通り由緒ある血筋、槍試合では右に出る者のないたいそうな手練《てだ》れ。甲冑姿はまるで聖ゲオルギウス。腕力と膂力《りょりょく》ではヘラクレスもかないますまい。姿形《すがたかたち》とたたずまいに屈託がなく、この世の言葉に表しようもございません。すべてがひとつとなってまるで天使にも似たありさま。泉の水面に映った己の姿に惚れたあの異教のナルシストもさまで美しくはございますまい。ところが、お嬢さま、今はたった一本のしつこい奥歯の痛みに打ち拉《ひし》がれておいでなんです。

メリベア：もうどれぐらいなの？

セレスティーナ：たぶん、お嬢さま、二十三歳ほど。生まれるのに立ち会って足をひっぱってやったのがこのセレスティーナですからね。

メリベア：そんなこと聞いてません。歳など知りたくもない。痛みがどれくらいかと聞いてます。

セレスティーナ：八日になります、お嬢さま。一年もお悩みのようなぐあいです。なによりも効き目のあるのがビゥエラ(8)を爪弾いて歌や哀歌を即興に口ずさむことでして、偉大な楽士にして皇帝のアドリアーノが死に臨んで意識のあるうちに作った歌に劣らないと存じます。音楽のことはよく知らないのですが、ビゥエラがまるで語るようでございますよ。ひとたび歌いますと小鳥が翼を休めて聞き惚れるほどでして、歌で木立や石を動かしたと言われるアンフィオンも裸足で逃げるほどでございます。あの方がいたら人びとはオルフェウスを讃えはしなかったでしょう(9)。

いいですか、お嬢様、私のようなしがない老婆が、それほどの才能に恵まれたお方の命を救えましょうか。神様の素晴らしい御業に目を見張らない女はいません。言葉をおかけなさったのがあるまじき行為だと非難なさいますが、話しかけられただけで女はだれも唯々諾々《いいだくだく》と腰砕けになります。私の申します通りで、目指すところに悪い結果は生じないし、怪しいところもないとご判断くださいまし。

メリベア：こらえ性のないことを言ってごめんなさい！　存じ上げないお方だし、あなたに悪意はないのでしょうけど、ずいぶんとひどいことを言ってしまいました。曖昧な言い方のせいで抱いていた不信な思いは説明を聞いて消えました。嫌な思いをさせたお返しにすぐに飾り紐をお持ちします。呪文を書くにはお母様がいないとできないので紐だけで効かなかったらあしたこっそり取りにおいでなさい。

ルクレシア：（あれ、あれ、ご主人様の陥落だ！　セレスティーナにこっそりおいでなさいもないものだ。いいのかい、それだけじゃすまないよ！）

メリベア：何を言ってるの、ルクレシア？

ルクレシア：お嬢さま、それぐらいになさいまし、もう遅いですから。

メリベア：じゃ、お婆さん、このことはあの方には言わないでね。私のことを冷淡だとか、情無しだとか誠意がないと思われるのはいやですから。
ルクレシア：（私は言ってやる。ろくなことになるもんか。）
セレスティーナ：私の口の堅いのに信用がないとは驚きです、メリベアお嬢さま。端《はな》から勘ぐってお
られるのは承知いたしておりますが、心配ご無用、胸に秘めて決して漏らしはいたしません。
飾り紐をありがたくいただいて参ります。あちらへ行けば、下さった恩恵に感謝をなさって、
胸のつかえも軽くなる様《さま》が目に浮かびます。
メリベア：お気の毒な方にもっとしてさしあげられることがあったら言ってちょうだい。
セレスティーナ：（お礼は出来ないけど、もっともっと必要なことをしていただくことになるよ。）
メリベア：お礼って何のこと、おばさん？
セレスティーナ：いいえ、お嬢様、私どもはみんな心からお仕えして感謝いたしているものですから、
お礼が多ければそれだけうれしいのだと申しました。
ルクレシア：（それをこちらにも頼みたいね！）
セレスティーナ：（これ、ルクレシア、お黙り！　家《うち》へ来たら黄金よりも見事な金髪に染め上げる染
粉をあげよう。奥様には内緒だよ。口臭を取る消臭剤もね。すこし臭うよ。これにかけちゃ
王国広しといえども私の右に出る者はいないし、なにしろ女の口臭ほど艶消しなものはない
からね。）
ルクレシア：（まあ、うれしい！　ご飯を食べるよりそっちのほうが大切だもの。）
セレスティーナ：（私のことを悪く言うんじゃないよ。もっと大切なことで私の力がいるようになる
んだから。主人をいたずらに怒らせるもんじゃない。よけいなくちばしを挟みなさんな。）

メリベア：何の話、おばさん？
セレスティーナ：お嬢さま、こちらの話でございます。
メリベア：聞かせて、目の前で陰にされると気が悪いじゃない。
セレスティーナ：お嬢さま、呪文を書くのを忘れないで下さいましよ。怒る人からはしばらく、敵からはずっと離れていろと申しますが、お嬢様は私の言葉を疑って、敵意とまではいかなくてもご立腹でしたからそれを実践いたしておりました。
　あなたはそう思われたかも知れませんが、言葉自体に悪意はございません。なぜと申して、毎日のように男は女を想い女は男を慕います。これは自然の成り行きで、自然には神が命じ給い、神が悪をなすことはないからです。私の願いもいかようにせよ同じ根本から出ているのですから、自ずと讃えられてしかるべきで、私が気に病む必要はないのです。くどい話は聞く者にうるさいし、話す方にも益のないこと。そうでなければもっと申し上げるところなんでございますよ。
メリベア：私の腹立ちにいかにも困惑しているように言い立てて、その隙にすっかり探りを入れてしまったようね。
セレスティーナ：お嬢さま、もっともなお怒りですから心配いたしました。怒りのあるところ、力はまさに雷《いかずち》にほかならないんですからね。厳しいお言葉の蓄《たくわ》えがからになるまでじっとやり過ごしていたのでございます。
メリベア：そのお方のことを考えての事ね。
セレスティーナ：お嬢さま、それどころじゃございませんです。あの方のためにお願いにあがったの

　ですが、帰りが遅くなるともう大変。お許しを願ってあちらへ戻ります。
メリベア：もっと早くに頼みに来ていればすんなりと手に入ったでしょうに。あなたの持ってきた伝言はどうってことないし、かまいません、心おきなくあちらへお戻りなさい。

第五幕の梗概

セレスティーナがメリベアのもとを辞して、独り言をつぶやきながら通りを行く。自宅に着くとセンプロニオが待っている。ふたりはカリストの家へつくまで話を交わす。パルメノが二人の訪問を主人のカリストへ知らせる。カリストは扉を開けるように命じる。

カリスト、パルメノ、センプロニオ、セレスティーナ

セレスティーナ：ああ、危なかった！　だが、うまくやった。まんまと切り抜けた！　風向きに合わせて帆の向きをうまく変えないと命の危ないところだった。手強い小娘だよ、まったく！　相当怒ってたね！　おお、誓約を立てた悪魔よ、頼んだことをきちんと果たしてくれたじゃないか！　恩に着るよ。手厳しい娘をあんたの力でなだめすかせて、母親の留守に乗じて存分にうまく丸め込めるようにしてくれた。おお、セレスティーナ婆さん、ほくほくじゃないか！
　初めよければ半分は仕上がったも同然。おお、蝮の油漬け、白い繭糸！　みんな私のためによくやっておくれだね！　さもなければ、今後一切、悪魔との誓約など破り捨てて、薬草や薬石、呪文を信じないつもりだった！　よろこべ、婆さん、この一件から処女膜五十枚を縫い合

わせるよりもっと実入りがあるよ。
ああ、ぞろりと長い邪魔なスカート、早く知らせを持って行きたいのに脚にまとわりつくでない！　おお、幸運よ、大胆な者を助け、臆病者を敵に回す！　死神は臆病者につきまとう。私はやりおおせたけれど、失敗してきた者のなんと多いことか！　私は知恵を働かせてじっと黙ってうまくやり過ごしたけど、同業の若い連中ならあんな危機に陥った時、メリベアに言わずもがなの言葉を返して台無しにしてしまうだろうね。だから世間に言ってある、「知った者が鐘を鳴らす」それに「医師には書物よりも経験が物を言う」、また「経験に懲りて人は賢くなる」とも言う。私のように物慣れた老婆は石橋を叩いて渡るのさ。
ああ、飾り紐、飾り紐！　色よい返事をしようとしなかったあの小娘からせしめてやった。

センプロニオ：ああ、よく見えないが、どうやらあれはセレスティーナ。せっせと急ぎ足らしいぞ！
ぶつぶつ独り言を言ってるな。

セレスティーナ：なんで十字を切るんだい、センプロニオ？　私の姿を見たからだね。

センプロニオ：実はこうなんだ。物事の珍しさこそが称賛のもとであり、目に宿った称賛が目から魂に降りてきて、魂がどうしてもその姿を見ることになる。今みたいにうつむきかげんに地面に目を落として脇目もふらずに歩いているあんたの姿は珍しいじゃないか。ぶつぶつと独り言をいいながら、儲けにありつこうと急ぎ足にやってくるのを見た者はいないいんじゃないかな？　あんたを知っている者にしてみれば、これはまったくの驚きなんだよ。
それはともかく、どうなんだ、吉か凶か教えてくれ。一時を打ってからここで待ってたけど、戻りが遅いのは吉兆の印しだと思ってた。
セレスティーナ：愚者の法則なんてあてになるものかね、おまえ。もう一時間遅れても効果はなかったかも知れないし、あと二時間したってもとの木阿弥《もくあみ》だったか分からない。遅くなるほど高くつくんだよ。
センプロニオ：頼むから、おっ母さん、ここでわけを話してくれないか。
セレスティーナ：友達のセンプロニオ、足を止めてられないし話す場所でもない。一緒にカリストの所へおいで、びっくりするようなことを聞かせてあげる。みんなに聞かれたらお役目の価値が減ってしまう。事の顛末《てんまつ》を自分の口から伝えたいのさ。少しは分け前にあずかりたいだろうけど、仕事のあがりは全部いただくからね。
センプロニオ：少しだって？　セレスティーナ、見損なってくれるなよ。
セレスティーナ：何いってんだい、少しだろうが何だろうが欲しいだけやるよ。私の物はなにもかもおまえの物。しっかり稼がせて貰おうじゃないか、分け前のいざこざはよそう。知ってのとおり年寄りは若者よりずいぶんと経費がかかるんだ。働かざる者、食うべからず。
センプロニオ：食う以上に金がかかる。
セレスティーナ：おや、そうかい？　帽子に結び紐が一ダースとそれに飾り紐もいるのかい？　金の弓矢を携えて家から家へと雄鳥を仕留めて窓辺の雌鳥を物色するためかい？　おわかりだろうけど、まだ飛び方も知らない雛鳥のことだよ。あの女たちには「放れ矢はどこかいな？」とばかりに、いわゆる木戸御免でどこへでもまかり通る金の弓ほど素晴らしい取り持ちはないのだよ。ああ、だけどセンプロニオ、私のような年寄りが名誉を守って仕事をしなきゃならないなんてさ！

センプロニオ：（おべっかつかいの老婆め！　悪の権化！　強欲に飲み込む貪欲な喉だ！　金はあるくせに主人ばかりか俺もだますつもりでいやがる。そうはいくものか、しっぺ返しを食らうぞ！　下手に登り詰めると落ちるのも早い。どんな事柄でも動物でも人間ほど扱いのやっかいなものはないとはよく言ったもので、人を見極めるのは難しい！　こいつは化けの皮をかぶった老婆だ、とんだかかわりだぜ！　こんな毒蛇をつかむよりは逃げた方が安全かも知れない。とんだ料簡違いかな。だけど、たっぷりと稼いで多少の分け前はくれるだろう。）

セレスティーナ：何をお言いだい、センプロニオ？　独り言かい？　ついてくる？　急ごうじゃないか。

センプロニオ：俺が言ってたのは、おっ母さん、あんただって女の数に洩れないんだから気が変わっても不思議はないってことさ。この一件は長引くと言ってたけど、もうカリストにありったけをしゃべるつもりなんだろ？　時と共に望みが膨らんで、あちらが日ごとに悩みを募らせればそれだけこちらの報酬も増えていくと承知だろうによ。

セレスティーナ：賢者は志《こころざし》を変え、愚者はこれに固執する。新しい仕事には新しい助言がいる。息子のセンプロニオ、運命がこう好転するとは思わなかったよ。潮の変わり目を読むのが賢明な使者。無駄に見える時間で仕事の成果が決まる。

それに私の感じるところでは、あんたの主人は闊達で幾分気まぐれなところがあると承知だから、私が行ったり来たりして苦しみばかりの百日より、吉報をもたらす一日の方が効き目がある。一気にわき上がってくる喜びは動揺を引き起こし、動揺が過ぎると思考を妨げる。朗報は謝礼となり、吉報は報酬とならずにはおかないじゃないか？　黙って私におまかせ！

センプロニオ：ところで、あの上品なお嬢さんとのいきさつを教えてくれ。なにかお言葉が知りたい。ご主人は聞きたくて苦しんでいるけど、俺も知りたくてしかたがないんだ。

セレスティーナ：お黙り、冗談じゃない、しっかりおし！　匂いだけにがまんできなくて味わいたい気持ちは分かるよ。急ごう、あまり遅くなるとご主人さまは気がふれてしまう。

センプロニオ：それでなくとも狂ってる。

パルメノ：旦那様、旦那様！

カリスト：なんだ、うるさい奴だ？

パルメノ：センプロニオとセレスティーナがそこへ来てます。ときどき足を止めては立ち止まって剣で地面に線を引いたりしてます。なんでしょう（1）。

カリスト：おお、わけの分からんことを言ってないでさっさと行け！　すぐそこに来てるなら下りて行って扉を開けないか。

おお、待ったぞ、ありがたい！　どんな知らせだろう？　どんな情報を持ってきたのかな？　あんまり遅いから頼んだ事などもうどうでもよくなるほどに待ち焦がれた。おお、哀れなりわが耳よ、魂の安らぎないしは苦悩のかかっているセレスティーナの言葉を聞く備えをしておけよ。話の始めから終わりまでを聞くこの束の間が夢ならばいいものを！　容赦ない処刑執行そのものよりも死刑の判決を待つ方が罪人には苦しいのだと今の俺には分かる。

おお、遅いぞ、死者の手をもつパルメノ！　閂《かんぬき》をはずしたか。あの婆さんを通してやれ、その舌に俺の命がかかっている。

セレスティーナ：（舞台奥で）どう思う、センプロニオ？　ご主人の機嫌が変わって来ているじゃないか。始めて来たときにパルメノと本人から聞いたのとは様子が大違いだ。いい兆しだと思うね。言ってる言葉のどれひとつをとっても、年寄りのセレスティーナさまには上着一枚の値打ちがある。

センプロニオ：（舞台奥で）じゃあいいか、中へ入ったらカリストに気づかないふりをして金になることを適当に言ってやりな。

セレスティーナ：（舞台奥で）お黙り、センプロニオ、たとえ命がけでも、カリストの頼みはもっと価値があるし、おまえの頼みもおろそかにはしないよ。もっとも、あちらからはたっぷりといただくがね。

第六幕の梗概

セレスティーナが邸へ入るとカリストがメリベアとの首尾を熱心に尋ねる。ふたりが話している間にパルメノがセレスティーナの言葉を聞いてその都度、皮肉な解釈を加えるのでセンプロニオがたしなめる。最後に老婆セレスティーナはメリベアとのやりとりのすべてを明かして飾り紐を見せる。カリストの邸を辞して家に戻る。パルメノが一緒である。

カリスト、セレスティーナ、パルメノ、センプロニオ

カリスト：どうだった、お婆さん？

セレスティーナ：おお、カリストさま！　こちらにおられましたか？　妙齢のメリベアさまを知り染めた恋人、それもむべなるかな！　命を張ってあなたにお仕えしているこの老婆にどんなご褒美がいただけますか？　私ほど危ない橋を渡っている女はございません。思い返しても体中の血の管が縮んですっかり空になるほどで、私の命なぞ今じゃこのすり切れた古外套ほどの値打ちもないのです。

パルメノ：（あんた流に言うなら、「気楽に道草食いながら」だろ。一段のぼったな。その先に褒美の服が待っている。山分けには出来ないからみんな自分のもんだ。婆さんは気運上昇だね。俺の睨んだ通りまさに腕の見せ所、ご主人さまを乱心させやがる。しっかりしろよ、センプロニオ、現金を欲しがらないのは山分けしたくないからだぜ。）
センプロニオ：（黙れ、減らず口はよさないか、カリストに聞こえたら命はないぞ。）
カリスト：お婆さん、おしゃべりはそれぐらいにしてこの剣で俺を殺してくれ。
パルメノ：（水銀中毒にかかった悪魔みたいに震えてやがる。しっかり立てないし、気ばかりあせってまともにしゃべれもしない。もう長くはないな。この恋の行き着く先は喪服だ。）
セレスティーナ：剣でどうしろとおっしゃるんです、旦那様？　剣は悪意をなす敵をやっつける刃。私は、あなたがこよなく愛するお方のもとからめでたい望みを運んで命をお授け申しますよ。
カリスト：めでたい望みだって、お婆さん？
セレスティーナ：さようですとも。次の訪問の道は開かれているし、なによりも本来なら絹織りに錦糸の衣装のご婦人を迎えるはずのところが、こんな襤褸《ぼろ》服の私を通してくれたのですから。
パルメノ：（黙ってられない、センプロニオ、この口を縫ってくれ。うまく服のことを匂わせやがる。）
センプロニオ：（よせ、放り出されたくなかったら黙ってろ！　遠回しに服をねだっているんだ。入り用なんだからいいじゃないか。「修道院長様も着飾らにゃ歌えぬ」の譬えだ。）
パルメノ：（見事な歌いっぷりだ。この淫売婆さんは貧乏暮らしをたった一日ですっかり塗り替えようって寸法なんだ。五十年かかって出来なかった大手柄だ。）
センプロニオ：（おまえの教えられてきたのがそれだし、おまえたちの処世訓じゃないか。そのように育てられてきたんだろうが？）
パルメノ：（取ったり取られたりはがまんもするが、あいつの利益ばかりにさせるものか。）
センプロニオ：（強欲なのが玉に瑕《きず》さ。けど、稼がせておけばいい、あとで分け前を戴こう。さもなければ思い知らせてやる。）
カリスト：どうなんだ、お婆さん？　どうやって入った？　お召し物はどんなだった？　家のどこにおられた？　初めはどんな顔をなさった？
セレスティーナ：あの顔は、旦那様、鋭い刃先を放つ銛打ちに勇猛な牛が闘牛場で見せる顔、うるさくつきまとう猟犬を見つめる猪の顔でございました。
カリスト：その猛々しい炎は生き延びるためであろう？　では滅びに至るにはどうする？　死そのものではないのは確かだ。死は安らぎとなるだろうが、この苦悶は死ぬよりもはるかに大きな苦痛だ…。
センプロニオ：（ご主人にもあった炎じゃないのか？　どうしたんだ、この男？　ずっと待ち焦がれてきたことを聞く辛抱もできないらしい。）
パルメノ：（俺に黙ってろって言ったくせになんだよ、センプロニオ。主人の耳に入ったらおまえと一緒に俺まで罰を食らうからな。）
センプロニオ：（つべこべ言うな！　おまえが何か言うとみんなに害がおよぶけれど、俺は誰の悪口も言わない。おお、気の短い、妬み屋のろくでなしめ、ペストにやられてくたばれ！　セレスティーナや俺と結んだ友情がそれか？　とっととうせやがれ！）
カリスト：わが女王にしてご主人様、話を聞いて絶望のあまりわが魂を永劫の罪に落としたくなければ、あんたの絶妙の手管がうまく運んだのかどうか手短に聞かせてくれ。それからあの天使にして殺し屋のつれなくも手厳しい表情も頼む。なにしろすべては愛よりも憎しみの印にほかならないのだからな。

セレスティーナ：蜜蜂の密かな仕事に与えられる最高の栄誉は、触れる物をことごとく最良の価値へと変えるところにあり、分別よき人はこれを見ならうべきでございます。つまりは、メリベアさまからつれない冷淡なお言葉をいただきましたけれど、すげないお心をすっかり蜂蜜に変え、怒りを和らげ、ご機嫌を直してさしあげました。でなければセレスティーナの訪ねた甲斐がございますまい？

怒りを静め、動揺を受け止め、あなたにかわって盾となり、女がまず恋の馴れ初めに男をじらせおいて、後の嬉しさを高めるあの不機嫌、冷淡、蔑《さげす》み、冷たいそぶりをこの外套で見事にかわせばこそたっぷりと身に余るご褒美をいただけるのではございませんか。

気にかかる男にはなおさらつれなく当たるものです。そうでなくて、誰かに愛されるとすぐにも最初の口説きで「はい」と陥落するなら、娼婦と深窓の令嬢の間に隔てがなくなってしまいます。恋の紅蓮《ぐれん》の業火に焼かれていても、慎みからうわべは連れないそぶりを見せて素知らぬ顔、平静を装って行いすまし、心ならずも厳しい言葉ではねつけ、それが裏腹の気持ちを告白してしまうものなのです。ですから、ことの成り行きと家にはいれた理由を逐次お話いたしますから心安らかにお聞き下さい。うれしいお言葉を戴いて参りましたよ。

カリスト：さあ、お婆さん、どんな厳しい返事にも耐える覚悟はできている。黙って聞くから思うままに言ってくれ。心はもう平静だ。気持ちも落ち着いている。血管には血が戻って脈打っている。もう怖くはない、晴れやかな気持ちだ。よかったら上へ行こう。ここであらまし聞いたことを部屋でゆっくりと話してくれ。

セレスティーナ：そういたしましょう、旦那様。

パルメノ：（ああ、なんだ、つまらない！　この乱心者は、俺たちの目を避けてセレスティーナとうれし涙を存分に流す場所を探してやがる。淫らでふしだらな欲望の秘密をふんだんにあばいて、「いい加減にしろ」と口をはさむ者のいないところで、それぞれに六回がところも聞いたり答えたりを繰り返すつもりだな！　ばかめ、後からついて行ってやる！）

カリスト：ほれ、お婆さん、パルメノが何かぶつくさ言っている。あんたが見事にやってくれたので感動して十字を切っているじゃないか。きっと驚いているんだ、セレスティーナ婆さん。また十字を切った[1]。

上へいこう、上の階へ登って腰をおろしてくれ。うれしい話をひざまずいて拝聴しよう。家へどうやって入ったのか早く聞かせてくれ。

セレスティーナ：糸を少しばかり商うのでございますよ。おかげさまで射落とした婦人の数はあの身分では三十を越えますし、それに、おかげさまでもっと上のお方もございます。

カリスト：それは背丈のことで、お婆さん、上品さ、格式、優雅さと慎み、血筋、それなりの理由があっての自負心、徳目や話し方が上なのではあるまい。

パルメノ：（もう調子が狂ってる。戯言《たわごと》だ。正午の時計で十二時を打ちっぱなしじゃないか。気をつけろよ、センプロニオ、奴の戯言と婆さんのウソを聞いてよだれが垂れてるぞ。）

センプロニオ：（おきやがれ、みんなが耳をそばだてて聞きたがるのに、なんで呪文を避ける蝮《まむし》みたいに耳を塞ぐんだ。色恋に関わる話だからたとえでたらめでもありがたく聞いておけ[2]。）

セレスティーナ：カリストさま、あなたの幸せと私の願いがどう働いたかお聞きください。糸の値段の交渉にはいると、メリベアの母親が病気の妹から見舞いに呼ばれました。出かけなければならないのでメリベアをひとりにして行きまして…。

カリスト：おお、それはいい、絶好の機会だ、素晴らしいじゃないか！　神が比類なき優美さを与え給うた女性がひとりきりのときに何を言うか、あんたの外套の下に隠れて聞きたかった！

セレスティーナ：外套に隠れてですか？　さもしいことをおっしゃる。へたをすると三十ほども開いている穴から見つかってしまいますよ。

パルメノ：（もううんざりだ、センプロニオ、出るぜ。おまえ、全部聞いておいてくれ。恋に呆けたこの男が、ここからメリベアの家まで何歩かかるか腹で計算したり、糸の値段がいくらになるかを考えたりして、心をすっかり囚われていなければ、俺の助言のほうがセレスティーナのまやかしの手管よりはよほど健全だと分かってもらえるんだがな。）

カリスト：どうだ、おまえたち？　俺の命に関わることなのでしっかりと聞いておけ。おまえたちは相変わらずよからぬ企みを囁き交わしているが、俺を怒らせるなよ。黙っていろ。ぬかりなくやってくれているこのお婆さんにおおいに感謝するがいい。

　それで、お婆さん、ひとりになってどうしました？

セレスティーナ：うれしくて有頂天になってしまいまして、旦那様、顔を見たら誰にでもそれと察しがついたでございましょう。

カリスト：さもあろう。ましてやあんたは実際に姿を目の前に見てきている。思わぬ事態で口がきけなかっただろう。

セレスティーナ：それどころか、ふたりきりになって思うことを話す勇気が湧きましたよ。ひどい苦痛を静めるためにお言葉をただ一言いただきたいと願っておられるのだと、腹を割って用向きを伝えました。それを聞いてあの方は驚いて私を見つめていましたが、言葉を必要とするほど苦しんでいるのは誰なのか、言葉で誰をなおせるのかとお尋ねになりますので、あなた様の名前を申しますとぴしっとさえぎってしまわれました。ひどく驚いたときに人がやるように額をぴしゃりとお打ちになり、向こう見ずを大仰に咎《とが》め立て、魔女、女衒《ぜげん》、ペテン師の老婆、髭面女、悪党、その他にも聞くに堪えない、揺り籠の赤ちゃんもびっくりするほどの雑言を並べ立てて私を辱め、おしゃべりをやめてすぐ出て行きなさい、さもないと老いの命に召使いたちが手をかけることになると脅かすのでございますよ。

そのあと、幾度も意識がなくなって気を失い、惑乱と悩乱を繰り返し、意識が混濁し、お名前が放った黄金の矢に射抜かれて手脚を闇雲に激しく震わせ、後ずさりしながら望みを絶たれた人のように手を絞るのでした。それはもう、周囲に視線を這わせ、堅い床を踏みならして両手を微塵に砕くばかりの勢いでございました。私は片隅へ縮こまってその騒乱の一部始終を黙ってうれしく見守っておりました。じたばたすればするほど屈服して陥落するのがますます近づくのですから、私にはうれしゅうございましたよ。でも悪口雑言のありったけを並べて腹立ちをぶちまける間にも私はしっかり頭を働かせて時間を無駄にせず、次ぎに打つ手を考えていたのでございます。

カリスト：それを聞かせてくれ、お婆さん。話を聞いているうちに気が落ち着いて来た。とてつもない不審を抱かせずにはおかないはずのあんたの頼みをうまく言い繕う口実は想像もつかない。ただ者でないあんたの才覚は承知だ。向こうの反応はもとより計算済みだったろうから前もって対応を考えていたんだろう。あんたの目の黒いうちは、あのトスカナのアデレタの名声も形無しだ。あの女は年老いた夫と自分の息子ふたりの死を三日前から予知していた。とっさの策略を練るには、男よりもか弱い女の方がたけていると言うのはそのとおりだ。

セレスティーナ：どうしたと思います、旦那様？　あなたさまの苦しみは歯痛《はいた》のせいだと申しまして、頼みの言葉とはお嬢様がご存知の歯痛に効くありがたい呪文のことだと言いました。

カリスト：おお、見事な知恵だ！　この仕事にはうってつけの婆さん、なんと知恵のまわることよ。おお、特効薬だ、巧みな口実だ！　人間業とも思えぬうまいやり方じゃないか？　アエネイスやディドが今の世に生きていたとして、たしかにビーナスとてもキューピッドにアスカニアの姿をさせて目を眩ませ、ディドの愛を引き寄せる苦労をすることもなかったろう[3]。むしろ手間を省いて手っ取り早くあんたに仲立ちを頼めばいいのだ。こんな巧みの手に託されたのだから死に至ろうとも幸いだ。わが想いが望みどおりの効果を得られなくとも、自然の流れでそれ以上の手当を講じられなかったのだと信じよう。
　どう思う、おまえたち？　ほかに考えようがあるまい？　これほどすばらしい婆さんが世にあろうか？

セレスティーナ：まだ先がございます、旦那様、話の腰を折られると日が暮れてしまいます。ご存じの通り、「悪事をおこなう者はみな光を憎む[4]」と申します。家へ戻る途中でよからぬことが起きるかも知れません。

カリスト：何のことだ？　そうか、松明とこの小姓《こしょう》らを連れて行くといい。
パルメノ：（そう、そう、お嬢ちゃんが襲われないようにな！　おまえが送っていけ、センプロニオ、暗闇で鳴くコロオギさえ怖がるご婦人だ。）
カリスト：なにか言ったか、パルメノ？
パルメノ：旦那様、私とセンプロニオで家まで送っていくのがよろしいかと申しました。夜道は暗いですから。
カリスト：そうだな。あとでそうしてくれ。その前に、それからどうなったのか話の続きを頼む。呪文にはなんと言われた？
セレスティーナ：快く下さるとのことです。
カリスト：よろこんでか？　ああ、よかった、素晴らしい贈り物だ！
セレスティーナ：それから、もっとお願いをいたしました。
カリスト：なにを頼んだのだ、お婆さん？
セレスティーナ：いつも身につけている飾り紐でございます。たくさんな聖遺物に触れているのであなた様の病に効くと申しましてね。
カリスト：で、返事はなんと？
セレスティーナ：お話いたしましょう、ご褒美を願いますよ！
カリスト：おお、この邸ごとそっくりくれてやる、それともなんでも欲しい物を言ってくれ。
セレスティーナ：さしあたっては外套を戴ければ、あの方が身につけていた品物をお渡しいたします。
カリスト：外套でいいのか？　外套でも服でもありったけの物をやろう。

セレスティーナ：外套が入り用ですのでそれで充分です。大盤振る舞いは結構でございます。やたらに物を欲しがりはいたしませんです。望まぬ者に無闇にやろうと言うのは実はやる気はないのだと世間にも申します。

カリスト：急げ、パルメノ、仕立屋をすぐに呼んで、毛羽立てに取りのけてあるフランドル産の上《じょう》布《ぬの》で外套と服を裁断させろ。

パルメノ：（そうやって、蜜蜂の甘い言葉にだまされて婆さんには何もかもやってしまうのに俺は素寒貧。このあとこの女は一日中、街をうろつくだけなんだ。）

カリスト：なにをぐずぐずしている！ 文句たらたらの穿鑿《せんさく》屋で役立たずばっかりだ。まともな召使がいない。ろくでなしめ、何をぶつぶつ言う？ 羨んでないで言いつけたとおりにさっさと行け、聞こえないと思ったか？ 怒らせるなよ、この苦悩だけでも死にそうなんだからな。端《は》布《ぎれ》でおまえにも上着を作ってやる。

パルメノ：私の言うのは、旦那様、仕立屋を呼ぶには刻限が遅すぎやしませんかという事なんです。

カリスト：よけいな憶測はよせ。それじゃ明日にしよう。お婆さん、遅くなるからがまんしてくれ。あのお身体に巻きつけるのに相応しい貴重な飾り紐を貸して貰うよう頼んでくれ。目の薬になるだろう。同じように苦しんでいるほかの感覚もこぞってよろこぶにちがいない。あの人を知ってより片時も楽しむことのない悲嘆の魂もうれしかろう。

あらゆる感覚が魂へ集まっている。すべての感覚が大籠に苦悶をいっぱいに詰めて魂のもとへ寄り集まり、目は見つめ、耳は聞き、手は触れて、それぞれが力のかぎりに嘆きを現している。

セレスティーナ：驚きました、手に触れたことがおありなんですか？

カリスト：夢での話だ。
セレスティーナ：夢ですか？
カリスト：夢でなら幾晩もあの人に会っている。アルシビアデスやソクラテスの身に起こったようなことにならないかと心配している。ひとりは女友達の外套にくるまれた夢をみて次の日に殺され、道に転がったままに放置されているところを女が外套で覆ってくれた。いまひとりはある日、名前を呼ばれ、それから三日して亡くなった。だが、生きるにせよ死ぬにせよ、あの人の飾り紐を身につけるなら幸せだ。
セレスティーナ：人が寝床で安らぐときに、あしたの苦労を紡いでおられるから荷が重いのですよ。しっかりなさい、旦那様、神様は人を見捨てたりはなさいません。希望を持つのです。この飾り紐をお取りなさい、私の生きている限り、きっと持ち主に引き合わせて差し上げます。
カリスト：おお、ようこそ参られた、俺などそばにも寄れぬあの方の身体に巻きつく力と価値のある至福の飾り紐殿！　おお、受難の結び目よ(5)、俺の望みをつなぎ止めてくれたぞ！　教えてくれ、おまえが仕え、俺が熱愛し、夜に昼にどれほど懸命になってみても適わぬあの方の連れない返事がここにあるのか！
セレスティーナ：古いことわざに「果報は寝て待て」と申します。ですが、寝ていては手に入らぬものを是非にも手に入れてさしあげますとも。ご安心なさい、旦那様、サモーラは一日にして落ちず。だからと言って闘いをあきらめてはいけません。
カリスト：ああ、ついてない。都市は石組みに囲まれ、石組みは石で崩される！　しかしこのお方の心は鋼鉄《はがね》でできている。これに適う金属はない。砲弾も跳ね返す。ならば梯子をかけろ、城壁には矢を放つ狭間があり、非難と蔑《さげす》みを吐き出す砲口もある。本陣は半レグア〔約三キロ〕先にあって包囲はできぬ。

セレスティーナ：なにをおっしゃいます、旦那様、ひとりの分別ある大胆さでトロヤは陥落しました。(6) 拙宅へ足をお運びになることなど絶えてございませんから、私の腕前をご存知ございますまいが、女ひとりでいまひとつのトロヤを落として見せますからあてになさいませ。

カリスト：こんな宝物を持ってきてくれたんだから、お婆さん、あんたの言うことを何でも信じよう。おお、あの天使の腰に巻き付いていたわが栄光よ、おまえを目にしていながら信じられない！おお、飾り紐、飾り紐！ 俺の敵だったのか？ はっきりと言ってくれ。もしそうであったならおまえを許そう、罪を許すのはよき人の特質だからな。敵であったのなら、許しを乞うためでなければ、かくもすみやかにわが手に落ちるのが信じられない。あの方が俺におよぼす大いなる美徳の力にかけて頼む、どうか答えてくれ。

セレスティーナ：戯言《たわごと》はそれぐらいになさいまし、旦那様、もう聞き飽きました。飾り紐がすりきれますよ。

カリスト：ああ、情けない、おまえのように絹でなくとも、この腕で組み上げた飾り紐であるならどれほどうれしいことか！ その栄光を幸せとも思わずにおまえがいつも巻き付いているあのお身体を、恭しくも毎日、取り巻き締め付ける楽しみを味わえるじゃないか。おお、さぞかしあの素晴らしいお姿の秘密をかいま見たことだろう！

セレスティーナ：理性を失わずに気を確かに持っていらっしゃれば、もっとはっきりとご覧になれますとも。

カリスト：よしてくれ、お婆さん、理性と俺とは昵懇《じっこん》の間柄なんだ。おお、わが瞳よ！　覚えているか、心が傷つく入り口となり原因となったのはおまえだ。見たがゆえに傷をうけた経緯《いきさつ》の証人が飾り紐だ。健康を損ねたのはおまえだぞ。家までやって来てくれたこの妙薬をよく見ろ。

センプロニオ：旦那様、飾り紐を手に入れたうれしさで、メリベアさまのことがお留守になっていいのですか？

カリスト：なにを馬鹿なことを、とんでもない！　どういう意味だ？

センプロニオ：長談義は自分を殺し、聞いてる人も殺すと言います。ですから命を落とすか正気を失います。どちらを失っても闇路を踏み迷います。おしゃべりは短めにしてセレスティーナの話をお聞きなさい。

カリスト：おしゃべりがすぎて気を悪くされたか、お婆さん、それとも俺が酔っぱらっているか？

セレスティーナ：そんなことはございませんが、旦那様、言葉を短くして嘆きはおしまいになさい。紐は紐、メリベアさまとお会いなされたときはその区別を心得て下さいよ。人間と飾り紐を同じに扱ってはなりません。

カリスト：ああ、お婆さん、わが母上、わが慰めの人、この至福の使者を楽しませてくれ！　ああ、わが舌よ！　偶然にもせよおまえの手には絶対に入らぬ素晴らしさを前にして讃えるのをやめ、なぜ別の言葉へとそれるのだ？　ああ、この手よ！　わが病根の解毒剤をなんと邪険に、なんと無造作にあつかうことか！　鋭い矢じりの先端に塗りつけた猛毒を避けるのはむつかしい。だが俺は大丈夫だ、傷を与えた人がそれを治してくれる。

ああ、お婆さん、老いた婦人たちの喜び、若い娘たちの楽しみ、俺のような悩める者の安らぎ！　わが身の恥じらいに苦しむのは覚悟の上だ、あんたの小言《こごと》でさらに俺を苦しめてくれるな。しみじみと眺めていたい。この宝物をもって外へ行かせてくれ。見る者たちに俺ほどの果報者はないと教えてやりたいのだ。
センプロニオ：ますます想いが募って傷が膿を持って悪化しませんように。飾り紐だけが治療じゃありますまい、旦那様。
カリスト：分かっている。だがこれほど見事な旗印を讃えずにはいられない。
セレスティーナ：なるほど旗印ですか？　それも見事な旗印でございますよ。けれどご存じのとおり虫歯の治療のために親切から貸して下さったもので、傷を塞ぐためではございません。でも、そのうち様子が変わりますとも。
カリスト：呪文はどうした？
セレスティーナ：今回はいただけませんでした。
カリスト：なぜだ？
セレスティーナ：時間がありませんでした。でもあなた様の痛みが和らがなければ、あしたまた伺う約束を取り付けてございます。
カリスト：和らぐ？　あの方の冷淡さが和らげばこの苦痛も和らぐ。
セレスティーナ：事の経緯《いきさつ》は申し上げました、旦那様。この病の治療であの方の力におすがりできることを頼みましたが、ご様子から見てすっかり了承して下さったようです。出だしの一歩としてはこれで充分でございますよ、旦那様。
これでおいとまいたします。あしたお出かけになるなら顔を布で包んで下さいましよ。あの方に見られたらこちらの嘘がばれてしまいますからね[7]。

カリスト：仰せの通りに四枚でも巻き付けよう。聞かせてくれ、それだけか？　あの甘い口からでる言葉が死ぬほど聞きたい。面識もないのにどうやってそう大胆に入り込んで親しく頼み事ができたんだ？

セレスティーナ：面識がないですって？　四年も前からご近所です。昼も夜も一緒におしゃべりして笑いあった仲でございますよ。メリベアはすっかり大きくなって慎ましい美人に育ちましたけれど、母親なんか私のことを自分の手のひらよりもよく知っております。

パルメノ：（おい、センプロニオ、内緒の話だがな。）

センプロニオ：（なんだ、言ってみろ。）

パルメノ：（セレスティーナの言うことをまともに聞いてるとまたぞろご主人の長い戯言《たわごと》の材料になる。そばへ行って足でちょこっと突いてやれ。ぐずぐずせずにさっさと行けと知らせてやろうぜ。ひとりで長談義をやるほどの馬鹿もないもんだ。）

カリスト：メリベアが美人だって、お婆さん？　冗談はおいてくれ。世にふたりとあるものか。神はもっと素晴らしい身体を造り給うたか？　あれほどの美貌、美の鑑を誰に描けるか？　ギリシャとトロヤに夥しい死者を出すもとになったヘレナ、あるいは美貌のプリセーナが今に生きていれば、俺の苦しむこのお方の後にこぞって従うだろう[8]。

　三美神の間で起こった争いの場にあの方がいればリンゴに不和の汚名を着せることもあるまい。なぜならメリベアがリンゴを獲得するのに誰にも異論はなく平和であったろうからだ。そして調和のリンゴと呼ばれるだろう。今の世に生まれた女たちがその話を聞けば、神はあの方ばかりを贔屓《ひいき》にしてほかの女たちを無視したとこぞって非を鳴らし不満を言うだろう。
自然が惜しみなくあの方に与えた完璧さに技巧を尽くして追いつこうと考え、命を削り、妬みゆえに己の肉を食い破り、惨い苦痛を与え続けている。毛抜きや脱毛軟膏、火で焼いて眉毛を整える。あの人の髪と同じ色に染める染料を作り出そうと毛染めの草、根、枝や花を探す。塗り薬や軟膏、昇汞水、白粉やそのほかにもくどくなるから言わないが、色とりどりの化粧品を塗りたくって顔を痛めつける。どれだけやってみたとて、俺のような悲嘆に沈む男にそんな女が何の役に立とう…。

セレスティーナ：（あんたの言うとおりだ、センプロニオ、放っておき、そのうちロバから落ちて目が覚めるだろうよ。）

カリスト：…で、大自然が考え直して、みんなに分け与えていた恩恵をひとりにまとめて完璧な女性を造り出した。比類なく完璧な美貌を造り出してわざとひと目につくようにしたのはほかでもない、それを見た者が創造者の偉大さを知るためなんだ。優雅に生まれついた女たちを凌駕するには、象牙の櫛と清らかな水がわずかにあればこと足りる。これこそがあの方の武器なのだ。この武器で倒し、打ち拉《ひし》ぎ、この武器で俺を虜にし、この武器で俺を太い鎖に結びつけている。

セレスティーナ：悩むのはおよしなさい。私のヤスリはあなたを苦しめる太い鎖よりもはるかに鋭利でございますよ。断ち切って自由の身にしてさしあげますとも。もう遅いですからおいとまを願って、その飾り紐をこちらへ、入り用なんでございます。

カリスト：ああ、つらい、逆境が四方から俺を責め立てるので、おまえか飾り紐か、それともふたつともに長い夜の闇を共に過ごして貰いたい。だが、苦悶の人生に完璧な善などありはしない。

ひとりでいよう。おい、誰か！

パルメノ：旦那様。

カリスト：喜びと嬉しさを伴って家まで送ってさしあげろ、俺には悲しみと孤独だけが残る。

セレスティーナ：それでは、旦那様、ご機嫌よろしゅう。あした参りますが、今日は時間がございませんでしたが、外套の裁断と返事とがひとつとなりますように。しっかりなさって、旦那様、別のことを考えなさいまし。

カリスト：それはできん、わが命のもとを忘れるのは異端にも等しい。

第七幕の梗概

セレスティーナがパルメノにセンプロニオと気持ちを合わせて仲良くするようにとお説教する。パルメノは惚れているアレウサを取り持ってくれる約束に念を押す。ふたりはアレウサの家へ向かう。パルメノは今夜はそこに残る。セレスティーナは家へ戻る。扉を叩く。エリシアが開いて帰りが遅いと小言を言う。

パルメノ、セレスティーナ、アレウサ、エリシア

セレスティーナ：パルメノ、この間話してから、愛しい思いを口にする機会がなかったけど、あんたのいないところでどれほど褒めているかは世間様がご承知だ。繰り返すまでもあるまいが、ほとんど養子も同然に思ってきたし、あんたも実の息子のようにふるまってきた。なのに、あたしの言うことのことごとくが悪意に聞こえるらしくて、目の前でカリストに私のことをヒソヒソ耳打ちしてたじゃないか。恩を仇で返すのかえ。私の助言を受け入れたうえは、後ずさりはするまいと思ってた。道理にはずれた気まぐれをしゃべるようではまだうぬぼれの欠片が残っているようだね。よけいなおしゃべりで稼ぎを台無しにしてしまう。

いいかえ、よくお聞き、私は年寄りだけどよき助言は老人にあり、若輩者の助言は遊びにあり。あんたのはひとえに若気の過ちだと思う。今後はいい子になってくれると期待するし、世に言うように「髪型に合わせて習慣も変わる」だから、若輩ゆえのさもしい思惑も変わるだろう。

日々、新しい事柄が起こるのだよ。若いときは現在だけを見るのにこだわるけれど、歳を取ると今の世、来し方、行く末へと目配りができる。以前の大切にしてやった時のことを覚えているかえ、パルメノ、この町へ流れてきて初めて泊まったのが私の所だった。けれど若者はとかく老人を蔑《ないがし》ろにして、口当たりのいい物を求めるものだ。自分が歳を取るなんて事はおろか、老人を余計なお節介と思っている。病気なんか思いも寄らないし、若い息吹が衰えるなど考えもしない。いいかえ、あんた、こんなことに思い至るにはね、友人で母親で母親以上の年取った知人が欠かせないんだよ。いわば健やかな憩いの館、病人を癒す施療院、たんまり詰め込んだ金箱、入り用時の金袋、焼き串を並べた冬場の暖炉、夏場の涼しい日陰、飲み食いにうってつけの酒場みたいなものさ。どうだい、言い分があるかい、唐変木。いま話したことで混乱しているのは分かってる。それだけにしておきな。罪人《つみびと》は悔い改めればそれでいい。センプロニオをごらんなね、神様の次ぎにあいつを男にしてやったよ。あいつと兄弟づきあいをしてもらいたいんだ。あいつと仲良くすれば、おまえのご主人やみんなともうまくやっていけるだろうからね。評判は良いし知恵がある。礼儀も心得て立派な奉公人で面白いところもあるし、おまえと友達になりたがっている。お互いに手を握ればふたりの得になってご主人の覚えもめでたくなる。人に好かれようと思えば人を愛さなくちゃいけない。「魚を獲るなら足を濡らせ」と言うじゃないか。センプロニオにしたってあんたに横柄にするはずはないし、愛さずに愛されようとするのは愚の骨頂、友情に応えを惜しむのは正気とは言えない。

パルメノ：おっ母さん、確かにまた間違いをしでかしたようだけど、過ぎたことは水に流して、これから先のことを指図してくれ。だけどセンプロニオと仲良くするのは難しいな。奴は人間ができたらめで俺は短気ときている。水と油なんだよ。

セレスティーナ：おまえはそうでもないよ。

パルメノ：本当だよ、気が立ってくるとますます最初のがまんを忘れるんだ。いつもの自分でなくなるし、それにセンプロニオは役には立たないんだ。

セレスティーナ：真の友達は困ったときに知れる。苦境に陥ったときにそれが分かるものさ。幸運に見放されたときにいっそうの真心をもって家を訪ねて来てくれる。良き友の徳目は言うまでもあるまい？　これほど貴重でまた得難いものはないんだ。どんな厄介も背負ってくれる。あんた達は似たもの同士。生き方も一緒だし心意気も似通っているところなどは友情を結ぶに申し分なしだよ。

いいかえ、多少の財があるとしてもそれはしまっておいて、財産以上に稼がなくてはいけないよ。残してくれた親父さんに感謝しな。あんたの身がもっと落ち着いて相応の歳になるまでは、預かった財産を渡せないけどね。

パルメノ：身が落ち着くって言うと、おばさん？

セレスティーナ：そりゃ、おまえ、他人様の家をうろつかずに自分で食って行けるってことさ。自分の奉仕を売り込むすべを知らないと他人様の家にお世話になるばっかりだ。しょぼくれた格好を見るのが気の毒で、あんたも承知だろうが、今日、カリストに外套を頼んでおいた。私の外套のためだけじゃないんだ。仕立屋が邸へ来たときに、シャツ裸に気づいてあんたにも仕立ててくれるようにと思ってのことさ。だから、コソコソ言ってるのが聞こえたけど、自分のためじゃなくてあんたのためなんだよ。あのような色男から月並みの褒美を待っていたら十年たっても引き出せるのは雀の涙がいいとこだ。

若さを発揮して昼も夜も食って飲んで楽しむんだ。手に入るときは逃しちゃいけない。去るものは日々に疎し。主人の受け継いだ財産から少しは分け前を頂けるかと期待したのにと嘆くんじゃない。この世をおさらばするときに持って行くつもりだろうが、生きていればこその財産だからね。

ああ、息子のパルメノ、手塩にかけて育ててきたあんたを息子と呼べてうれしいよ！　忠告を肝に銘じておきな。ひとかどの人間になったあんたを見たいばっかりに言うのだからね。ああ、おまえとセンプロニオが心をひとつに兄弟づきあいをして、お互いにこだわりを捨てて女の子と楽しんでくれると、わが家も明るくなってうれしいんだがねえ！

パルメノ：女の子だって、おっ母さん？

セレスティーナ：そうだとも、女の子だよ！　婆さんなら私がいるじゃないか！　センプロニオにひとり世話をしてやった。それほどの理由があったわけでもないし、あんたほどに可愛いわけでもないんだけどね。腹の底からそう言ってるんだよ。

パルメノ：それは分かるよ、おっ母さん。

セレスティーナ：分かってもらえなくとも苦にはならないがね。神様への愛にかけて、それによその土地にひとりぼっちのあんたを見るに忍びないし、あんたを託していったお人の遺骨にかけてもそうしてるんだ。あんたも男をあげて、分別を備えたひとかどの人物になると「セレスティーナ婆さんの助言がよろしきを得た」と思うだろうよ。

パルメノ：若輩者だけど今だってそう思っている。今日、ああ言ったのを聞かれたけれど、あんたのやり方が汚いと思ったからではないんだ。確かなところを忠告したのにしっぺ返しを食らわされたからなんだ。だけどこれからはうまくやる。好きにやってくれ、俺は黙っている。こんどの仕事であんたをみくびったのがつまずきだった。

セレスティーナ：本当の友達の助言を無駄にすると、このたびのことやほかでも足を取られて転ぶよ。

パルメノ：子供の頃にあんたに仕えたのが報われて、大人になってこんな見事な果実をもらうことになった。素晴らしい後見人をつけてくれた親父とこんな婦人に俺を託してくれたお袋の後生を神に祈るよ。

セレスティーナ：頼むからお袋さんのことは言わないでおくれ、涙があふれるじゃないか。あれほどの親友、同僚、そして仕事と苦労の慰めになる人はいなかった。至らぬ所を補ってくれて、誰よりも私の秘密を知り抜いていた。この胸を打ち明ける相手だった。妹や仲間の誰よりもあんたのお袋さんこそが、私の幸せと安らぎのすべてだったんだ。
　ああ、なんとも品があって慎み深く、清潔で肝っ玉も据ってた！　真夜中でもびくともせずにまるで昼間のように、墓場から墓場へ怖れ気もなく渡り歩いては仕事に必要な品物を探して回った。キリスト教徒もモーロもユダヤもおかまいなしに墓場を巡ったね。昼間に見当をつけておいて夜になると掘り出すんだ。だから、あんたが明るい昼間をよろこぶように闇夜ほどうれしかった。夜の帳《とばり》は罪人を覆うマントと言うとおりで朝にはまた別の恵みがあるじゃないか。

どれほどのお袋さんを亡くしたかを知ってもらうために、内緒だけどあんたには隠し事をせずにひとつ話しておこう。縛り首の死体から私が靴を脱がせている間に、あの人は毛抜き用の鋏《やっとこ》で歯を七本引き抜いてた。私も今よりは名を知られていたけど、私なんかよりずっとうまく、それも悠然と魔法陣の中へ入った。あの人が亡くなるとみんな忘れられてしまったのは、私が至らぬせいなんだ。悪魔さえ恐れをなしたほどだから凄いじゃないか？　もの凄い声で悪魔ども怒鳴りつけて震え上がらせたものだった。悪魔とはすっかり馴染みでね、呼びつけると悪魔たちがこけつまろびつ駆けつけてきて、重なるようにあの人の前に出ると威厳に押されてうそをつくなんてとんでもないこと。あの人を亡くしてからは、悪魔が真実を言うのを耳にしたことがなかった。

パルメノ：（褒め言葉の御託を並べて歓心を買おうとしてやがる、ありがた涙がこぼれるぜ。）

セレスティーナ：何て言った、私の息子にして息子以上の正直者のパルメノ？

パルメノ：お袋もあんたも言うことはひとつなのに、お袋だけがどうしてそんなに凄かったのかなと言ったんだ。

セレスティーナ：なんだって、そんなことが不思議かい？「おなじペドロとペドロでも大違い」とことわざにも言うじゃないか。あの手際の良さには誰もおよばなかった。おなじ手仕事にも上手下手があろうじゃないか？　亡くなったおふくろさんがそれだよ、仕事仲間では随一で世に知らない者はなく、お坊様から紳士方、女房持ち、老人、若者から子供にまでみんなに好かれていた。若い女や娘たちからは母親同様に頼りにされていたね。みんなに心を砕いて、誰にも屈託なく話しかけていた。ふたりで街を歩くと出くわすのは自分の名付けた子供ばかり。十六年、産婆を主な仕事にしていたからね。幼かったからあんたは秘密を知らなかったろうけど、あの人は亡くなってあんたはいっぱしの男だもの、今なら分かるはずだ。

パルメノ：どうなんだい、おっ母さん、俺が家にいたときにお上があんたを捕まえたけど、深いつき合いだったのかい？

セレスティーナ：深いつき合いだったかだって？　冗談はよしとくれ。ふたりで働いて、仕事がばれて、一緒に捕まって裁きにかけられ、ふたりで罰を食らったのはあのときが初めてだったと思う。まだ幼かったのによくよく覚えているじゃないか。町ではもうみんな忘れているのにさ。噂は千里を走るで、そのあたりの市場へ行ってごらん、誰が悪事を働いたの罰金を払ったのと毎日のように耳にするよ。

パルメノ：違いない。だけど一番重い罪はそれを繰り返すことにある。最初の衝動は人の手におえないから、初めの過ちについてはこう言われる。「罪を犯した者は悔いよ、されば神は救い給う」

セレスティーナ：（痛いことを言うじゃないか、この唐変木が。本当のところを言ってやろうか。急所に触れるてやるよ。）

パルメノ：何だって、おっ母さん？

セレスティーナ：あんたね、あのときのを除いて、お袋さんがひとりで捕まったのは四度。しかも一度などは魔女の嫌疑をかけられて晒し者にされた。というのが夜間にローソクを灯して十字路で土を掻き集めている所を見つけられてさ、頭に絵つきの三角帽子のようなものをかぶせられて真っ昼間に広場の階段に立たされたんだ[1]。でもそんなもの過ぎてしまえばなんでもない。人間ってのは命と名誉を守るためにこの憂き世で耐えなくちゃならないものが何かしらある。それに懲りた様子もなくその後もなおさらに素晴らしい仕事を続けたのだから剛毅《ごうき》じゃないか。これこそがおまえの言う、ひとたび過ちを犯してもそれを繰り返すってやつだよ。

　なにごとにも秀でたお人で、私の思うに、あの毅然とした様子を見ていると、階段に晒されながらも足下の連中に一顧だに与える風がなかった。あの人に似て少しでも物の分かった勇気のある人は過ちを犯すのも早い。ウェルギリウスが何ものでどれほどの博識だったか承知だろうけど、でもローマ中が見ている前で塔から吊した籠に入っていたと言うのを聞いたことがあるだろ。だからと言って、ウェルギリウスの名誉が地に落ちて名前がすたったわけでもない。

パルメノ∶そのとおりだ。だけど裁きにはかけられなかった。

セレスティーナ∶なにをお言いだい！　分かってないねえ、裁きの手に渡った方がずっとましなんだよ。坊主ってのをよく知らなくちゃいけないよ。なにしろ慰めを与えにやってきて、「お上の迫害に会う者は幸いなり、その者たちは天の王国に入れる」と聖書に書いてあると言うんだ。あの世の栄光を得るためにこの世でおおいに苦しむんだってさ。そのうえ、世間の噂では、あの時は事実をねじ曲げ、道理にはずれて偽証と酷い拷問を加えてあらぬことを自白させたそうだ。でもよく耐え抜いたし、頑張ることに慣れた精神は物事を実際より軽くするからなんでもなかった。

　幾度となくこう言うのを聞いたよ、「脚を折られたら幸いとしよう、前よりも有名になるから」どれもこれもこの世であんたのお袋さんに起こったことばかりだから、坊様の言うことが本当なら、あの世で充分に報われているだろうよ。それなら私も気が楽になる。あの人みたいにあんたも心を許した友達になって立派に働いておくれ、似たもの同士なんだから。おやじさんの残してくれた物をあんたはしっかりと受け継いでいるんだからね。

パルメノ：俺もそう思う。だけど、どれぐらいあるのか知りたいね。

セレスティーナ：今はダメだよ。さっきも言ったけど、そのうち聞かせてあげる時がくるさ。

パルメノ：死人だの財産だのの話はこれぐらいにしよう。昔の事を思い出すよりもっと肝心なのは今の仕事の話だ。つい先頃、アレウサに死ぬほど恋い焦がれていると俺の家で打ち明けたとき、仲を取り持ってくれると約束したのを忘れはすまいね。

セレスティーナ：約束したよ、忘れるものかね、歳のせいで耄碌《もうろく》したと思わないでおくれよ。あんたの居ないところで三度を越える先手攻撃をかけて追い詰めてきた。もう頃合だと思うから家へ行ってみよう、王手から逃げられるもんでない。あんたのためならこれぐらい朝飯前だ。

パルメノ：口をきく機会もないまま待たせるばかりだから、埒があかないのだと思ってあてにはしてなかった。「ふり向いて逃げる恋は不首尾の印」と言うからすっかりあきらめてたんだ。

セレスティーナ：今みたいに私をよく知らないで、この道の達人を味方にしているのが分かっていないときなら不安に思うのも無理はない。今なら私の言うことがどれほど頼りになるか、どれほどこの道に精通しているか、どれほど恋の手管にたけているかがお分かりだろう。

静かにお歩き、ほら、見えるだろ、あれが玄関口。近所に悟られるとまずいからそっと入ろう。この階段の下で待っておくれ。さっき話した首尾がうまくいきそうかどうか、ひょっとして思いの外に上首尾かも知れないから上がってみるよ。

アレウサ：そこへ来たのはどなた？　こんな時間に部屋へ上がってくるのはだれ？

セレスティーナ：悪意のない者であるのは確か。あんたのことだけを思う者、自分よりもあんたのことをよく知っている者、年寄りだけどあんたをこよなく愛する者さ。

アレウサ：（こんな時間に婆さんが幽霊みたいにやってくるなんて、悪魔の遣いじゃないかしら！）おばさん、こんな遅くに何のご用？　横になろうと服を脱いでしまった。

セレスティーナ：雌鶏なみの早寝じゃないか？　それで稼ぎになるのかい。なんとまあ、冗談じゃない！　あんたはいいけど、焦がれて泣く男がいるよ。働かざる者、食うべからず。結構な暮らしだこと。

アレウサ：ともかく、服を着よう、寒くなってきた。

セレスティーナ：いいんだよ、それよりも寝床へお入り、そこで話そう。

アレウサ：そうさせてもらいます。なにしろ今日はいちにち体調が悪いので助かる。行儀がわるいけど敷布を打ち掛けがわりに羽織ります。

セレスティーナ：起きあがることはないよ。横になって下は敷布でくるんでおきな。まるで人魚だね。

アレウサ：うまいこと言うわね、おばさん。

セレスティーナ：ああ、もぞもぞ動くとなんとも言えない良い香りがする！　まあ、なんだね、すっかり整っているんじゃないか！　あんたの所の調度品、化粧品から身に着ける飾り物までいつも惚れぼれとするよ。溌剌としてるねえ！　敷布も寝台掛けもいい、素晴らしいよ！　枕の見事なこと、真っ白じゃないか！　まるで黄金の粒みたい、老人の私もあやかりたいよ。

　こんな時間に訪ねてくるのはあんたを好いているからじゃないか。後生だからとっくりと眺めさせておくれ、私も嬉しいよ。

アレウサ：だめ、おばさん、近寄らないで、くすぐって笑わせるんだから。笑うとよけいに痛むの。

セレスティーナ：どこが痛むんだい？　冗談だろ？

アレウサ：冗談どころか本当に痛むのよ。四時間ほどまえから猛烈なお腹の痛みが胸にまでこみ上げてきて死にそうだった。おばさんの思うほど気楽にやってるわけじゃないんだから。

セレスティーナ：どれ、診《み》てあげよう、女は誰でも子宮の痛みに悩まされているから、こっちの方にも少しは心得がある。(2)

アレウサ：もう少し上、胃のあたり。

セレスティーナ：おや、まあ、驚いた、結構ぽっちゃりとして艶もいいじゃないか！　胸の形のいいこと！　今までは外から見るだけで器量よしだとは思っていたけれど、私の知る限り、この町であんたほど素晴らしい身体の持ち主は三人といないね。とてものことに十五歳とは見えない。ああ、誰にもせよこんな素晴らしい眺めを楽しめる男は果報者だ！　あんたに惚れてる男たちみんなにこの優雅な身体を拝ませてやらないのは罪だよ。神様だってあたら若い盛りを厚い毛織りの服と木綿の下着に隠して無駄に過ごせと授けて下さったわけでもあるまい。減るものじゃなし、ケチケチしなさんな。お金とおなじでもともとが天下の回りものじゃないか、鷹揚《おうよう》にやりなさいよ。農園の番犬よろしく食わず、食わせずはおよしよ。自分の目で楽しむことはできないんだから、人の目を楽しませておあげ。

無駄に育ったんじゃないんだよ。女が生まれるときに男も生まれ、男が生まれりゃ女も生まれる。大地の表に無駄なものは何もないし、それなりの理由もなしに自然が産み出すものはないんだ。手当をしてやれる男どもを悩ませ苦しめるのは罪じゃないか。

アレウサ：そんなこと言ったって、お母さん、好きな人なぞいないもの。からかうのはいい加減にして病気を治してちょうだい。

セレスティーナ：この手の病気は女にはすっかりおなじみだからお互いさま、まかせておき。大勢を手がけてきて効き目の確かなのを処方してあげるよ。人の体質はさまざまだから薬の効き目もそれぞれ違ってくる。

ひどい痛みに効くのは、ハッカ、ヘンルーダ、ニガヨモギ、それにシャコの羽根、ローズマリー、野茨、乳香樹を焼いた煙がよく効く。早い時期に処方すると痛みが和らいで子宮も徐々にもとの位置へ戻る。これよりもっと効き目の確かなのを知っているけど言うのはやめておこう、あんまりあてにされるのも困るからね(3)。

アレウサ：何なのそれ、お母さん？　苦しんでるのに治してくれないの？

セレスティーナ：私をよく知っているだろ、馬鹿をお言いでないよ。

アレウサ：ええ、ええ、いやになるぐらいに知ってるわよ！　どうすればいいの？　昨日、友達のあの人が隊長について戦争へ行ってしまった。裏切れって言うの？

セレスティーナ：どうってことがあるものか、何が裏切りだい！

アレウサ：裏切りだわよ。必要な物はなんでも整えてくれて、私をまっとうに、奥様みたいに扱ってくれるのよ。

セレスティーナ：たとえそうだとしても、出産してしまわない限り、その男が原因の病は治らないよ。痛みを放っておくと血の気が失せて、男ひとりを守っているとどういう事になるか。

アレウサ：ついてない、両親の呪いかしら。どの薬も試さないのはないぐらい。でも、もう遅いからその話はよしにして、来たご用をおっしゃって。

セレスティーナ：パルメノのことを話したことがあったよね。会ってもくれないと不満を言ってくるんだ。あんたも知っての通り、どういうわけかあいつが可愛くて息子のように思っている。けれどあんたのことはまた格別で、ご近所のみんなもいい人だし、あんたとおしゃべりをする人たちだと思うと会うたびに私もうれしいよ。

アレウサ：油断がないし、あなたは。

セレスティーナ：どうだかね。信じられるのは行いであって、無駄にしゃべりちらす能書きなんかどこにでも売っている。だけど愛は純粋な愛で購《あがな》われるし行いは行いで報われる。あんたとエリシアに血の繋がりがあるのは承知だろ。センプロニオがあの娘を私の家に置いてるんだ。

パルメノとあいつは同僚であんたも知っている主人に仕えているけど、ご贔屓《ひいき》にあずかれるかも知れないよ。なにをするわけでもないんだ。あんたたちは親戚だし、あいつらは同僚。大切にしてやるがいいじゃないか。ここへ一緒に来てるんだ。上がってきてもいいかい？

アレウサ：いやだ、今のを聞いてたの！

セレスティーナ：いや、下にいる。ここへ呼んでやりたいんだ。周知の仲なんだから鄭重に迎えてにこやかに話しておやり。もしよかったら、あいつもあんたも楽しむがいいじゃないか。あいつは極楽、あんたは何も失うものはない。

アレウサ：今回も以前からも、お母さんの言うことがためになるのはよくわかってます。でも、話したとおり私には頼りにする人がいて、知れたら命が危ないのにそんなこと出来ますか？　妬《ねた》み屋の近所がいるの。すぐにご注進におよびます。だから、あの人を失うだけのことにしても、あなたの連れてきた人と楽しんで得るより損害がおおきいのよ。

セレスティーナ：心配のそれにはまず手を打って、こっそりと入ってきた。

アレウサ：今夜だけじゃなくてこれからのことよ。

セレスティーナ：なんだって、先のことかい？　そこまで考えてるのかい？　屋根裏部屋があいてるじゃないか。留守の男を怖がっているけど、それじゃもし町にいたらどうするのさ？　ありがたいことにいつまでもお馬鹿どもの手助けをやめずにいるけど、それでも間違いをしでかす奴があとをたたない。だけど世界は広いし経験者は少ないからそれも無理はない。

ああ、あんたの従妹の賢いことをごらん、私の育て方と助言とが功を奏して、たいした師匠になっているじゃないか。私の教えを忠実に守って、ひとりは寝床にひとりは玄関、もうひとりは家で溜息をついてる、たいしたものだ。みんなとよろしく愛想よくやって、男どもはすっかりのぼせ上がり、われこそが本命の情夫《いろ》だと思い込んでせっせと貢いでいる。ふたりぐらいいたって寝床に余裕はあろうじゃないか？　滴の一粒じゃ暮らしていけないだろ？　食べるものにだって不自由をする。あんたの惨めな暮らしを見たくないんだよ。

私はひとりで足りることはなかったし、ひとりだけに入れあげたこともなかった。ふたりだともっと豊かになれるし、四人ならなおさら、多ければそれだけ実入りもよくなる。抜け穴をひとつしか知らないネズミほどみじめなものはないよ。それを塞がれたら猫から逃げる道がない。目がひとつしかないとなんともあぶなっかしいじゃないか。ひとつの心が歌って泣くことはない。一度の行動は習慣とならない。ひとり歩きの修道士はほとんど見ない。シャコが一羽で飛ぶのは珍しい。同じ食べ物には飽きが来る。ツバメ一羽で夏は来ぬ。証人ひとりは信用ならぬ。着た切り雀はすぐボロになる。ひとつだけってのはこの通りだよ。長年背負ってきた独り寝の不足をもっとあげることもできる。

耳は二つ、足は二本、手も二本、寝床の敷布は二枚、着替えのシャツも二枚。せめてふたりをお持ち、あっていい連れ合いだよ。もっと欲しいならなお結構、モーロが多けりゃ儲けも多い。金にならぬ名誉は指輪とおなじ。ふたつが袋に入らぬなら儲けを取れ。

上がっておいで、パルメノ。

アレウサ：だめよ、来ないで、恥ずかしくて死んでしまう！　あの人にだっていつも恥ずかしいのに、知らない人なんて。

セレスティーナ：この私が恥ずかしさを取り除いてうまく取り持ってあげるさ。あちらも恥ずかしいんだよ。

パルメノ：おばさん、いてくれて助かるよ。

アレウサ：ようこそおいで下さいました。

セレスティーナ：そばへ寄りな、馬鹿だねえ。片隅に座ってどうするんだね？　恥ずかしがるんじゃないよ、そうやってると悪魔にさらわれるよ。ふたりともよくお聞き。友達のパルメノ、おまえにはこれで約束を果たしたろ。アレウサ、あんたは無理を承知で頼みを聞いてくれた。時間がないので手短に話すと、この男がいつもあんたに焦がれていた。その様を見ればあんたも邪険にはすまいと思ったし、今夜、この家に連れてきて悪い男ではないと分かっている。

アレウサ：後生だから、お母さん、だめよそんなこと、よしてちょうだい！

パルメノ：（おっ母さん、頼むぜ、無駄足は踏みたくない。顔を見たらなおさら焦がれて死にそうだ。親父が残してくれたのを全部やってくれ。ありったけを出すからと言ってくれ。頼むよ、言ってくれ、俺の方を見向きもしない！）

アレウサ：何をコソコソ言ってるの？　あなたの言う通りになるとでも思ってるの？

セレスティーナ：とても気品があって、いろんな徳目を備えたあんたと近づきになれてうれしいと言ってるのさ。それに私の骨折りで実現したのだから、今後はセンプロニオの親友になって、いま手がけている仕事でご主人に出来るだけのことをすると約束してくれているんだ。そうだよね、パルメノ？　そう約束してくれるんだよね？

パルメノ：そうだ、間違いない。

セレスティーナ：ああ、悪党、きっとだよ、いいときにおまえを捕まえた！　ぼんやりしてないでこちらへお寄り、恥ずかしがり屋。帰る前にあんたがどれほどのものか知っておきたい。その寝床で可愛がっておやり。

アレウサ：禁断の領域に無断で踏み込むほどの礼儀知らずじゃないでしょうね。

セレスティーナ：無断だの礼儀だのとお言いかえ？　夜が明けたらあんたの苦痛は和らいで、あいつの顔は晴々。だけどウブな青二才の雄鶏だから三日で鶏冠は生え変わらない。立派な歯のある若いうちに食べておけとうちの田舎の医者様が言っていた。

アレウサ：ああ、あなた、そんなに乱暴にしないで。お行儀よくなさい。あの見事な白髪頭が見てるじゃない。およしなさい。あんたが思っているような女とは違います。お金で公然と身体を売る女じゃありません。セレスティーナおばさんが出て行くまえに服に触るなら心得違い、出て行ってもらいます。

セレスティーナ：どうしたい、アレウサ、妙につれない素振りでおぼこ娘みたいに尻込みするとはなんだね！　私が何も知らないみたいな、男と女が一緒のところを見たことがないような、私には覚えがないような、あんたのお楽しみを楽しんだことがないような、男と女が何をして何を言ってどうなるかを知らないみたいじゃないか。腐るほど耳にしてきてるよ！

　言っておくけど、あんたみたいに間違いもいっぱいやってきたし、男友達は幾人もいたさ。けれど年寄りがいつもそばにいて、人なかでも裏へ回ってでも助言をしてくれたものだった。追い出されるぐらいなら顔に平手打ちを食らうほうがましだ。そんなに隠し立てするとまるで私が昨日生まれたみたいじゃないか。私を虚仮《こけ》の恥知らず、おしゃべり屋のわけ知らずにしておいて自分は貞淑な女になるつもりか、それとも自分の手柄を持ち上げて私の仕事を貶めるつもりかえ。「同業者相手にペテンはきかぬ」と言うからね。そうやってもったいぶってるけど、わたしゃ陰ではあんたをとても買ってるんだよ。

アレウサ：お母さん、間違ってたら謝りますからもっとこちらへ寄ってくださいな。あなたもお好きなようにどうぞ。私よりもお母さんに喜んでもらいたい。怒らせるぐらいなら片目を失ってもいい。

セレスティーナ：怒ってはいないけど将来のために言うんだ。それじゃこれで。ひとりで帰るよ。あんたたちの口づけや仲良しが羨ましいからね。奥歯はなくなっても歯茎がまだ感覚を覚えてる。
アレウサ：お気をつけて。
パルメノ：おっ母さん、送っていこうか？
セレスティーナ：お楽しみを取り上げたくないね。神様がご一緒さ。こんな老いぼれだもの襲われる気遣いはあるまいよ。

エリシア：犬が吠えてる。お婆さんかしら？
セレスティーナ：トン、トン、トン。
エリシア：だれ？　どなた？
セレスティーナ：下りて開けておくれ。
エリシア：戻ったの？　夜歩きが好きなんだから。どうしてそうなの？　ずいぶん遅かったじゃない、お母さん。いつも出たっきりで戻ってこない。くせになってしまってる。ひとつに取りかかると一〇〇ほどを放りっぱなし。
　復活祭の日に参事会員に世話した女の父親が昼間、訪ねてみえたわよ。今日から三日の間に式をあげたいとかで、夫に処女でないのがばれないよう約束通り縫い合わせをして欲しいんですって。
セレスティーナ：それは忘れてた、誰のことだっけ？
エリシア：忘れたですまないでしょう？　ど忘れね。ああ、すっかり耄碌して！　世話するときに、セレスティーナ：方々で記憶が抜け落ちて止めようがないんだから、おだやかに頼むよ。それで、また来るってかい？

エリシア：来るそうです！　その報酬に金の腕輪をもらったでしょ、来ないはずがないじゃない。

セレスティーナ：腕輪の女かい？　思い出したよ。道具をそろえて、おまえがやってくれればよかったのに。私のやるのを何度も見てきているんだから実際にやって慣れてもらわなくちゃ困るよ。でないとずっとそのままで仕事も稼ぎもなくなるじゃないか。私の歳になったら、今の極楽を思って泣くことになるよ。若いときに怠けていると歳を取ってから後悔も苦労もすることになる。私なんか、亡くなったあんたのお祖母さんがこの仕事を教えてくれたときにはもう立派にやってのけて、一年後には追い抜いてしまったもんだ。

エリシア：世間でよく言うように、良き弟子は師匠を越えるものだから驚きはしない。それには習う意欲がないとだめで、どんな学問も熱意のない者にはなじまない。あんたは命をかけてるでしょうけど私はこの仕事が好きになれない。

セレスティーナ：よくお言いだよ。惨めな老後がお望みかい。私の側を離れないつもりだね。

エリシア：喧嘩はやめて時の解決にまかせましょ。楽しいことがいっぱいあるもの。今日の糧をいただいて、明日を思い煩う事なかれ。裕福な人も貧乏人も死ぬのは同じ、羊飼いも学者も、寺男も教皇さまも、従者も主人も、血筋の高いのも低いのもやっぱり死ぬんだから、仕事のあるあなたも何もない私もおなじ。いつまでも生きてはいられない。老いを見つめる人は少なく、老いを見つめる人に餓えて死んだ者はいない、愉快に楽しみましょう。この世で日々の糧を得て、魂の救いがあの世にあればいい。

お金持ちは、持たざる者よりはるかに救いを得る手段を手にしているけれど、満ち足りている人はいないし、もう充分だと言う人もいない。この楽しさはお金には換えがたい。心配はおいて休みましょう。もうこんな時間、果報は寝て待て、寝るほど楽はなかりけり。

第八幕の梗概

翌朝。パルメノが目覚める。アレウサのもとを出て主人カリストの邸へ向かう。玄関口にセンプロニオがいる。友情を固める。ふたりはカリストの部屋へ行く。主人はひとりごとを言っている。起きて教会へ出かける。

センプロニオ、パルメノ、アレウサ、カリスト

パルメノ：夜が明けたのか、部屋がやけに明るいじゃないか？

アレウサ：夜明けなもんですか、さっき寝たばかりじゃない。よく眠れなかった。もう明るい？　頭の所の窓を開けて見てよ。

パルメノ：戸の隙間から入る光を見るとたしかに夜が明けてるらしい。しまった、こうしちゃいられない、主人をしくじってしまった！　ひどいお叱りを食らうぞ。すっかり遅くなってしまった！

アレウサ：遅れたの？

パルメノ：すっかりな。

アレウサ：おかげでうれしいわ、なぜかまだお腹の痛みが取れないんですもの。
ルメノ：どうすりゃいい[1]？
アレウサ：この病気のことを話しましょうよ。
パルメノ：今まで話したことで足りないとしたら、それ以上は勘弁してくれ。もう昼近い。これ以上遅くなると主人から大目玉を食らう。明日も来るし、その後もお前の言うだけくるからさ。神様だって一日で収まらないから創造を次の日に残した。もっと会いたいし、おまえの魅力を堪能したい、今日の十二時にセレスティーナの家へ食事にこないか。
アレウサ：うれしい、よろこんで。気をつけて、後を閉めて行ってね。
パルメノ：元気でな。
パルメノ：ああ、またとない嬉しさ、こんな楽しいことはない！　俺ほど恵まれた男があろうか？こんな運の良い果報者があるものか。あんな素晴らしいお宝を自分のものにできるなんて、それも求めてすぐ手に入った！　たしかにあの婆さんが俺の願い通りにやってくれずに放っておかれたら、ひざまずいて頼み込まなければならないところだった。お礼のしようもない。おお、至高の神だ！
　この気持ちを誰かにしゃべりたい。この素晴らしい秘密を誰に話そうかな？　この身の幸せを聞いて貰いたい。どんな幸運も分け合う者がいないと色あせると婆さんが言ってたがその通りだ。人に伝えないと喜びもうれしくない。この幸せを同じように味わってくれる者がいるだろうか？

玄関口にセンプロニオがいるぞ。ずいぶんと早起きだな。主人のお出掛けだとしたらお供をしなくてはならん。そんなはずはない、習慣にないことだ。だけど、今はまともでないから習慣通りに行かなくてあたりまえかな。

センプロニオ：兄弟のパルメノ、眠ってて給金の貰える土地があるなら、真っ先にそこへ行きたいものだ、誰よりもたっぷりと稼げるぜ。どうした、うっかり屋の怠け者、出たきり戻らなかったじゃないか？　なんで遅くなったのかは知らないが、子供の頃みたいに婆さんを暖めてやってたか、それとも脚でもさすってたんだろう。

パルメノ：ああ、兄弟にも優る友達のセンプロニオ！　俺の喜びをぶち壊してくれるな、俺の苦しみにおまえの怒りを混ぜるのはよしてくれ。くつろいだ心におまえの不満を放り込んでくれるな、澄み切った心の酒に濁り水を混ぜるな。妬《ねた》みがましい嫌味と恨みを込めた皮肉でこの嬉しさ汚さないでくれ。喜んで迎えてくれたら、素晴らしい幸運の顛末を話してやろう。

センプロニオ：なんだ、聞かせてくれ。メリベアのことか？　会ったのか？

パルメノ：メリベアなものか、別件だ、すっかり首っ丈で、だまされていなければ、優雅さと美貌でメリベアと競えるぐらいだ。そうとも、世界は鷹揚に開いて、すべての優雅さがあの女のもとにあるんだ。

センプロニオ：何のことだ、気は確かか？　ふざけてるのか、笑えないぜ。すると、誰もかれもが愛人持ちか？　世も末だな。カリストはメリベア、俺はエリシア、羨ましがってたおまえが、少しばかり残ってた脳みそを失う相手を見つけたわけだ。

パルメノ：つまり恋は狂気で、俺は気がふれて脳みそをなくしてるのか？　狂気が苦痛だとしたら、どの家にも煩《わずら》いの声ありだ。

センプロニオ：おまえの話を聞く限りまともじゃないな。カリストに無駄な忠義立てをしてセレスティーナが何か言うたびに反対しているのを聞いた。俺のためにも主人のためにもならず、自分の利益もふいにしてよろこんでやがる。俺の領域へ踏み込んできたら容赦なく痛めつけてやるからな。

パルメノ：痛めつけたり傷つけたりするのは、センプロニオ、ほんとうの力でも権力でもない。手を差し伸べて保護してやることが偉大なんだ。しかもさらなる偉大さは愛することにある。俺はおまえをいつも兄弟だと思ってきた。頼むから「些細な理由で友情は壊れる」を地で行かないでくれ。ひどいじゃないか、何でそんなに恨むんだ。そんなさもしい理由で怒るなよ、センプロニオ。過ぎたる侮辱はどんな忍耐をも刺し貫くと言うからな。

センプロニオ：それに文句はないが、俺の言うのは「馬丁にもイワシ」でおまえにも愛人がいるってことだ。

パルメノ：怒ってるな。人の怒りは永遠に続かないと言うから、もっとひどく言われてもがまんする。

センプロニオ：おまえの方がもっとカリストにひどいじゃないか。メリベアを愛するのはおよしなさいと、自分のことは棚に上げた助言をして、空き部屋有りの看板を吊して自分の部屋すらないのに人を泊める宿屋みたいだぜ。

ああ、パルメノ、人の生き様をとやかくいうのはやさしいが、己の生き様を守るのはどれほど難しいか今こそわかるだろ。もう言わない、おまえ自身が証人だ。おまえもみんなとおなじに自分の器をもっているんだからこれからどうするか拝見といこう。
俺の友達なら困ったときに手を貸して、意地悪く言葉尻をとらえて釘をささずに、セレスティーナに協力して役に立ってくれるべきじゃないか。酒場の屑は酒飲みを遠ざけるの譬えで、落ちぶれたり金に詰まると偽りの友人は近づかない。つまり鍍金《メッキ》はすぐに剥げる。
パルメノ：それは聞いたことがあるし、喜びの裏に逆境の悲しみがくっついて来るのが世の常だと経験からも承知だ。燦々と照り輝く太陽にも黒雲と雨が来る。楽しみ喜びには苦悶と死が取って代わる。笑いさんざめきの後から慟哭の涙と苦難が追いかける。とどのつまり、穏やかな安らぎのあるところ、苦悩と悲嘆がついてくる。そんな悲しみに耐えられる者があろうか？　今の俺みたいに心楽しくしていられるものでない。愛しいアレウサをわが物にしてこんな幸せに登り詰めた者があろうか？
おまえから邪険に言われて、たちまち頂点から転げ落ちてなるものか。おまえの絶大な味方となって、なにごとによらず役に立つつもりでいるし、今までのことも心から悔やんでいる。セレスティーナからくれぐれもおまえのために役に立ってくれと暖かい助言とお小言をたっぷりとちょうだいしたのを言う機会がなかった。それに、主人とメリベアとの密事《みそかごと》はこちらの手中にあるから、生かすも殺すも勝手次第だということも聞いている。
センプロニオ：実際にやることをこの目で見て信頼ができるならその言葉はうれしいよ。ところで、アレウサが何とかかと言ってたな。エリシアの従妹のアレウサを知ってるのか。
パルメノ：あの女を物にしたからうれしいと言ってるんだよ。
センプロニオ：とぼけたことを言いやがる！　冗談はおきやがれ！　物にしただと？　窓から覗きで

もしたか？
パルメノ：子種を宿したかどうかではっきりする。
センプロニオ：驚いた。点滴岩を穿《うが》つの譬えで根気よくやってみるもんだ。
パルメノ：根気どころか昨日、思い立って、もう俺の物だ。
センプロニオ：婆さんが一枚噛んでるな！
パルメノ：そう思うか？
センプロニオ：おまえがたいそう可愛くて、あいだを取り持ってやろうと言ってた。よかったな。苦労なしに戴きだろ。これぞまさに「早起きは三文の徳」、名付け親がいいと…。
パルメノ：正しくは代理母と言ってくれ。寄らば大樹の陰…。寝過ごしたけど取り戻すのは早かった。ああ、兄弟、話し方から身体の見事なことまであの女の素晴らしさをどう言えばいいか。それはまたの機会にしよう。
センプロニオ：エリシアの従妹だからそのはずだ。誰にも負けないのは多弁を弄せずとも分かる。信じるよ。それで、かなり遣ったか？　何か贈ったんだろ？
パルメノ：いや、べつに。床上手で、遣ったとしてもそれだけの値打ちはある。いい顔も金のあるうち、金の切れ目が縁の切れ目。あの女が手に入ったんだから、いくら遣っても損にはならない。セレスティーナの家へ食事に招いておいたから、よかったらみんなで行こう。
センプロニオ：顔ぶれは？
パルメノ：おまえとあの女、あちらは婆さんとエリシア。楽しもうぜ。
センプロニオ：それはありがたい、豪勢だ！　太っ腹だな、必ず行く。押しも押されもせぬ男の中の男だ、おまえの言ったことに腹を立てたけどすっかり水に流そう。きっちりと絆を結べること間違いなしだ。兄弟同然だ、抱かせてくれ。雨降って地固まる、友の怒りは友情を強くするものだ、ごたごたもサン・ファンまで、めでたく手打ちと行こうぜ[2]。ご主人様はおあずけを食らってるけど、俺たちは飲んで食って楽しもう。

パルメノ：振られ男の様子はどうだ？

センプロニオ：おまえも夕べ見た通り、眠りもせず起きもせず、部屋で寝床脇の台に寝ころんだままだ。入っていくと怒鳴り散らし、出て行くと歌を口ずさむか戯言《たわごと》をしゃべりちらす。ああやって苦しんでいるのか気休めなのか判断に苦しむよ。

パルメノ：俺のことはお呼びがあったか、それとも思い出しもしないか？

センプロニオ：自分のことすら曖昧だ。おまえのことで何かあるのか？

パルメノ：すると、いままでのところ順調だな。それじゃ、奴がボンヤリしている間に食べ物を運び出してあちらの晩餐の手筈を整えておくか。

センプロニオ：おまえのことを律儀で立派な気前の良い男だと思わせるには何を用意するつもりだ？

パルメノ：満ち足りた家は仕度がはやい。貯蔵庫にある材料でぬかりはない。白パンにぶどう酒はモンビエドロ産、豚の腿肉《ももにく》。それにこの間、小作人が持ってきた鶏が十二羽ある。主人が出せと言ったらもう食べてしまったと思わせるさ。今日までとっておけと言われた雉鳩は悪臭を放っていたことにするんだ。傷んだのを食べてお身体にさわらないように致しましたと言うから、おまえが証人だぜ。もちろんそれでこちらの食卓が豪勢になる理屈だ。この恋愛沙汰を肴に、あちらの損失とこちらの実入りを婆さんをまじえてゆっくりと話そうじゃないか。

センプロニオ：むしろ痛々しいぜ。きっと命を落とすか気が狂うかに違いないと思うな。ともかく仕事を片づけろ。様子を見に上がってみよう。

カリスト：万事窮すの世の中よ
猶予なく死が訪れる。
およそ望みのなきものを
思いの丈が欲しがるゆえ。[3]

パルメノ：（おい、おい、聞け、センプロニオ、主人が歌ってるぞ。）
センプロニオ：（おお、吟遊詩人のつもりか！　即興で心の内を韻律に乗せたあの偉大なアンティパテル・シドニオ、[4]大詩人オイディウスを気取ってやがる。そう、そう、その調子だ！　ひどい歌だ！　夢うつつに戯言《たわごと》を口走ってやがる。）
カリスト：悲嘆の苦しみに
悩み生きる魂よ、
早々とメリベアに
膝を折るとはよくやった。
パルメノ：（やっぱり詩人気取りだ。）
カリスト：広間にいるのは誰だ？　こちらへ来い！
パルメノ：旦那様。

カリスト：夜は更けたか？　寝る時間か？
パルメノ：それどころか、旦那様、とっくに起きる時間です！
カリスト：なんだと、夜は過ぎたのか？
パルメノ：昼近くになっております。
カリスト：センプロニオめ、昼間だと思わせるつもりだな。
センプロニオ：少しはメリベアさまのことをお忘れになさい、旦那様、もう外は明るうございます。メリベアさまのお姿の輝きにあてられて、囮《おとり》の灯りに目の眩んだシャコみたいに呆然となってはいけません。(5)
カリスト：ミサの鐘がなっているからそうらしいな。服を出してくれ、マグダレーナ教会へ行こう。セレスティーナの首尾を神に祈り、メリベアの心に慈悲の心を芽生えさせてこの悲しい日々を終わりにしてもらえるようにお願いをしよう。
センプロニオ：そう焦ってひと息になんとかしようとなさいますな。残念な結果に終わるかも知れないことに大きな期待を寄せるのは賢い人間のすることではございません。一年かかることを一日で埒《らち》を開けろと言うなら長生きはできませんよ。
カリスト：短気なガリシアの従者のようだと言いたいのか。(6)
センプロニオ：めっそうもない、ご主人様にそんなことは申しません。それどころか、いい助言には褒美がいただけますが、無礼な言葉には罰を食らうと承知しております。もっとも、召使いが悪巧みや悪口で食らう罰やお仕置きと、立派な仕事や適切な助言に戴く褒め言葉とは釣り合わないと申しますが。

カリスト：たいそうな学者だな、誰に教えてもらった、センプロニオ？

センプロニオ：黒く見えないからすべて白とは言えないし、旦那様、黄色く光るものがどれも黄金とは限りません。分別をもって中庸を求めないせっかちな望みには、私の助言がぴったりです。
　昨日、初めて会ったときからもうあなた様は、あたかも市場へ人をやって代金さえ払えば手に入るかのように、メリベアさまを飾り紐に束ねて包み込んで連れてきて欲しいと仰せでした。焦ってはいけません、旦那様。大きな幸運はそう簡単には訪れません。樫の木は一撃で倒れず。分別こそ讃えられるべきで、備えがあれば激しい戦いにも耐え抜くことが出来るのですから忍耐を持つことです。

カリスト：この病の性質《たち》が耐えてくれるならおまえの言うとおりだ。

センプロニオ：心が理性を奪うならお頭をお使いなさい、旦那様。

カリスト：おお、気が変になる、狂いそうだ！　健全な者は苦しむ人に「治りますとも」と言う。余計な理屈はまっぴら、助言もいらぬ、炎を掻き立てて燃えつくすばかりだ。
　ミサへはひとりで行く。セレスティーナが来たとの朗報が届くまでは家に戻らん。それまでは、たとえ太陽神アポロンの馬たちが一日の働きを終えていつもの緑の牧場で穏やかに草を喰む時刻になっても物を食わないつもりだ。

センプロニオ：詩に託した回りくどい言い方はおよしなさい、旦那様。誰にでも通じるはずのない、そんな小難しい意味不明の言い回しは相応しくありません。「日が沈んでも」と言えばすむことです。せめて砂糖漬けの果物でも腹に収めなさい、それでこそ長い戦いに耐えられます。

カリスト：忠義な下男、センプロニオ、よき助言者、忠実な召使い、相応しい呼び名はなんでもいいが、俺の命を自分のことのように思って誠意を込めて仕えてくれる。

センプロニオ：（どうだ、パルメノ、ぐうの音もでるまい？　ぬかるなよ、砂糖漬けを取りに行ったら、おれたちにはもっと大切なあの女たちに壺のひとつもくすねろ。魚心あれば水心、股ぐらにでも隠して行け。）

カリスト：何を言ってる、センプロニオ？

センプロニオ：パルメノにシトロンの砂糖漬けをひとつ取りに行かせました、旦那様。

パルメノ：どうぞ、旦那様。

カリスト：こちらへ寄こせ。

センプロニオ：（なんたる食い方だ、丸飲みじゃないか！）

カリスト：元気が出た。それじゃ、出かけてくる。婆さんの朗報を頼むぞ。

パルメノ：（どこへなと好きな所へ行きやがれ！　毒にあたってロバになったアプレイウス〔二世紀のローマの作家〕みたいにまんまとシトロンを食いやがった！(7)）

第九幕の梗概

センプロニオとパルメノが話しながらセレスティーナの家へ向かう。そこへ着くとエリシアとアレウサがいる。食事になる。食事のあいだにエリシアがセンプロニオと口論。食事が終わる。みんながエリシアをなだめる。お互いにおしゃべりをしているところにメリベアの下女ルクレシアが来る。セレスティーナにメリベアのもとへ来て欲しいと言う。

センプロニオ、パルメノ、エリシア、セレスティーナ、アレウサ、ルクレシア

センプロニオ：食事に行く時間だ、パルメノ、マントと剣を持って来てくれないか。

パルメノ：急ごう。遅れるとみんなの機嫌が悪くなる。そっちじゃない、こっちの道だ。教会へ寄ってセレスティーナがお祈りを終えたかどうか見るんだ。一緒に連れて行こう。

センプロニオ：こんな時間にお祈りか！

パルメノ：いつでも出来るお祈りだ、こんな時間もなにもあるものか。

センプロニオ：そりゃそうだ。だけどおまえはセレスティーナをよく知らないな。やるときは神様も蜂の頭もあったもんでない。家に囓る獲物があるあいだは聖者も安心だが、腹に一物《いちもつ》手に数珠

かけて、教会へお出掛けとなると油断がならない。あいつはおまえを育てたけれど、気質については俺のほうがよく知っている。
数珠をくって祈るときに勘定に入っているのは、頼まれている処女膜のこと、町に恋患いが何人いるか、身をゆだねる娘はどれぐらいか、どこの食料係が融通してくれるか、誰がもっとも気前がいいか、会ったときに話がちぐはぐにならぬよう名前は何だったか、そしてどの聖堂参事会員が最も年若で太っ腹かってところだ。
小声でぶつぶつお祈りみたいに言うのはでたらめばっかり。金儲けのためなら「ここから取り入って、相手はこう応えるから、こう返して」と嘘八百を並べ立てる。そんな生き方だけど見上げたもんだぜ。
パルメノ：もっと知ってるぞ。けれどこの前、カリストにそれを言ったらおまえは腹を立てたから言わずにおこう。
センプロニオ：知っておくとこちらの利益にはなるけれど言わぬが花だ。主人に知れるとセレスティーナの素姓がばれて遠ざけてしまう。出入りを止められると別のがやって来て、そうなると働きに応じて分け前をくれるセレスティーナのようにはいかない。
パルメノ：そのとおりだ。おっと、扉が開いてる。家に居るんだな。入る前に呼んでみろ。ひょっとして家が散らかっていて人に見られたくないのかも知れない。
センプロニオ：心配しないで入れ。家族も同然だ。もう支度が出来ている。
セレスティーナ：まあ、可愛い黄金の真珠たち！　おまえたちが来てくれるとは幸先《さいさき》がいいよ(1)！

パルメノ：（高貴なるお方は言葉が違うね！　見たか、兄弟、上っ面のおもてなしだ。）
センプロニオ：（よせ、いつも通りにしてろ。あんなに下手から出るのは胡散《うさん》臭いぞ。）
パルメノ：（困窮と貧窮、ひもじさだろうよ。世にこれほどの師匠はない。頭を目覚めさせて掻き立てるには最適だ。カササギとオウムに妙なる舌で人間の声音を真似ることを教えたのもひもじさじゃないか？）
セレスティーナ：これ、あんたたち、なにをしてんだい、早く下りておいで、男がふたり、私を手込めにするじゃないか！
エリシア：来なくてもいいのにさ！　ずっと前から言ってあるのに随分遅いじゃないの、従妹が三時間まえからお待ちかねよ。遅れたのは、私に逢いたくなくてセンプロニオがぐずぐずしてたせいよね。
センプロニオ：よせよ、愛しい、可愛いおまえ。人様に仕える身では自由がきかない。宮仕えのかなしさで大目に見てくれ。喧嘩はやめにして座ろう。
エリシア：そうね、早くすわりましょう！　仕度は万全、「お手てを洗ってお行儀よくに」よ！
センプロニオ：喧嘩は後回しにしてまず食事にしよう。セレスティーナおばさんから座ってくれ。
セレスティーナ：あんたたちからお座り、席は足りてる。天国にも席があるといいがね！　それぞれ馴染みの娘《こ》に並んで順番にお座り。ひとり者の私はこの酒壺と器をそばへ置こう。これさえあれば話し相手はいらない。
「蜂蜜をさわる人はいつも手がべたつく」の譬えで歳を取ってから食卓ではもっぱら酒を注ぐのばかりがうまくなってね。冬の夜なんかは寝床を暖めるにこれほどの湯たんぽはない。寝酒に二杯ばかりひっかけると一晩中寒さ知らず。降誕祭ともなるとこれを袷《あわせ》の裏地にすれば身体の芯から温めてくれて生きた心地がする。いつも陽気にしてくれるし気分もよくなる。これが家にたっぷりあると怖い物なしで、ネズミの囓ったパンの耳で三日は持つし、黄金《こがね》や珊瑚よりも心の憂さを晴らしてくれる。

若者に勇気を老人には活力を与え、色つやの悪い人に血の気が通い、臆病者を大胆に、怠け者には活気を、頭を快適にして消化を助ける。口臭を消し、淡泊な男に精力をつけ、つらい農作業に耐え、疲れた草刈り人夫に汗を流させて浄化し、鼻風邪や歯痛を吹き飛ばし、海を運ばれても腐らない、水ではこうはいかない。

ぶどう酒の特徴なら髪の毛よりも挙げることが出来る。聞いて悪い気のする人はあるまいよ。玉に瑕なのは、いいものは高くつく、安物は身体に悪い。だから、肝臓にいいのは財布に悪い。財布には厳しいけど銘酒を買うようにしているから飲む量が随分と減った。食事の度に十二杯ばかり。今みたいにお呼ばれでない限りはそれを越さないようにしている。

パルメノ：おっ母さん、物の本によれば三杯が適度で妥当なところだぜ。

セレスティーナ：そりゃ、おまえ、十三杯を三杯に書き間違えたのさ。

センプロニオ：おばさん、食べながら話そう、後になってからじゃ、うちのいかれ主人と上品でお美しいメリベアとの恋物語を肴《さかな》にしている時間がないのは承知じゃないか。

エリシア：よしてよ、いけすかない、嫌な奴！　食あたりにでもなりやがれ、くだらないこと言うんじゃないわよ！　なにさ、あの女を上品だなんて、身体中が裏返って反吐《へど》がでる。どこが上品よ、あきれて物が言えない！　恥を知りなさいよ、情けない！　誰が上品だって？　そんなもの欠片もあるものか。目やにをためた女を上品だなんてよく言うよ。あんたの馬鹿でまぬけ加減にもほどがある。ああ、あの女を美しいだの上品だのと言う奴がいるとはねえ！　上品、メリベアが上品だって？　さぞかしそうだろうよ、二十本の指ぐらいには入るだろうさ。あの美貌は店から金で買ったもの。同じ街に住んでいる娘に四人ほど知り合いがいるけど、メリベアにはない気品を備えてる。綺麗なところがあるとすればいいものを着ているからだ。丸太ん棒に着せてごらん、やっぱりお美しいって言うだろうよ。

私を褒めて欲しいから言うんじゃない、私だってあんたのメリベアさまにまけない自信があるわさ。

アレウサ：それなら私の方が詳しいよ、あんた、なにしろ空きっ腹に出食わそうものなら、その日いち日、食欲が無くなること請け合いだね！　年がら年中、化粧品を顔にこってりと塗りたくって家に閉じ籠もってる。たまに人前にでるときにご尊顔を拝するんだけど、ニガヨモギと蜂蜜、干しぶどう、乾燥イチジクを顔に塗りたくって、そのほかにもあるけど食事中だから言わずにおこう。(2)金にあかせて綺麗に仕立ててもてはやされるだけで、身体そのものは優雅どころか、ほんとだとも、乙女のくせに子供を三人も産んだかのような胸をしているじゃないか。おおきなカボチャなみだよ。お腹は見たことがないけど、ほかから想像するに、五十女のように三段腹だと思う。

カリストは何を見てんだか、もっと手軽に手に入って、らくに楽しめる女を放っておいてさ。目が眩むとおうおうにして酸っぱいものを甘いと思い込むものだからね。

センプロニオ：だけど、商人《あきんど》の手前味噌の譬えとおなじで、町では別のことも言われてるぜ。

アレウサ：人の噂ほどあてにならないものはない。人の言うことに鼻面を引き回されてるとろくなことはないよ、こっちの方が本当なんだからね。噂なんてのはいずれにしてもやっかみ半分、言うことはデタラメ、後ろ指をさすのが誠意、認めるのは悪意あってのことなんだ。それがあたりまえになっているんだから、メリベアの気品と器量よしの評判をそのままとは思いなさんなよ。

センプロニオ：噂好きの連中は自分の主人の欠点を許さないものだから、メリベアになにか瑕瑾《きず》があるなら、俺たち仲間内よりもおそばに仕えている者たちがもう暴き立てていると思う。あんたの言う通りかも知れないが、カリストは貴族だしメリベアも由緒ある家柄だ。つまり高貴の血筋に生まれたもの同士が引かれ会う。だからほかの女よりもあの女に引かれるのに不思議はないんだ。

アレウサ：己を卑下する者は自らを貶める。所業《しょぎょう》が家系を作る。所詮はみんなアダムとエバの子孫。ひとりひとりがよくなろうとするべきで、先祖の家系に徳目を求めるなかれ。

セレスティーナ：あんたたち、頼むから言い争いはそれぐらいにしておくれ。エリシア、気を静めて食卓へお戻り。

エリシア：食べた物がお腹におさまらない、食べた途端に破裂するかもね！　メリベアの屑女《くずおんな》が私より上品だと面と向かって言うこの悪党と食事をしなくちゃならないの？

センプロニオ：よせよ、始めたのはおまえじゃないか。なにごとも比べるのはよくない。おまえが悪いんだ、俺じゃない。

アレウサ：さあ、こちらへおいで。この頑固な悪党どもをよろこばすことはない。でないと私も食べるのよすよ。

エリシア：あんたに嫌な思いをさせたくないし、みんなのためにもこいつの言うとおりにする。

センプロニオ：ヘッ、ヘッ、ヘッ！

エリシア：何がおかしいのよ？　さもしい憎たれ口がひん曲がってしまえ！

セレスティーナ：何か言うんじゃないよ、きりがない。肝心の話に戻ろう、カリストはどうしてる？

様子はどうだい？　ふたりしてうまく抜け出して来たんだね？

パルメノ：落胆と失望で半ば正気を失って、火を吹くばかりに呪いを吐くかと思えば、マグダレーナ教会へミサに出かけて、あんたがうまく獲物を仕留めますようにと神様に願掛けして、メリベアの所から朗報を持って来るまでは家へ戻らないと言ってる。あんたのスカートと外套、それに俺にも上着が確実だ。ほかにもありそうだが、いつ貰えるかは分からん。

セレスティーナ：いずれにしても、待てば海路の日和あり。濡れ手で粟とはうれしいじゃないか。なにしろたっぷりとある裕福なところから、わずかばかりのおこぼれにあずかって困窮をしのぐことが出来る。無くなってもあちらの腹は痛まないし、場合が場合だけに悟られても大事ない。恋に惚けて分かるものか。

カリストほどには色恋に入れ込んでない男たちを知っているけど、それから判断するに痛みも感じないし、目は見えず耳は聞こえずだ。あの優しくも獰猛な心の傷に当惑して食べ物も飲み物も喉を通らない、笑わない、泣かない、眠れない、夜更かしはしない、しゃべらない、黙らない、苦しみもしなければ休みもしない、喜びもなければ不満も言わない(3)。

どうしてもやらなくちゃならないことは別として、食べてる途中でたちまちぼんやりと物思いにふけって手は食べ物を口へ運ぶのを忘れてしまう。あの連中と話してもまともな返事のかえってきたためしがない。身体はそこにあっても魂と感覚は女の所へいってしまってるんだ。
　恋の力はたいしたもので、地上どころか大海原をも越えて行く力を発揮する。世の男たるものすべてに同じ力をおよぼして、どんな困難をも乗り越えさせる。欲しくてたまらないけれど恐ろしくもありかつ優しくもある力で、万象をくつがえす。おまえたちもよき想い人であるなら、私の言うのが真実だと分かるだろう。

センプロニオ：おばさん、あんたの言うとおりだと思う。ここしばらく俺をカリストもどきにしてしまう女がいた。感覚は痺れ、身体は疲れる、頭はぼんやり、日ごとによく眠れず、毎晩の宵っ張り、夜明けに恋歌を口ずさみ、騒いだりおどけてみたり、塀も乗り越えた、毎日のように命を粗末にして牛に向かったり、馬を走らせたり、棒投げも槍投げもした、友達に絡んだり、剣を折ったたし梯子にも登った、甲冑を着てみたり…、ほかにも恋に惚けてやることをさまざま、詩も作った、愛称を考え、捧げる言葉も考えた…。どれも無駄にはならなかった。素晴らしい宝物を手に入れたんだからな。

エリシア：私を物にしたつもりなら料簡違《りょうけんちが》いだよ！　はっきり言っておくけど、なにかと嗅ぎ回って嫌味を言うあんたなんかと違って、ずっと粋で素敵な人がいたのに気がつかなかったでしょうが。一年もイタチの道で、来たと思えば面倒事を引き起こすあんたとは大違いさ！

セレスティーナ：戯言《たわごと》だから言わせておきな。悪態をついてますます恋心を固めているんだ。メリベアのことを褒めたりするからだよ。ああ言うよりほかに返しようを知らないんだ。食事のあとのお楽しみが待ち遠しくて仕方がないんだよ。もうひとりのいい娘《こ》のことも知ってるよ。青春を楽しむがいい。時のあるうちが花、後悔先に立たず。若い盛りの時に望まれながら無駄にしてきた時間を今になって悔やんでいるのが私さ。馬鹿なことをしたよ。老いぼれた今となっては何の欲もないけれど誰も相手にしてくれない。口づけして抱きあいな、わたしゃ目の保養をさせてもらうよ。

食卓にいるあいだは上半身は無礼講。食卓を離れたらあとは勝手次第におやり。若い女の子だ、不自由はさせるものか。老人のセレスティーナは、土手の歯ぎしりで食卓のパンくずをもぐもぐやるばかりさ。よろこびな、おまえたち、羽目を外して、おおいに笑って楽しんで馬鹿騒ぎをおやり！　あれこれ問いただすのはおあずけだ！　これ、食卓が倒れるじゃないか！

エリシア：お母さん、誰か来たみたい。ちょっと、静かに！

セレスティーナ：誰だか見てごらん。ひょっとしたら盛大に盛り上げてくれるお人かも知れない。

エリシア：声からしてどうやら従妹のルクレシアらしい。

セレスティーナ：いいところへ来た、開けて入れておやり。閉じ籠もってばかりで青春を楽しめないでいるけど少しは羽目を外せばいいいんだ。

アレウサ：私なんかそうやってる。ほんと、ご主人に仕える女たちは、恋の甘い果実を楽しむことも味わうこともできないんだ。親戚や友人と親しく接して、「夕食にはなにを？」「おめでたなの？」「雛鶏は何羽かってらっしゃるの！」「お茶に呼んでちょうだい」「恋人に紹介してよ」「ずいぶんおひさしぶりね？」「あの人とはうまくいってる？」「お隣さんはどんな人？」などとこんなことを話題に出来ない。ああ、おばさん、幾度も口にする「奥様」と言う呼び名は、なんと肩ひじの張った重々しい威張った言葉だろう。だから分別がついてからはずっとひとりで生きてきた。自分の名前で呼んでもらったことがないし、いまどきの奥様方からはなおさらのこと。さんざんにこき使っておいて、自分の着古した襤褸《ぼろ》スカート一枚で十年分の給金のつもり。容赦なく横柄に扱われ、いつも後ろに引き据えられているから面と向かって口をきく勇気も出ない。

持参金を持たせて嫁がせねばならない時期になると下男や息子と怪しいの、夫を誘惑したの、男を家に引き込んだとか器が無くなった、指輪が紛失したとあれこれあらぬ難癖を言いたてる。ついには鞭の百回も食らって、頭からスカートを引き被って戸口から放り出され、「出てゆけ、盗人、売女。家の名誉を台無しにしやがって！」と言われるしまつ(4)。骨折り損のくたびれもうけ。所帯を持って出て行ってくれれば厄介払いで口が減る。婚礼の衣装や宝石を期待していると肩すかしを食らってしおしおと裸で出て行くことになる。これがご褒美、お恵みでもあり給金なのさ。亭主をもたせにゃならぬが服は剥ぎ取る。家から家へと言伝を持たせて街を巡り歩かせるのがその家《や》の最高の名誉なんだ。

ついぞ名前など呼んでもらえることがない。言われるのは、「こっちだよ、売女」「あっちだ、淫売」「どこへ行った、ずぼら！」「なにしてるんだい、まぬけ」「これ、食べちゃったのかい、食いしん坊」「鍋は洗ったの、怠け者」「外套を綺麗にしてないじゃないか、グズ」「なんのこと、それ、おばか」「皿を割ったね、不精者」「タオルが見あたらない、盗人、男にやったね」「来てごらん、どろぼう女、太らせた雌鶏がいない、はやくお探し。見つからないと給金からさっぴくよ。」ほかにもつねったり靴のつま先でこづいたり、棒や鞭は日常茶飯。意地にもがまんにも辛抱できるもんでない。怒鳴り散らすのが楽しみで、叱りつけるのが嬉しいのさ。どれほどやってもまだ足りないんだ。だから、お母さん、豪勢なお屋敷で人に使われて苦労するより自分の小さな家の主になって気楽に暮らしたかった。

セレスティーナ：えらいね、自分のやるべきことがよく分かっている。学者も言ってる。「諍《いさか》いの絶えないお屋敷よりも平和な家のパンの屑。」もうおよし、ルクレシアが来た。(5)

ルクレシア：よろしく召し上がれ、おばさんもみなさんも。行い正しいみなさんに神の祝福がありますように。

セレスティーナ：おや、まあ、ご大層な挨拶だこと。二十年前の私の全盛期を知らないね。ああ、去年《こぞ》の昔と今を見て心痛めぬ者はなし。今あんたの従妹たちが座っているこの食卓にあんたと同じ年頃の娘が九人いて、一番の年かさでも十八を越えていなかったし十四を下まわる子もいなかった。

世の中は有為転変、車輪を回して水桶巡る、いっぱいもあれば空っぽもある。常住なきが万物の定め。変化こそが秩序。わが身の罪と不運から、少しずつ落ちぶれて行ったけど、あのころの素晴らしい評判を思うと涙がとまらない。日ごとに低迷して行って繁栄にも陰りが出て来た。昔の諺にも、栄枯盛衰は世の定め、すべてに限りがあり、すべてにその程がある。

私なりに評判は登り詰めて、あとは衰えて落ちて行くしかなかった。もうどん底だね。ここにきて寿命も残り少ない。だけどようく承知しているんだ、登れば下る、花開けばしぼむ、楽しみのあとに悲しみ、産まれて生き、生きて成長し、成長して老いを迎え、老いさらばえてあの世へ行く。前から覚悟はしているからそれほど苦痛にはならない。もっとも、私だって痛みを感じる生身の人間だからまんざら平気と言うわけでもないけどね。

ルクレシア：若い娘をたくさん抱えた仕事があったじゃない、おばさん、楽に出来る事じゃないもの。

セレスティーナ：仕事ってかい、あんた？　むしろ休息と安らぎだよ。みんなが素直に私を敬ってくれて、周囲からは一目置かれていた。だれひとり勝手なことはしなかったし、私の言うようにしていれば間違いがなく報酬もたっぷり。言いつけた以上の欲は出さず、たとえ足萎え、片目、片腕でもお金をよけいにはずんでくれる人は分け隔てなくあつかった。楽しみはあちら、稼ぎはこちらさ。女の子たちのいやがる召使いたちだっていたよ。貴族、老人、若者、司教から納所坊主まであらゆる坊さまたちもいたね。

教会へ入ると公爵夫人なみに敬意を払って帽子をとってくれたものだった。私にあまり関わりのない者はみじめな思いだったろうね。半レグア〔約三キロ〕も向こうから私の姿を認めると時祷書《じとうしょ》を置いて我先に用件を伺いに駆け寄ったり、自分の一件の首尾を尋ねるのさ。ミサをあげているときに私が入ってくるのを見て動揺し、しどろもどろとなってまともに勤行をできなくなる司祭もいた。

「奥様」と呼ぶ者もあれば、「おばさん」、「愛しい人」または「誠実なお婆さん」。あそこで、私の家へ来る日取りを決めたり、こちらから訪ねる算段をしたり、支払いをするかと思えば約束をしたり贈り物をくれたり、外套の端に口づけはするし、中には私をもっと喜ばせようと顔に口づけをするものもあった。

今じゃ運命のおかげでこんなざまだから「丈夫な靴底あればいい」とでも言うところかねえ。

センプロニオ：坊さんたちゃ頭のてっぺんを剃った連中の話には驚きだ。みんながみんなじゃないんだろけど！

セレスティーナ：そうともさ、おまえ、こう言っちゃなんだけどね、まったく関わりを持たなかったり、私には目もくれない敬虔なご老人方もたくさんいる。だけど、私と話している者たちを羨んでいたと思うね。聖職者といっても幅広いから様々だった。ひどく敬虔な人もいれば私の仕事の女の子たちを切り盛りするお人もいた。きっと今もいると思うよ。

帰り道に従者や小僧を付けて寄こす人もあった。家へ着くやいなや玄関口から雄鶏、雌鶏、ガチョウの雛、カモの雛、シャコ、雉鳩、豚の腿肉、お菓子類、子豚が続々と運び込まれる。どれもこれも神様の十分の一税〔教会に収める〕に徴収したもので、さっそくに帳簿に記入してから私と敬虔な女たちがありがたく飲み食いするわけさ。

ぶどう酒は無尽蔵！　町には方々から取り寄せた銘酒があったけど、なかでもモンビエドロ産、ルーケ産、トロ産、マドリガル産、サン・マルティン産、それにほかの産地からもいっぱい。(6)味の違いは舌に残っているけど、あんまり数が多くてそれぞれの産地については覚えてないんだ。私のような老婆がひとつひとつぶどう酒の産地を嗅ぎ当てるなんてのはうんざりじゃないか。

税を徴集する資格のない司祭に教区民が、頸垂帯の十字に口づけをして丸パンを奉納するまえから、私の家にはパンが届いてた。贈り物を担いだ若者たちが石投げ遊びの石礫《いしつぶて》みたいに雨霰《あめあられ》と戸口をくぐったものさ。(7)こうも尾羽打ち枯らしてどう暮らせばいいものやら。

アレウサ：だめよ、おばさん、楽しみに来たんだから、涙は拭いて気をしっかり持ちなさい。なんとかなりますよ。

セレスティーナ：楽しかった時のことを思い出して、今の生活を思いやると涙がとまらないんだよ。

みんなが敬意をはらってくれたし、生まれたのを誰も知らないうちに、初生《はつな》りの果実を取りあげるのは私の仕事と決まってた。妊婦の嗜好が変わっても家《うち》へ来れば何でもあった。(8)

センプロニオ：おっ母さん、いまのあんたには昔のよき時代の思い出にひたっていても三文の得にもならない。落ち込むばっかりで、せっかくの楽しみも台無しにしてしまう。食卓を片づけよう。お楽しみといこうぜ。あんたはこいつの話を聞いてやりなよ。

セレスティーナ：ルクレシア、ご託はわきへ置いて、ここへ来たわけを言ってごらんな？

ルクレシア：楽しかった昔話を聞くのにかまけて肝心の言づけを忘れてた。今の話を聞いて、あの若い娘たちが楽しんでいた素晴らしい生活に思いを馳せていると自分もそこにいるような気になって、飲み食いを忘れて一年でも聞き惚れるほどだった。

私が来たのは、おばさん、他でもない飾り紐を返してもらいたいの。それとは別に、ご主人様からすぐに来てもらいたいとのことです。と言うのも目眩がひどくて胸が痛むんですって。

セレスティーナ：その程度の痛みで心配するほどのこともあるまい。若い身空で胸が痛むとはお気の毒な！

ルクレシア：（よく言うよ、とぼけやがって！　老いぼれ婆さんが魔法をかけておいて知らぬ顔の半兵衛だろうに。）

セレスティーナ：何かいったかえ、おまえ？

ルクレシア：お母さん、急ぎましょう。それから飾り紐をお願い。

セレスティーナ：行こうか。お待ちかねだろう。

第十幕の梗概

セレスティーナとルクレシアが道を歩いている一方でメリベアのひとりごと。ふたりが玄関へ着いてまずルクレシアが入る。セレスティーナを招き入れる。メリベアがいろいろとしゃべったあと、カリストへの燃える心をセレスティーナに打ち明ける。そこへメリベアの母親アリサが来る。アリサは娘メリベアをかたわらへ呼んでセレスティーナの商売を尋ねる。あまり長く話してはいけないと注意する。

メリベア、セレスティーナ、ルクレシア、アリサ

メリベア：ああ、困った！　浅はかだった！　昨日、私を虜にしたあの方からの依頼があったとき、頼み事を聞き入れてセレスティーナに託したのはまずかったかしら。よく思われていない、いい返事がもらえないと考えて別の女に気を移せば嫌でも私の深傷《ふかで》が現れてしまう。あちらに満足、私は何気ない風を装っていた方がよくはなかったかしら？　やむにやまれずこちらの気持ちを打ち明けるよりもあちらから頼まれて約束するほうがずっとましじゃない！

ああ、忠義のルクレシア！　何と言うだろう？　おまえにも言ったことのない胸の内を明か

したら頭が変になったと思うかしら？　深窓の令嬢としていつに変わらず慣れ親しんできたものを、たしなみを忘れ、恥を捨て去る大胆さにさぞ驚くでしょう！　この苦痛がどこから来るのかおまえには想像もつくまい。ああ、早く治療の薬を持って帰って来ておくれ！

至高の神さま！　すべて悩める人がことごとくに呼び奉り、熱情に焼かれる人が手立てを乞い求め、傷ついた者が治療を願う神さま、天も地も地獄の奈落の底までが従い、森羅万象を人間に隷属させ給う神さま、伏してお願いいたします、病める心にがまんと忍耐を与え、この恐ろしい情熱を押し隠せるようにしてください。苦痛のもとが別にあると見せかけて、この燃える思いを覆う貞節の鍍金《メッキ》を剥がさないでください。

でも、あの方のお姿が一服の毒薬となってこんなに苦しんでいるのをどう隠せようか？　ああ、女心のなんとひ弱で脆《もろ》いこと！　燃え立つ恋の悩みを男のようにおおっぴらにするのがどうして女には許されないの？　カリストさまが悩むことなく、私も苦しまなくてすめばいいものを！

ルクレシア∶（舞台奥で）　おばさん、この扉のところでしばらく待っていて。誰と話しているのか見てくるから。（中から）　おいでなさい、独り言(1)だった。

メリベア∶垂れ布を閉めてちょうだい、ルクレシア。

ああ、物知りで誠実なお婆さん、よく来て下さいました！　紳士の治療にいるからと飾り紐を持って行ったお返しに、運良く幸運の車が回ってこんなに早くあなたのお知恵を拝借することになるなんてどうしたことでしょう。

セレスティーナ：頬を染めていらっしゃいますね、いったいどこのお加減が悪いんです、お嬢さま？
メリベア：お婆さん、身体の中から蛇が心臓を噛むの。
セレスティーナ：（しめた、そうこなくちゃ！　怒ったつけは払ってもらうよ、恋患いさん！）
メリベア：なに？　病気の原因に心当たりがあるの？
セレスティーナ：まだ症状をうかがっておりません、お嬢さま。原因に見当をつけろとおっしゃいますか？　私に申せるのは、器量良しのあなたさまが悲しんでおられるのを見るのはつろうございますとだけです。
メリベア：正直なお婆さん、あなたが素晴らしく物知りなのは聞いてます、何とかしてちょうだい。
セレスティーナ：お嬢さま、神さまだけが賢者でございます。ですが、病人の健康と治療に薬を見つけ出す恩恵が人には与えられております。経験あるいは学問または直感によって得られますが、この老婆にもいささかの心得がございます。さっそくにあなた様のお役に立つでございましょう。
メリベア：ああ、なんとありがたくも嬉しいことを聞くのでしょう！　診察する人の晴れやかな顔ほど病人に心強いものはありません。千々に砕けた心臓があなたの手の中にあって、その気にさえなれば、言葉の威力によって造作もなく元に戻してもらえるような気がします。
マケドニアの大王アレキサンダーが龍の口に薬草の根があるのを夢に見て、蝮に噛まれた家臣トロメオをそれで治したようにです。病根をつきとめるのに手抜きをせず、全力を傾けて治療を頼みます。
セレスティーナ：回復を願うお気持ちがあればほとんど治ったようなものです、あなた様の病はどれほどのこともありますまい。ですが、効き目の確かなお薬を差し上げる前に三つばかり知っておきたいことがございます。

　まず、お身体のどのあたりがもっとも痛みましょうか。次に初めての痛みかどうか。と申しますのが、長引いた症状よりも早い時点の方が治りは早うございます。動物でも、老いて皮が固くなってしまってからよりは子供の時の方が頸木《くびき》にかけて慣らしやすく、植物にしても実を結ぶようになってから移すよりも若木のうちの方が根がつきやすいものです。また古い習いとなって毎日のように繰り返す悪徳よりも身につく前の悪癖の方がはるかに捨て安うございます。

　最後に、病が住みつくような何か思い詰めているひどい悩みがおありかどうか。これをうかがったうえで治療にかかりましょう。ですから告解師へ話すように医師には何事も包み隠さず打ち明けて下さいましよ。

メリベア：お友達のセレスティーナ、知識と治療にすぐれたお人、原因を突きとめる道を開いて下さった。なるほどこの種の病を治すのにたけた婦人としてのお訊ねです。私の病は心にあります。左胸に巣くってそこから身体中に稲妻を放っています。それにこれは初めての症状で、苦痛のあまりに正気を失うことになろうとは思いもよりませんでした。
　顔は火照《ほて》るし食事は喉を通らない、夜は眠れない、笑い顔なんて見たくもない。思い詰めていることはないかとの最後のお訊ねだけど思い当たりません。親戚に死者がでたわけでもないし、財産が減ったとか、幻影を見たとか、変な夢に怯えた覚えもなく、ただ飾り紐を借りたいと言われたときに、もしや貴族のあのカリストさまからの依頼ではないかと感じたときの驚きのほかに思い当たる節がないのです。

セレスティーナ：さようでございますか、お嬢さま。それほどお嫌な名前ですか？　申し上げただけで毒薬を流し込むほどに邪悪な名前でございますか？　病のもとはそれではなく、私の見立てでは原因はほかにございますよ。よろしければお許しを願って申し上げましょう。
メリベア：お許しだなんて、セレスティーナ、病気を治して下さるのに許しも何もあるものですか。どこの医者が患者を治すのにいちいち許可を求めますか？　お願い、いいから言ってちょうだい。名誉に傷のつかない限りどんな許可でもあげます。
セレスティーナ：苦痛を訴えながら片方では薬を怖がっておられますね、お嬢さま。その恐れがこちらにも迷いを生じ、迷いから様子を見ることになり、様子を見ていると病と治療との間に時間を置くことになります。そうなると痛みもとれず私が来たのも無駄となります。
メリベア：治療が遅れるとそれだけ悩みと苦しみが増すことになります。あなたのお薬は、淫《みだ》らの粉薬、罪悪の水薬、患者の苦痛を越えた激痛を呼ぶ散薬なのか、あるいはどれもご存知がないのでしょう。だってどちらかの要素が治療をさまたげないなら躊躇なくなんらかの治療法を言ってくれるはずじゃないですか。どうか名誉を汚さない限り心おきなく言って下さいな。
セレスティーナ：溶かした熱い松脂《まつやに》を傷口に塗ると痛みはもっとひどくなり、健康な生身に受けた最初の傷よりも傷口を縫い合わせる痛みはさらに苦しみを増すのは知れたこと。元気になりたいのなら、そして私の鮮やかな針さばきを安心して見ているつもりがおありなら、手足を縛ってじっと動かずに、目には優しく覆いをかけてやり、舌には沈黙の手綱をかけ、耳には綿を詰めてじっと耐えることです。そうすればその道の手練《てだ》れの業をごらんにいれますよ。
メリベア：ああ、もうじれったい！　能書きはいいから、好きにやってちょうだい。この痛みと苦しみほどに厳しい荒療治はないはずだから。名誉に手をかけるなり、名声を汚すなり、身体を傷《いた》めるなり、病める心臓を抜き取るのにたとえこの身体を断ち割ろうとも誓って不服は申しません。回復できたら褒美は思いのままですよ。
ルクレシア：（お嬢さまはすっかり頭がおかしくなってしまってる。まずいことになった。この魔女の手中にすっかりはまってしまっている。）
セレスティーナ：（どこにも邪魔が入る。パルメノがいないと思ったらルクレシアだ。）
メリベア：何を言ってるの、お婆さん？　女中が何か言った？
セレスティーナ：いいえ、別に何も。いずれにしても、大きな治療を前に毅然とした医者と弱気の医者とでは大いに違いがございます。自信のない医者はしきりと残念がったり、気の毒がったり、やたらと落ち着きがなくて患者を不安に陥れて治療に不審を抱かせます。それが医者を苛立たせて混乱させ、動揺で手元が狂って針先が鈍るのです。あなた様の治療にも他人がいては不都合なのがはっきりしていますのでお人払いを願います。あんた、ルクレシア、悪いね。
メリベア：早く出て行きなさい！
ルクレシア：（やれ、やれ、すっかり取り込まれてしまって！）承知いたしました、お嬢さま。
セレスティーナ：ご不審ながらも私の治療の幾ばくかを飲み込んで頂いたようですし、あなた様の病の重さに勇気を得ました。けれどあちらのカリストさまのお邸からもっと効き目のあらたかな薬と健やかな安らぎを持って参りませんと。
メリベア：いいの、お婆さん、あちらのお邸に私に役立つものはないし、ここでは名前を言わないで。

セレスティーナ：がまんなさいませ、お嬢様、これが手始めの一歩ですからそうは参りません。でないと何事もうまくいきません。傷口は大きいのですから手荒な治療が必要です。剛は剛をもってよくこれを柔となす。慈悲深き医師の治療ほど大きな痕跡を残し、虎穴《こけつ》に入らずば虎児《こじ》を得ずと賢者も申しております。ご辛抱なさい、災いをもって薬となす、迎え針を打って針をぬく、毒をもって毒を制すのでございます。恨んだり失望したりなさいますな。カリストさまのような立派なお人の悪口を言うのもよくありません。ご存じだったらの話ですが……。

メリベア：ああ、お願いだから苦しめないで！　あの方を褒めたり、善し悪しは別にして名前を口にしないでと言ったでしょ？

セレスティーナ：お嬢さま、次にでございますが、苦しみに耐えていただかないと私の来た甲斐がまるでなくなります。お約束通りに耐えてくださるなら健康になって何の借りもなくなり、カリストさまも悩みがとれて支払いもなくなります。先ほど治療のこと、そして言葉だけで実際には身体に届くわけではない、見えない針のたとえを申しました。

メリベア：あんまりあの方の名前を言うとがまんの約束も保証もできません。借りがなくなるって何のこと？　何か借りてるの？　私が貸しているわけ？　私のために何かをなさったの？　私の病気にあの方がここで必要なのかしら？　そんなことを聞くぐらいならこの身体を引き裂いて心の臓を引き抜く方がましです。

セレスティーナ：お召し物のうえから恋が胸に忍び込んだのですから、お身体を傷つけずに治療をいたしましょう。

メリベア：身体の奥処《おくが》を占めているこの病を世間では何と言うの？

セレスティーナ：甘き恋！
メリベア：なるほど、道理でそう聞いただけで心が嬉しくなります。
セレスティーナ：秘めた炎、嬉しい傷、甘い毒薬、苦い甘さ、嬉しい苦痛、楽しい拷問、甘美にして獰猛な傷、優しき死でございますよ。
メリベア：ああ、運のない！　今の矛盾を含んだ言葉の意味からすると、誰かに有益でも別の人には苦痛なのだから、おっしゃるのが真実なら私の命はおぼつかない。
セレスティーナ：瑞々《みずみず》しい健康に自信をお持ちなさい、お嬢さま。天の神さまが撃つ時は癒しの手段もお与えくださるものです。ましてやあなた様はこんなことに関わりなく生まれた美貌の華でございますもの。
メリベア：お名前は何ておっしゃるの？
セレスティーナ：申しかねます。
メリベア：心配しなくてもいいの、言って。
セレスティーナ：カリストさま…。あれ、まあ、メリベアお嬢さま！　ぐったりとなさってどうしました？　意識を失った？　これは困った！　頭を起こしてくださいよ！　ああ、ついてないよまったく、ここにきてとんだつまづきだよ！　死なれたりしたらこちらも命がない。たとえ死なないまでもこちらの素性が知れて病気と治療の一件を隠し通せなくなってしまう。お嬢さま、メリベアさま！　お可哀想に、どうなさいました？　楽しいおしゃべりはどうなりました？　明るいお顔はどこへいきました？　澄んだ瞳を開いてくださいよ！　ルクレシア、ルクレシア、早く来ておくれ！　ご主人様が気絶なさったよ！　早く水を持ってきておくれ！
メリベア：大丈夫、騒がないで、もう平気です。家中の騒ぎになるから。
セレスティーナ：ああ、心配しましたよ！　しっかりなさい、お嬢さま、もとに戻ってくださいましょ。
メリベア：ずっとよくなりました。もういいの、うるさくしないで。
セレスティーナ：どういたしましょう、お嬢様？　ご気分はいかがです？　縫い目がほころびるかと思いましたよ。
メリベア：操《みさお》は毀《こは》れ、こだわりも消え、たまらない恥ずかしさもなくなった。気力も言葉も、それに感覚のほとんどがいつもどおりにぴったりとわが身に寄り添って片時もそばを離れずにあったものを、ああ、もはや新しい指南役、忠実な秘書役のあなたに公然の秘密を隠そうとしても所詮は無駄な足掻きというもの。あの貴族が私に恋を打ち明けてからもう何日にもなる。(2)あのときは無闇と腹が立ったけれど、それだけにいっそうあの名前を聞いたときは嬉しかった。傷が縫い合わされた今、思い通りにやってくださいな。飾り紐に思いを託して持って行ってくださったわね。あの方の歯痛《はいた》が私にはいっそうの責め苦、あの方の苦しみが私のさらなる苦しみでした。あなたの忍耐強いのには頭が下がります。大胆さに分別があり、縦横な働き、気配りがあって毅然とした歩み、闊達なおしゃべり、豊富な知識、過分な心遣い、押しの強さには感服します。あの方も大いにあなたを頼りになさっているでしょうし、私はそれ以上です。いくらせっついても謀《はかりごと》を胸に秘めてくじけることがない。それどころか忠義の召使いらしく、なじられるとますます熱心になり、手厳しくされるといっそう努力する。辛くあたられるとなおさらにこやかな顔を見せて、私が不機嫌になればもっとへりくだって下手に出る。そのあげくに心配をすっかり取り除いて、あなたにも誰にも話す気のなかった秘密を胸から引き出してしまった。

セレスティーナ：お友達のお嬢様、驚くにはおよびません、最後にその目標があればこそ、あなたのような深窓のお嬢様方がおびえて手厳しくはねつけるのに耐えるだけの勇気を与えてくれるのです。

実を申しますと、こちらへ伺う道すがら、お願いをするべきかどうか、腹をくくるまではとてものことに不安でなりませんでした。お父上の大層な権威を考えると心配でございます。カリストさまの魅力を思うにつけ勇気が湧き、あなたさまの貞淑さを考えては懸念を抱いておりました。

あなたの美徳と淑やかさを間近にして勇気百倍いたしましたよ。二の足を踏んだり確信を得たりでございましたが、そうやって、お嬢様、なんともありがたいことにお心を打ち明けてくださり、秘密の話を私の膝にぶちまけてくださいました。この亀裂の繕いは私の手におまかせなさい。あなたの望みとカリスト様の願いが間もなく成就するように努力いたします。

メリベア：ああ、私の愛しいカリストさま、嬉しくてたまらない！　私と同じ気持ちでいらっしゃるなら離れて生きていけるのが驚きです。ああ、どうかお婆さん、後生ですからすぐにも会えるように計らってくださいな。

セレスティーナ：会って話せるようにいたしましょう。

メリベア：お話ができるの？　そんなの無理よ。

セレスティーナ：何事も成せばなります。
メリベア：どうやるの？
セレスティーナ：まかせなさい。いいですか、お邸の扉越しですよ。
メリベア：いつ？
セレスティーナ：今夜。
メリベア：だと素晴らしいけど、時間は？
セレスティーナ：十二時に。
メリベア：じゃ、忠実な友達のお婆さん、あちらへ話してその時間にそっとくるように、それから先はあちら次第だと伝えてちょうだい。
セレスティーナ：それではご機嫌よう。母上がお見えのようです。

メリベア：忠義の召使いにして忠実な秘書役、友達のルクレシア、あの方の恋心に捉えられてしまってもう私の手におえないのが分かるでしょ。心嬉しい恋の楽しみを封印して決して外に洩らすんじゃありませんよ。あんたの忠義をあてにしているからね。
ルクレシア：お嬢様、ずっと前からお嬢様の病を存じていましたが黙っておりました。ふしだらにおなりではないかと心を痛めていたのでございます。

心を焦がす炎を奥に秘めて隠そうとなさればなさるほど、それが赤い色となってお顔に現れ、心に落ち着きがなくなり、なさる事がちぐはぐとなり、食欲も落ちてよくお休みになれなかった。お悩みのご様子がおのずと現れていたのでございます。でも、心が主人《あるじ》を支配して、たとえば途方もない欲望などに振り回されているときなどは、取ってつけた慰めの言葉よりもひたすら仕えることが召使いの使命だと心得て、心痛に耐え、懸念には口をつぐんで忠義に仕えて参りました。ではございますが、響きのいい言葉よりも、耳に痛い助言をいたすべきだったのでしょう。ですが、もはや死ぬか愛するかの道しかないのですから、しかるべき道をとるのがよろしゅうございます。

アリサ：なに用があって毎日おいでなの？

セレスティーナ：奥様、きのうは糸の量が少し足りませんでしたので、約束通りに今日はその補いに参りました。それではこれで、ご機嫌よろしゅう。

アリサ：お気をつけて。メリベア、お婆さんは何だって？

メリベア：昇汞水《しょうこうすい》を少し持ってきたの、お母様。

アリサ：お婆さんの言ってたのよりはもっともらしい口実だわね。私が気にかけると思って嘘をついたのね。とんでもない嘘つきで、金持ちを狙う名うての泥棒なんだから気をつけるんだよ。詐欺のまがい物を売りつける手口で人の誠意を踏みにじる、名声はぶち壊す、ものの三度も家へ入れてごらん評判はがた落ちだから。

ルクレシア：（気づくのが遅すぎた。）

アリサ：いいこと、私の留守中にあの婆さんがまた来たら甘い顔を見せるんじゃありませんよ。しっかりと行いを正していれば二度とやってこないからね。まことの美徳は剣に勝るものです。

メリベア：そうなの？　わかりました！　肝に銘じて充分に気をつけます。

第十一幕の梗概

セレスティーナがメリベアと別れて独り言を言いながら歩いている。マグダレーナ教会へ主人を迎えに向かう途中のセンプロニオとパルメノに出会う。センプロニオがカリストと話している。ふいにセレスティーナが現れる。そろってカリストの邸へ向かう。セレスティーナはメリベアからの伝言と用件を伝える。そのあいだにパルメノとセンプロニオがお互いにひそひそ話。セレスティーナがカリストのもとを辞して家に戻って扉を叩く。エリシアが開く。夕食をして眠りに就く。

セレスティーナ、センプロニオ、カリスト、パルメノ、エリシア

セレスティーナ：ああ、上々の首尾だった！　パルメノとセンプロニオがマグダレーナ教会へ行くようだ。後について行ってみよう。カリストがあちらにいなければ一緒にお邸の方へ回って朗報の報酬にありつくとしよう。

センプロニオ：旦那様、ここにいるととかく世間の噂になります。どんな敬虔な人物でも偽善者よばわりするのが世の常ですから、人の口に上るのは避けた方がようございます。聖者を囓らんば

かりに口づけをして祈願していると言ってますよ。悩みがあるなら家の中だけにして、外で人に見せるのはお控えなさい。自分の苦悩をひと様に見せるのはよくありません。タンバリンは上手の手に任せろと言います。

カリスト：誰の手だ？

センプロニオ：セレスティーナです。

セレスティーナ：セレスティーナをお呼びでございますか？　カリストさまの下僕《しもべ》を何と仰せでございます？　アルセディアーノ街からずっと後を追ったのですがこの長スカートじゃどうしても追い付けませんでした。

カリスト：ああ、この世の宝、わが苦難の救い手、わが身を映す鏡！　その気高いお姿、端麗な老いたお姿を見るだけで心が楽しくなる。首尾はいかに、何か知らせはおありか？　お姿をみるだけで嬉しく、天にも昇る気持ちだ。

セレスティーナ：実を申しますと。

カリスト：何だ、どうした？　頼むから、はっきりと言ってくれ。

セレスティーナ：まず教会を出ましょう。家へもどる道すがらとっておきのお話を致しますから。

パルメノ：（食いついたぞ、兄弟、思惑があるらしい。）

センプロニオ：（聞いてみよう。）

セレスティーナ：今日は一日中この件でかけずりまわって他の大切な仕事はおあずけでございました。あなた様にご満足いただけてもほかの大勢に不満が残ります。ご希望通りとは参りませんが、嬉しい言づけをあずかって来ましたので思ったより首尾はようございました。くどいのは好みませんので手短に申しますと、メリベアさまから御意のままにとのことです。

カリスト：なんだって？

セレスティーナ：すっかりあなた様のもの。父親のプレベリオよりもあなたの言葉と望みのままです。

カリスト：よしてくれ、おばさん、そんなことは言わないでくれ。こいつらだってあんたが正気じゃないと言いかねないじゃないか。メリベアはわがご主人、メリベアはわが神、メリベアは俺の命、俺はその虜、召使いだ。

センプロニオ：（そうやって自分を軽んじて卑下した自信のない事を言って相手に最後まで言わさない。誰に向かっても途方もないことを言っては相手を困惑させなさる。驚くまでもないじゃありませんか。何か褒美をくれてやりなさいよ、そのほうがいい、腹ではあてにしているんですから。）

カリスト：（そうだな。）おばさん、あんたのお手柄に引き合わぬと承知だが、ささやかなお礼だ。仕立屋に儲けさせるのも業腹だから、外套とスカートの代わりにこの金鎖を上げよう。首にかけておけばいい！　あんたの仕事と俺の喜びの手付けだ。

パルメノ：（金鎖だとよ、聞いたか、センプロニオ？　豪儀《ごうぎ》だぜ。どう悪く見積もっても三分の一は頂戴せずにおくものか。）

センプロニオ：（主人に聞こえる。あんまり陰口ばかり言うのでいいかげん気分を損ねている、機嫌を取ってお仕置きを食らわないようにしなくちゃな。頼むから、兄弟、聞くだけにして黙ってろ。耳はふたつ舌は一枚とはこのことだ。）

パルメノ：（確かにな！　婆さんの舌先三寸の言いなり次第で、見ざる、言わざる、聞かざる、すっかりいかれちまってる。両手を天に挙げてどんなに卑猥な身振りで侮辱しても、恋の成就を願ってくれてると思うだろうよ。）

センプロニオ：（セレスティーナの言い種《ぐさ》を黙ってよく聞け。お説ごもっとも、心に響く。拝聴といこうぜ。）

セレスティーナ：カリストさま、私のようなしがない老婆に屈託なく接してくださいます。どんな恵みや贈り物もそれを与える人物に応じて大小の評価が決まると申しますが、至らぬわが身の値踏みをあなた様の身分や財産にまかせたくはございません。むしろ、取るに足らぬ私をあなた様の鷹揚なところで計っていただきたいのです。

風前の灯火《ともしび》となった健康、抜け落ちそうな魂、正気を失った心の回復がそこにかかっております。メリベアさまはあなた以上に夢中、メリベアさまはあなたを愛し、逢いたがっておられます。メリベアさまの考えるのはあなたのことばかり。メリベアさまはあなたのもの、それを拠り所に心の自由を得てあなたよりも激しく身を焦がす炎を静めておられます。

カリスト：おい、これは現《うつつ》か？　空耳《そらみみ》ではなかろうか？　おまえたち、これは夢じゃあるまいな？　昼かそれとも夜か？　ああ、天にいます主なる神よ、夢でなければよいが、いや、目覚めているとも！　褒美が欲しくて言葉巧みにからかうつもりなら、大事ない、ほんとうのところを言ってくれ、それだけでも先ほどのお礼に勝る。

セレスティーナ：望みに打ち拉《ひし》がれた魂は朗報をそのままに取らず、凶報を疑いもしない。冗談かそうでないか、今夜、時計が十二時を打ったら約束通りにあちらの戸口へ行って見れば分かりますよ。私の頼んだこと、あちらの望み、それにあなたへの恋心とそれを導いたのは誰か、ご本人の口からもっとはっきりとお聞きなさるがいいでしょう。

カリスト：なるほど、そこまで行ってるのか？　そこまでやってくれたとはありがたい。もう待ちきれない。それほどの光栄にひたれるとは身に余るうれしさ、あちらの心を捕らえてくれたあんたに何と言えばいいか、感謝のしようもない。

セレスティーナ：繁栄よりも逆境の方が耐えやすいとはよく耳にするところで、幸せには不安がつきまとい不運には慰めがありません。いかがです、カリストさま、あなた様のご身分を考えてもご覧なさいまし。あの方に心を奪われてからどれほどになりますか？　誰に仲立ちを頼んだとお思いです？　うまくいかないのではないかと悩み苦しむばかりでいらしたのをこれっきりにして差し上げると言うのに、命を粗末になさいますか？　それはもう、あなた、セレスティーナが味方についているのですから、愛の建引《たてひき》に必要な物をいっさい欠いていても、ごろた石の道も真っ平ら、水嵩を増した流れも濡れずに渡って世にまたとない幸せ者にして見せますとも。報酬を渡す相手を見くびってはいけません。

カリスト：すると、おばさん、なにかい、あちらもその気なのか？

セレスティーナ：膝まづかんばかりですよ。

センプロニオ：誘っておいて一網打尽ってのもありますよ。犬を殺すにはパンに鉄粉を混ぜ込んで食わせろ、舌に触らないって言うぜ、おっ母さん。

パルメノ：たまにはいいことを言う。そう簡単に色好い返事をくれたり、セレスティーナの思う通りになるとはどうにも眉唾だぜ。ジプシーが手相を読むときにやるように、適当な嬉しがらせを言ってはは注意をそらせておいてその隙に盗みを働くようで信用がならない。

それにしても、おっ母さん、甘い言葉の陰にはトゲがある。のどかな偽牛《にせうし》の鐘がシャコを網に追い込む。(1) 精霊は甘い歌声で素朴な船乗りを引き寄せる。それとおなじで、おとなしくいともたやすく色好い返事をするのは、こちらをまんまとおびき寄せる手口かも知れない。カリストさまの名誉と俺たちの命で自分の潔白を清めるつもりなんだ。母羊やよその雌親のお乳を飲んでる子羊みたいな顔をして、色好い返事をしておいてカリストさまと俺たち関わった人間をことごとくに一網打尽、手勢を使って親鳥も雛鳥も巣ごと引っ捕らえるつもりだ。おまえなんかは自分の家が燃えてるのに「半鐘を鳴らす奴は安全だ」の手合いだぜ。

カリスト：黙れ、腹黒い疑り深いやつらだ！　天使も悪事を働くとでも言いたげだな。そうとも、天使が仮の姿でこの世に住んでいるのがメリベアだ。

センプロニオ：(またしても異端発言だぞ！　いいか、パルメノ、心配するな、たとえいかさまでも報酬は貰える。あとは三十六計逃げるに如《し》かず。)

セレスティーナ：大丈夫でございますとも、旦那様。あんたたち、いらぬ心配だよ。できるだけの手は打ってございます。それではこれでおいとまいたします。御用がございましたらいつなんどきなりともお申し付け下さい。

パルメノ：(ヒッ、ヒッ、ヒッ！)

センプロニオ：(何がおかしい、パルメノ？)

パルメノ：(婆さんのいそいそと帰るのがよ。金鎖を持って出たくて仕方ないんだ。ほんとうに貰ったのか、自分の手に入ったのかどうか信じられないのさ。過分な褒美だからな、メリベアから色好い返事を貰ったカリストと同じに信じられないのさ。）
センプロニオ：（俺たちは言わずに内緒にしているけど、奴は魔術を心得てるし、銅貨の二枚もあれば処女膜を七枚がとこは縫い合わせる婆さん娼婦の女衒《ぜげん》だ、お役目を仕遂げて貰った当然の報酬を取り上げられてはならじと、手に入れた黄金のお宝をしっかりと守り通すのは分かり切ったことじゃないか。大切にしろよ、分け前はたっぷりと戴くからな！）
カリスト：それではこれで、おばさん。眠れぬ夜の疲れを休め、来たるべき夜にそなえて休むとしよう。

セレスティーナ：トン、トン、トン、トン！
エリシア：どなた？
セレスティーナ：開けておくれ、エリシア。
エリシア：こんなに遅くにどうしたの？　お年寄りなんだからいけませんよ。転んだりして命を落としかねないんだから。
セレスティーナ：昼間によく見ておくから大丈夫だよ。段差のあるところや石椅子を避けて真ん中を歩いてる。「壁を抜けるは無理な業」とか「平地を歩くが健康のもと」と言うじゃないか。頭巾や履き物を血で汚すよりは靴に泥のつく方がましだよ。ともかくそんなことはどうでもいい。
エリシア：じゃ、なんなの？
セレスティーナ：みんな帰ってあんたひとりかと思って。

エリシア：もう四時間もまえのことじゃない。それがどうかしたの？
セレスティーナ：早くに引き上げたのならさぞ寂しかっただろうと思ってね。それはいいとして、帰りが遅くなった、食事にして寝るとしよう。

第十二幕の梗概

真夜中となり、カリスト、センプロニオそしてパルメノがそれぞれ武装してメリベアの家へ向かう。ルクレシアとメリベアがカリストを待って戸口にいる。カリストが来る。まずルクレシアが話しかける。メリベアを呼ぶ。ルクレシアはその場を離れ、扉の隙間越しにメリベアとカリストが話す。パルメノとセンプロニオは離れた位置で話をしている。街路に人の気配。ふたりは逃げにかかる。カリストは翌日の逢瀬を約束してメリベアに別れを告げる。外の物音に気づいたプレベリオが目を覚ます。妻アリサを呼ぶ。部屋に大きな足音がするようだがと両親がメリベアに尋ねる。メリベアは喉が渇いたからだと父親に嘘を言う。カリストは下男たちと話しながら邸へ戻る。眠りに就く。パルメノとセンプロニオはセレスティーナの家へ行き、分け前を要求する。セレスティーナは白を切る。争いとなる。ふたりはセレスティーナを手にかけてしまう。エリシアが人を呼ぶ。捕り手がきてふたりを捕縛する。

カリスト、センプロニオ、パルメノ、ルクレシア、メリベア、プレベリオ、アリサ、
セレスティーナ、エリシア

カリスト：おい、時計は何時を打った？

センプロニオ：かれこれ十時頃かと…。

カリスト：ああ、こいつらのいい加減なのには困ったものだ！　こんなに気を張りつめているのに薄ボンヤリと人を食ったことを言う。十時と十一時では大違いなのを承知で口からでまかせの時刻を言うとは何事だ。ああ、気がかりだ！　もしや眠りこけて、センプロニオが十一時を十時だと言い十二時を十一時だと言うのをまともに信じていればどうなる。メリベアが出てきても俺がいないので戻ってしまう。そうなれば苦悩に果てしが無く望みのかなうこともない。「人の悩みは他人事」とはよく言ったものだ。

センプロニオ：知っていながら尋ねるのと知らずに答えるのとに大した違いはありますまい。（この主人は喧嘩はしたいがやり方を知らぬ手合いだな。）

パルメノ：あれこれ言うよりも、今のうちに甲冑の仕度をした方がようございますよ。

カリスト：（こいつの言う通りだ。ここは腹を立てたり、先に起こるかも知れないことを思い煩うよりもこれまでのことを考えるとしよう。備えあれば憂いなし。腹立ちは収まるだろうし和らぐこともあろうからここはひとまず押さえておこう。）パルメノ、胴鎧《どうよろい》を取ってくれ。おまえたちも武装しろ、用心して行くとしよう。「備えあれば勝ったも同然」と言うからな。

パルメノ：胴鎧です、旦那様。

カリスト：手を貸してくれ。おい、センプロニオ、外に誰かいないか見てみろ。

センプロニオ：人影はありません、旦那様、よしんばいたにしても闇夜ですから素姓の知れる恐れはありますまい。

カリスト：少し回り道になるけれど濃い闇に紛れることができるからこちらの道を行こう。十二時が鳴る。いい刻限だ。
パルメノ：もうすぐです。
カリスト：いい頃合に着いた。パルメノ、あの人が扉口へ来ているかどうか見てきてくれ。
パルメノ：私がですか、旦那様？　逢い引きの約束を取りつけたのは私じゃないんですからそれはいけません。私の姿を見て、くれぐれも内緒にしたいのに人に知られてしまったと吃驚《びっくり》してうろたえるか、ただの冷やかしだったと思われるといけませんん、まずご自分で顔を出した方がようございます。
カリスト：なるほどそうだ！　いいことを言ってくれた。こちらの不用意から相手がひっこんでしまったら俺は腑抜けとなって家へ戻らねばならん。俺が行こう。おまえたちはここにいろ。
パルメノ：どう思う、センプロニオ、主人の馬鹿め、危険を考えてまず俺を楯にしようとしやがった。扉の向こうに誰が隠れているか分かったもんでない。なにか企みがあるかも知れないだろ？　主人の思い切った行動をメリベアが懲らしめるつもりでいるかも知れないじゃないか？　それによ、婆さんの言うことはあんまりあてにできない。うまく言っておかないとこちらの命があぶないじゃないか、センプロニオ。
　主人の機嫌を取って言われるままにしていると災難まで背負うことになる。そこはセレスティーナの言う通りで、主人の顔色ばかりうかがっているとろくなことにはならない。自分の信念と戒めに従うことだ。でないと棒打ちを食らうことになる。信念を変えなければ枕を高くして眠れる。うまく危険を避けてせいせいしたぜ。
センプロニオ：待て、待て、パルメノ、嬉しそうに騒ぐんじゃない、人に聞かれる。
パルメノ：よしやがれ、何が嬉しいものか。忠義と見せて奴を行かせておいてこちとらは身の安全を図ったまでよ！　まんまとこちらの思うつぼだ。カリストの場合もそうだけど、こんな仲立ちの仕事に関する限り、世にまたとない俺の才覚を拝ませてやるからこれから先も気をつけていなよ。今度のお嬢様にしたって、旦那にとっては釣り針の餌か鷹の狩餌とおんなじで食らいつくと高くつく。
センプロニオ：そりゃそうだが、心配は無用にしな。いいか、声がしたら三十六計逃げるに如かず。
パルメノ：承知だ、それにぬかりはあるものか。足拵《こしら》えをしっかりと固めてズボンも短いのにしてきたから一目散だとも。おまえがそう言うのを聞いて、臆病者と言われずに済むかと思うと気が楽だ。人に気取られたらご主人さまもプレベリオの追っ手から逃げるだろうから、あとで俺たちが何をしてたか分かってても逃げたのを咎め立てはするまい。
センプロニオ：ああ、友達のパルメノ、仲間同士、気が会ってうれしいよ！　他のことならセレスティーナなんかに用はないんだが、今度の件ではおおいに役に立ちそうだ。
パルメノ：転がり込む物はいただきだ。恥ずかしながら卑怯者のそしりを受けずにおこうとすると、ふたりしてここで主人ともども殺されるのを便々と待つはめになる。主人はともかく、俺たちに死ぬ理由はこれっぽちもないんだ。
センプロニオ：メリベアが出てきたみたいだ。声が小さい、聞け。
パルメノ：ああ、本人じゃなくて誰かが声色をつかっているんじゃないか！

センプロニオ：罠じゃなければいいがな！　何も怖くはないが逃げ道だけは塞がれないようにしよう。
カリスト：（あの物音はひとりじゃないな。ともかく話しかけてみよう。）もし、あなた！
ルクレシア：（カリストさまの声だ。近寄ってみよう。）どなたですか？　そこにいるのはどちら様？
カリスト：お召しによって参じた者です。
ルクレシア：（お嬢様、怖がらずにこちらへおいでなさいまし、あの紳士がお見えです。）
メリベア：（だめでしょ、声を落としなさい。あの方かどうかよく確かめて。）
ルクレシア：（こちらへおいでなさい、たしかにそうですよ、お声で分かります。）
カリスト：（おかしいな。さっきのはメリベアのはずだと思ったが。人の気配がする。まずい！　ともかく逃げるしかない。）
メリベア：（もう少し様子を見てごらん、ルクレシア。）もし、あなた！　お名前は？　誰にご用でしょう？
カリスト：森羅万象を手中に収めるお人、お仕えするのがもったいないお方。あなたの魅力の虜になった者と明かすのをお許し下さい。いまだかつて耳にしたことのない甘やかなお言葉から、あなたこそがメリベアさまに相違ございません。私はあなたのしもべカリストです。
メリベア：（舞台奥で）大胆無類のお言づてをいただいて余儀なくお話いたします、カリストさま。先のお言葉にはすでにお返事を返しましたものを、すでに申し上げた他にまだ何かを言えとおっしゃるのですか？　わたくしの名誉と人格を危うくしないためにも、どうかそのような埓《らち》もない愚かな考えはお捨て下さい。ここへ参りましたのは、お断りを申し上げて煩いを去るためでございます。わたくしの評判を口さがない噂の天秤にかけないで下さい。

カリスト：厳しい戒めをもって逆境に備えた魂には、いかなる不運と言えどもその鉄壁の守りに歯がたちますまい。ですが、戦術も策略もない丸腰のまま大手門から入り込んだ惨めな男は、いかなる反撃をも跳ね返し、色好い返事を収めた武器庫をことごとく打ち破り、難儀ながらも攻め込んで当然ではないですか。

ああ、哀れなりカリスト！　ああ、召使いどもにいいようにあしらわれたか！　ああ、口先ばかりのセレスティーナめ、望みを掻き立てるのはよせ、身を焼く炎をいたずらに燃え上がらせるばかりならいっそ殺してくれ！　言うことが違うではないか！　うまいことを言って絶望の淵に突き落としただけか？　破滅と栄光の鍵を握る女の口から、愛想も何もない冷淡にして憎げな断りの言葉を聞かせるために俺をここへ寄こしたのか？

おお、憎いやつ！　俺に気があると言ったではないか？　改めて追放の宣告を下すためではなく、前に下した追放の刑を許すからこの場所へ来て欲しいと、女の方から恋の囚われ人に言ったのではなかったのか？　誰を信じればいいのだ？　真実はどこだ？　ほんとうを言う者はいないのか？　いつわり者ばかりか？　敵はいったいどいつだ？　誰が信用できる友だ？　裏切りを画策する者ばかりか？　儚くも惨い期待を抱かせたのは誰だ？

メリベア：肺腑を絞るような嘆きはおやめ下さい。心に耐えられないし見るのもつろうございます。情け知らずと非難の涙を流しておられるのを見ると、誠の心に打たれて嬉し涙があふれます。

ああ、私のすべて、愛しいお方、お声を聞くにもましてお顔を拝見できればどれほどうれしいでしょう。でも今は、あの忠義な仲立ち役の舌に乗せて書き送った言葉に署名と封印をするしかないのでございます。申しあげたことはすべてそのとおり、偽りはございません。惑わされないでください、あなた、仰せの通りにいたします。

カリスト：ああ、愛しいお方、わが至福の望み、苦悶の憩いと安らぎ、魂の喜び！　取るに足らぬみじめな男がこれほどの苦患の淵にあって、得も言われぬ優しい愛に浸れるように計って下さった身に余るまたとない恩恵になんと言葉を返しましょう？　あなたの素晴らしさを眺め、ご身分を考え、玲瓏《れいろう》玉をあざむくお姿を新たにし、鷹揚な物腰を見つめ、わが身の至らなさとあなたの家柄、並はずれた優美さ、見事なまでに優れた美徳を考えるにつけ、恋心に焦がれながらも私にはもったいないお方と思っておりました。ところが、ああ、なんとありがたい！　奇しくももたらして下されたその比類のない感動をあだやおろそかにできましょうや？
　久しい以前から魂に宿りながらも、叶わぬ夢と心に言い聞かせて参りました。艶やかな物腰のお姿が目に灯りをともし、胸に炎を燃え上がらせ、舌に活気を与え、一縷の望みを掻き立て、尻込みを叱咤激励、臆病から解き放って勇気百倍、手足の萎えは活力を得てよみがえり、ついに畏れ多くもこのように大胆な行動に出てしまいました。
　こうして柔らかなお言葉を嬉しく耳にいたしておりますが、この馥郁《ふくいく》たる薫りを前もって味わっていなければ、とてものことにあなたのお言葉とは信じられなかったでありましょう。あなたの血筋の正しさと由緒ある家柄を信じる私もカリスト家でありますから釣り合いはとれているとあらためて確信いたしております。

メリベア：（舞台奥で）カリストさま、あなたの素晴らしい資質、見事なまでの気品、家柄の良さを詳しく人から聞いてより、あなたのことが片時たりとも心から離れようとしません。払いのけようと幾日も努力はしてみましたがどうにもならず、あのお婆さんが嬉しいお名前を記憶に呼び覚ますので思いを秘めておくことができず、この場所へ約束の刻限にやって参りました。
　私にどうしろとおっしゃるのか、はたしてどうすればよろしいのかおっしゃって下さい。扉が私どもの喜びを阻み、いくら呪ってみても頑丈な扉に女の細腕。どれほどご不満でも、また不運を嘆いてみてもかないません。

カリスト：われらの喜びを邪魔する板切れに因果を含めればいいではないですか？　阻むのはあなたのお気持ちだけと思っておりました。
　ああ、邪魔な扉め、腹の立つ、私の身を焼く炎の三分の一もあればすぐに燃えますものを！かくなるうえは召使いを呼んでぶち壊させましょう。

パルメノ：（おい、聞いたか、センプロニオ？　まずいことになりそうだ。まっぴらごめんだね。悪いときに恋愛ごっこを始めやがった。ぐずぐずしてられない。）

センプロニオ：（待て、待て、女の方は呼ぶなと言ってる。）

メリベア：（舞台奥で）私を破滅させ評判を落とすおつもりですか？　理性の手綱を放してはいけません。願いはかないますし、その時はお望みのままでございます。「汝の悩み軽きものとせよ、われはふたりの悩みを受け、汝の苦悩はただひとつ、わが苦悩は汝とわれのふたつ。」明日のこの時刻に庭園の壁外へ来ることでがまんして下さい。
　この無情の扉を壊せば今は気づかれなくとも、夜明けとともにわたくしの不始末が家中に知られてしまいます。犯す者によりて罪は大きいと申すではございませんか。たちまち町中に広まってしまいます。

センプロニオ：（今夜はどうも悪いときに来たな！　主人のあの様子じゃ今夜はここで夜明かしだ。時が経つとどうしたって家の者か近所に気づかれてしまう。）
パルメノ：（もう二時間も前から引き上げようと言ってるんだ。どうにでも言い訳は立つ。）
カリスト：ああ、私の愛しい人！　聖者の方々によって許されたことをなぜ罪だと言うのですか？　今日、マグダレーナの祭壇の前で祈っていると、あの待ち焦がれたお婆さんがあなたからの朗報を伝えてきました。
パルメノ：狂ってるな、カリスト、正気じゃないぞ！　たしかにこいつはキリスト教徒じゃないな！　食わせ者の婆さんが怪しげなまじないでこね上げたのを聖者さまのありがたい御利益だと抜かしやがる。そう信じ込んで扉を打ち破るつもりだ。最初の一撃で近くに寝ている下男どもに聞こえてしまう。
センプロニオ：心配するな、パルメノ、ここからは離れてるから聞かれても逃げる暇は充分にある。やらせておけ、失敗したら尻ぬぐいは本人にやってもらおう。
パルメノ：そうだな、俺もそう思う。勝手にやればいい。まだ若い、死ぬのはごめんだ。切ったり張ったりを避けるのは臆病じゃなくて心がけの良さだ。プレベリオ家の用心棒どもは気が荒い。喧嘩騒ぎが三度の飯より好きなやつらだ。勝った負けたよりもただ暴れたいばっかりの奴らを敵にまわすほど損はない。
　俺の今の恰好が見えたら、おまえもさぞ笑うぜ！　脚を半分開いて左足は逃げる方向。尻からげをして、革の丸盾は邪魔にならぬよう小脇にかいこんで逃げる体勢だ。危ないとなったら

センプロニオ：脱兎《だっと》のごとくに走るぜ！

パルメノ：俺なんかもっとすごいぜ。走るときに落ちないように楯と剣を紐で縛って、兜は頭巾に入れてある。

センプロニオ：頭巾に入れてた石はどうした？

パルメノ：ぜんぶ捨てて身軽にした。おまえがうるさく言うので胴鎧を着込んできたけど置いてくれば良かった。走るのに重すぎていけねえ。

センプロニオ：おい、見ろ！　聞こえたか、パルメノ？　大勢来る！　やられるぞ！　ずらかれ！　邸の方だと先回りされる、セレスティーナの家の方だ！

パルメノ：逃げろ、走れ、もたもたするな！　ああ、まずい、追いつかれそうだ！　楯も何も邪魔だ！

センプロニオ：主人はやられちまったかな？

パルメノ：さあな、知るもんか。黙って走れ、逃げるのが先決だ。

センプロニオ：おい、おい、パルメノ！　そっと来てみろ、警備の一隊が向こうの通りを行く音だぜ。

パルメノ：見間違いってこともある、よく見ろよ。血が凍るかと思った！　背中をひっぱたかれるような気がしてもうお陀仏かと覚悟したぜ。あちこちのお邸へ奉公してたっぷりといろんな目にあってきたけどこんな恐ろしい思いをしたことはなかった。九年間勤めたグァダルーペの修道院では、俺もほかの奴らもぽかぽか殴り合ったけど今みたいに死ぬ思いはしなかった。

センプロニオ：俺だってサン・ミゲルの司祭や広場の酒場の亭主に仕え、モジェハの庭園でも働いてきた。ポプラの大木にとまった鳥を追い払うのに石を投げる連中が野菜畑を荒らすからとしょっちゅう悶着を起こしたけど、武器を取ると戦うのがよけいに怖くなるもんだ。「身に寸鉄帯びぬは気楽なり」とは言えてる。戻ろう、間違いない、警備隊だ。

メリベア：（舞台奥で）カリストさま、おもての騒ぎはなんでしょう？　人が逃げていくような声でしたけど。お気をつけになって、危のうございます。

カリスト：大丈夫です、充分に用心はしております。私の手の者たちらしいのですが、血の気の多い奴らでして、通りがかりの者を脅かして追い払ったのでしょう。

メリベア：（舞台奥で）大勢をお連れですの？

カリスト：いえ、ふたりだけ。でも腕が立ちますから相手が六人で来ようとも苦もなく武器を取りあげて追っ払うでしょう。選り抜きの者たちですから大船に乗ったつもりでいられます。あなたのご迷惑にならない程度にこの扉を破らせましょう。気取られたとしても、奴らが用心棒たちから守ってくれます。

メリベア：（舞台奥で）まあ、そんなことなさってはいけません！　でもそんなに頼もしい人たちを連れてらっしゃるのはようございます。パンの食べさせ甲斐があると言うものです。それほど頼りになる人たちなら、なにごとにも秘密を守ってくれましょうからどうか大切にねぎらってやって下さい。勇敢な魂が肝心のときに怯んだり、しぼんでしまったりしないように、やり過ぎや出過ぎを叱るときは褒めるのも忘れずになさって下さい。

パルメノ：もし、旦那様、もし！　早くそこを離れないと、松明を持った連中が大勢でやってきます。隠れる場所がないので顔を見られて素姓が知れてしまいますよ！

カリスト：ああ、残念！　お別れしなければなりません！　あなたの名誉にかかわるのでなければ命

メリベア：など惜しくはないのですが。それでは、天使と共に安らかにお過ごしを。仰せの通り、この次は庭園の方へ参ります。
プレベリオ：（舞台奥で）承知しました。ご機嫌よう。
プレベリオ：おい、起きてるか？
アリサ：ええ、あなた。
プレベリオ：娘の部屋の方で物音がするようだが？
アリサ：ええ、そのようです。メリベア、メリベア！
プレベリオ：聞こえるものか。もっと大きな声で呼ばんと。おおい、メリベア！
メリベア：（舞台奥で）はあい！
プレベリオ：おまえの部屋で足音がするがどうかしたか？
メリベア：（舞台奥で）ルクレシアです、お父さま、喉が渇いたので水を取りに行って貰いました。
プレベリオ：お休み、何事かと思ったよ。
ルクレシア：（舞台奥で）物音に目ざといんです。えらく驚いてらした。
メリベア：（舞台奥で）どんなおとなしい動物でも子供が可愛いのと心配とで気を高ぶらせるものです。外へ出た本当の理由を知ったらどうなさるかしら？
カリスト：そこの扉を閉めておけ。それから、パルメノ、灯りをもって上がって来い。
センプロニオ：朝までの残り時間をゆっくりお休みにならないといけません。

カリスト：そうだな、そうしよう。
　どう思う、パルメノ、悪く言ってたあの婆さんが見事にやってくれた。おかげでうまくいったじゃないか？
パルメノ：あなた様の大変な苦しみもメリベアさまの魅力もご器量も存じ上げなかったものですから、悪気はないのです。セレスティーナのやり方をよく知っておりますのでご注意申しあげたまでのことです。しかしどうやらまるで別人のようで、やり方がすっかり変わりました。
カリスト：どう変わった？
パルメノ：あまりの変わりようでこの目で見ないと信じられないほどです。でも紛れもない事実でございます！
カリスト：すると、メリベア殿とのやりとりを聞いてたのか？　何をしていた？　逃げ腰だったな？
センプロニオ：逃げ腰とはひどい、旦那様。世の中に怖いものなしでございますが、警備隊じゃ相手が悪うございますよ！　離れたところで剣を握りしめてじっと旦那様を待っておったのです。
カリスト：居眠りでもしていたのだろう？
センプロニオ：居眠りですと、旦那様？　若者は眠いものです！　ですが、四方へ油断なく気を配って、いざとなればすぐに飛び出して奮迅《ふんじん》の働きをするつもりで足を踏ん張っておりました。パルメノなんかは、これまでは気の乗らない奴だと見えていたかも知れませんが、松明を持った連中を見ると武器を取りあげてやろうってんで、これが多勢に無勢と分かるまでは、羊の群の土煙を見つけた狼のように喜び勇んだものでございますよ。
カリスト：さもありなん、生まれつき大胆な奴だ。俺のためでなくともそうしただろう。三つ子の魂百まで、習い性《さが》を変えることはできないからな。おまえたちをどれほど頼りにしているか、おまえたちが背後をしっかりと固めてくれているのでどれほど心強いかをメリベア殿に言った。苦労をかける、怠りなくやってくれ。働きには充分に報いるつもりだ。身体を休めてくれ。

パルメノ：どうする、センプロニオ？　寝床へ行くか、台所で何か食うか？

センプロニオ：好きにしろ。俺は明るくなる前に金鎖の分け前を貰いにセレスティーナのところへ行ってくる。腐れ売女が俺たちを締め出す算段をする暇をやりたくない。

パルメノ：なるほど。それを忘れてた。俺も行こう。つべこべ言うようだったらこっぴどい目にあわせてやる。金は信義のほかだ。

センプロニオ：シッ、シッ！　音を立てるなよ。この窓側に寝ている！　トン、トン！　セレスティーナさん、開けてくれ。

セレスティーナ：誰だい？

センプロニオ：あんたの息子たちだ、開けてくれないか。

セレスティーナ：こんな刻限にうろつく息子を持った覚えはないね。

センプロニオ：パルメノとセンプロニオだ。朝飯を一緒に食おうと思ってね。

セレスティーナ：なんと、困った奴らじゃないか、さっさとお入り！　こんな時刻になんだね、もうすぐ夜明けだろ？　何してたんだい？　首尾はどうだった？　カリストの望みは朝露と消えたかそれともまだ毀れずにあるのか、どうなった？

センプロニオ：どうなったかって？　俺たちがいなければ魂はとっくにあの世を彷徨ってるよ。人の命には何物にも代え難い価値があるというのがほんとうなら、こちとらの恩義に報いるには全財産をもってしてもおっつくまい。
セレスティーナ：あれま！　そんなひどいことがあったのかい？　聞かせておくれ。
センプロニオ：そりゃもう、思い返しただけでもはらわたが煮えくりかえる。
セレスティーナ：そう熱くならずに話してごらん。
パルメノ：いい加減むかっ腹が立っているから話は長くなる。朝飯の仕度でもしてくれた方がいいぜ。腹が満たされると怒りも少しはおさまる。はっきり言って誰にでも突っ掛かって行きたい気持ちなんだ。捕り手どもは尻に帆をかけて逃げやがったんで、この腹の虫をなだめる相手があればありがたいぐらいだ。
セレスティーナ：おまえさんがそんなに威勢がよかったとは驚きだ！　さぞかし冗談だろう。さあ、センプロニオ、話しておくれな、なにがあった？
センプロニオ：女のあんたの前で癇癪を押さえきれずに仏頂面を見せてしまったけれど、腹が立って頭の中が真っ白だ。弱い者を前にして力自慢をするつもりはないがな、見てくれ、どの武器もぼろぼろだ。楯の取っ手はとれる、剣はまるでノコギリ、兜は裏布が破れてしまった。
　今夜、庭園で逢い引きの約束ができているんだが、これじゃご主人様のお呼びがかかったときにお役に立てそうにない。新しいのをあつらえろってかい？　びた一文のお恵みもないんだ！
セレスティーナ：ご奉公で毀れたものならご主人に頼めばいいじゃないか。俗に言う「ここにいろ。

飯はよそで食え。」のお人じゃなくて、後で太っ腹に補いをつけてくれると承知だろ。豪儀にたっぷりと報いてくださるよ。

センプロニオ：ハッ！　パルメノも武器をなくしてるから、このうえさらに武器に金をつかうことになる。向こうから進んでやってくれるだけを充分として、それ以上うるさくせがむのはよそう。虻蜂《あぶはち》取らずが関の山だ。金貨を一〇〇枚くれた。それから金鎖をくれた。このうえ三度めの打撃ではからっけつで鼻血も出るまいよ。この一件は金がかかる、相応のところで手を打っておこう。欲をかいて全部を失ってもばかばかしい。急いては事をし損じるだ。

セレスティーナ：おめでたい馬鹿だ！　そりゃ、あんた、これが食事のときだったらみんな飲み過ぎだと思われるだろうよ。気は確かかい、センプロニオ？　なんで私の稼ぎからあんたに褒美を出したり、貰った報酬でおまえさんの給金を補ったりしなくちゃならないんだい？　武器の修繕費や金の手当を私がしなくちゃならないのかい？　このあいだ街を歩きながら、私の物はみんなあんたの物、およばずながら手に入る物はそれもあんたの物、ご主人の首尾がうまくいったらあんたにもたっぷり実入りがあるとたしかに言ったけど、きっとあれを捉えてそう言うんだろう。だけど、いいかえ、センプロニオ、あんなのはただの嬉しがらせに言ったまでだよ。光るものすべて黄金にあらず、でないと値打ちがないじゃないか。どうだい、図星だろ、センプロニオ？　わたしゃ年寄りだけど、おまえさんの考えていることぐらいぴたりと分かる。

実を言うともっとはらわたの煮えくり返ることがあるんだ。おまえさんのところから戻って、さっそくに喜ばせてやろうと思ってエリシアのボンヤリに金鎖を渡したところが、どこかへ仕舞い忘れてあの娘《こ》も私も一晩中まんじりともできなかった。たいした値打ちの鎖じゃないんでそれはいいんだけど、その不注意を言うのだよ。生憎とちょうどそのとき知り合いの者たちが訪ねて来たものだから、もしや「ほんの出来心で」とかなんとかで持っていったんじゃないかと思うのさ。

そんなわけで、あんたたちに言っておくけど、旦那様からあった下さり物は私のものだからね。あんたの貰った綾織りの胴着については分け前を要求しなかったしその気もない。みんなで働いて、それぞれに見合った分を下さる。私に下さり物があったのは二度も命を危険にさらしたからだ。あんたたちよりもはるかに骨身を削っているし手間暇もかけている。考えてもご覧よ、元手がかかってるし、パルメノの亡くなったお袋さんがそのいい証人だけど、苦労して蓄えてきた知恵も絞ってる。わたしゃそうやってきたし、あんたたちは別のことで報われる。これが私の職務だし仕事だと心得ている。

あんたたちにはお楽しみの方を頼むよ。なにしろ、私が苦労して貰うのとおなじ報酬を楽して貰うわけにはいかないじゃないか。とは言うものの諦めることはないよ、私には金鎖だけど、あんたたちにだって若い衆にこそ似合いの臙脂《えんじ》の長靴下をいただけるさ。そうでなければ私が自腹を切って都合をつけてやるから気持ちだけでも受け取っておくれ。これもみんな好意からで、なによりも首尾がうまく運ぶのを喜んでもらいたいからだよ。欲を出すと自分の首を絞めることになる。

センプロニオ：こう言うのは初めてじゃないが、強突張りの悪徳は老人にあり、貧しいときは気前がいいが金を握ると欲張りになる。つまり持てばそれだけ欲が出て貧者も強欲となる。貧しき者を貪欲にするのは財産にほかならない。

ああ、あればあるほど欲しくなる！　今度の仕事で大した実入りはあるまいとたかを括っていたときは、好きなだけ持って行けと言ってたじゃないか！　それがどうだ、稼ぎが増えると見込んだ途端にまるで子供をさして言う諺よろしく「少しのときはちょっとずつ、たくさんあるとやらないよ」を地で行きやがる。

パルメノ：約束どおりをいただくか、それとも腕ずくで行くか。この婆さんが握り屋だと幾ら言ってもおまえは信じようとしなかった。

セレスティーナ：自分自身やご主人にせいぜい腹を立てるのは勝手だけど、武器がどうなったにせよ私に尻を持ち込んでくるのはお門違いだよ。原因は分かってるんだ。どちらの足を引きずっているか察しはつくし、見ればすぐ分かるさ。どれだけ金がいるのか、どれだけ欲しがっているのかよくは知らないけど、察するにエリシアとアレウサにおまえさんたちと所帯を持たせて、ほかの女を世話しようとしないもんだから、お金のことで難癖をつけたり、分け前を脅迫したりしているんだろ。

冗談じゃない、前よりも気心が知れて、あんたたちの分別から心意気、その粋なところもよく分かった今は、あの子たちの他に十人だって融通してやるよ。今度の件では、いままでの約束どおりにしてるじゃないか、そうだろ、パルメノ。遠慮することはない、話しておやり、あの娘がお腹が痛いって言ったときにどうしてやった？

センプロニオ：話をそらすな、そうは行くものか、その手は食わねえ。つべこべ言うな、柳の下に二匹目の泥鰌《どじょう》はいねえ、その手に乗るものか。ご託を並べるのはよせ、二番煎じは通じねえ。カリストに貰ったのからふたり分を寄こせ、おまえさんの腹は読めてるんだ。お世辞たらたらはおきやがれ、婆さん！

セレスティーナ：私を誰だとお思いだえ、センプロニオ？　娼婦の足を洗わせたのはあんたかい？　口を慎みな、この白髪が見えないか。ご覧の通り何の変哲もない年寄りさ。人さまと同じに自分の仕事でまっとうに暮らしている。私を嫌う人に用はない。お呼びがかかるか、家へ泣いて頼んでくる。生き様がいいの悪いのは神様だけがご存知。腹立ち紛れに手荒な真似をするんじゃないよ。捕り手はみんなのため、みんなに平等にあるんだからね。

わたしゃ女だけど、いなせなおまえさん方とおなじに名は知られている。とやかく言われたくないね。パルメノ、あんた、私の秘密や過去の暮らし、それに私と亡くなったあんたのおっ母さんの身に起きた事件を話して聞かせたからと言って丸め込んだとは思いなさんなよ。もっとも、あの人が生きてた頃にはときどきそんな風なところがあったけどね。

パルメノ：そんな能書きは聞きたくもねえ。さもないと新しい思い出を背負わせてあの世でたっぷりと嘆かせてやるぜ！

セレスティーナ：エリシア、エリシア、起きておいで！　急いで外套を取っておくれ、御上へ訴えてわめきたててやる！　こんなのってあるかい？　私の家でゆすりたかりをやりやがる。おとなしい羊に乱暴狼藉じゃないか？　雌鶏を縛りつけるのかい？　六〇の老人に無体だろうが(1)？

ちょっと、およしよ、いい若い衆が牙を剥くなら、か細い糸巻き棒じゃなくて剣を吊したのを相手にしな！　無力な弱い者をいじめるのは臆病者の印じゃないか。さもしい蚊でも痩せこけた牛は刺さない。吠えかかる番犬も惨めな巡礼を無慈悲に追い立てたりはしない。寝床にいるあの娘が私の勧めを聞いてくれたら、夜間、この家に男気《おとこげ》がなかったり、乏しい灯りで眠るともないだろうに。ひたすらあんたの来るのを待って、喜ばせようと思うからこそ、この淋しさにがまんしてるんじゃないか。女所帯と見てあなどったやりようだ。「手強い敵には怒りも恨みも薄れる」と世間に言う通りで家に男気があればこうはなるまい。
センプロニオ：ああ、強欲婆め、金が欲しくて喉から手をだしてやがる！　三分の一の取り分じゃがまんできねえか？
セレスティーナ：三分の一だって？　ふざけた真似をお言いでないよ。近所の手前もある、カリストとメリベアの密事《みそかごと》を広場でぶちまけるのがいやならおとなしくしてな。
センプロニオ：わめけ、叫べ、約束の物は貰い受ける。今日が年貢の収めどきだ。
エリシア：あれ、剣を抜いちゃだめだよ！　およし、パルメノ、だめだって！　乱暴はいけない！
セレスティーナ：誰か捕り方を、捕り方を呼んどくれ！　ご近所のみなさん！　どうか捕り方を、この悪党どもに殺される！
センプロニオ：悪党どもと抜かしたな？　上等だ、女衒《ぜげん》殿、お墨付きで地獄へ送ってやらあ。
セレスティーナ：ああ、殺される！　告解を、告解を！
パルメノ：やれ、やっちまえ、ばれるとまずい、手を止めるな、止めを刺せ！　死ね、くたばりやがれ！　敵は少ないにしかずだ！
セレスティーナ：告解を！
エリシア：おお、惨たらしい！　ひどい目に合うわよ。誰に頼まれてこんなことを！　大事なおっ母さんを殺してしまった！
センプロニオ：逃げろ、パルメノ、大勢くる！　いけねえ、捕り方だ、ずらかるんだ！

パルメノ：南無三、しまった！　出口を固められた。
センプロニオ：窓から逃げよう。御上の手にかかって死ぬのはごめんだ。
パルメノ：先に飛べ、後から行く。

第十三幕の梗概

目を覚ましたカリストが独り言。しばらくしてトゥリスタンと他の召使いたちを呼ぶ。カリストは再び横になる。トゥリスタンが玄関口にいる。ソシアが泣きながら来る。トゥリスタンに尋ねられたソシアは、センプロニオとパルメノの死を伝える。ふたりはそれをカリストに知らせる。カリストは話を聞いておおいに嘆く。

カリスト、トゥリスタン、ソシア

カリスト：ああ、天使とのあの甘い語らいの後、ぐっすりと眠った！　充分に休んだ。満ち足りた心からは安らぎと憩いが生じるのか、それとも身体の疲れが深い眠りをもたらすのか、あるいはまた魂の幸せと喜びによるものだろうか？　昨夜は身体を動かし、心と感覚が楽しみを得たのだから、お互いがひとつとなって瞼に閂《かんぬき》を閉ざしたとて不思議はない。手に入った最高の幸せを確信できずにいた時の俺がそうであったように、寂しさに頭が冴え、考えすぎは眠りを阻む。

ああ、わが愛しい人、メリベア！　今はなにをお思いか？　寝てか覚めてか？　もしや俺のことを想っているか、それとも別の男か？　起きてか横たわってか？　まことにあれが過ぎ去りし夢でないなら、おお、幸せなるかなカリスト！　夢か現《うつつ》か？　幻のなせる業であったか、それとも現実だったのか？

　俺はひとりではなかった。召使いを連れていた。ふたりいた。奴らが本当だと請けあえば信じもしよう。ふたりを呼んで幸せの確認をしてみよう。トゥリスタニコ！　おい、トゥリスタニコ！　起きろ(1)！

トゥリスタン：旦那様、起きてます。

カリスト：行って、センプロニオとパルメノを呼んで来てくれ。

トゥリスタン：ただいますぐに、旦那様。

カリスト：悩める者よ、これよりは
　眠り安らぐがいい。
　あの人が心より
　汝を愛でて下さる。
　喜びは苦悶を拉《ひし》ぎ
　見ることなからん。
　メリベア殿は
　汝を愛しき人と
　思い定め給うたゆえ。

トゥリスタン：旦那様、家に誰もおりません。

カリスト：窓を開けてみろ、刻限が分かる。

トゥリスタン：もう日が高こうございます、旦那様。

カリスト：じゃ、窓を閉めて夕食時まで眠らせてくれ。

トゥリスタン：邪魔されずにお休みになれるよう玄関へおりて誰も通さないようにしよう。市場の方でやけに騒いでいる、なんだろう？　処刑者でも出たのか、それとも闘牛に早起きした連中かな？　なんであんなに叫ぶのか見当がつかない。馬丁のソシアが来るぞ、聞いてみよう。髪振り乱してざんばら髪だ、酒場で喧嘩でもやらかしたかな。旦那様に知れたらひどいお仕置きを食らうぞ。少しばかり狂っていても叱るときは正気だ。泣いてるな。

どうした、ソシア？　なんで泣く？　どこへ行ってた？

ソシア：ああ、ひどいことになった！　大変な痛手だ！　ああ、ご主人様の家名の損失！　おお、なんたる日だ、今日は！　ああ、かわいそうに！

トゥリスタン：どうした？　なんだ？　なにをそんなに悔やむんだ？　なにがあった？

ソシア：センプロニオとパルメノが…。

トゥリスタン：センプロニオとパルメノがどうだって？　ふたりがどうした？　もっとはっきり言ってくれないと分からない。

ソシア：俺たちの仲間、俺たちの兄弟。

トゥリスタン：酒が入ってるのか、それとも気がふれたか、どうやら悪い知らせらしいな。ふたりがどうかしたのか？

ソシア：広場で首を刎ねられた[2]。

トゥリスタン：おお、それが本当なら惨《ひど》い！　確かに見たのか、それとも又聞きかい？
ソシア：ふたりとも呆けたみたいになってたけど、こちらが泣きながらに見つめていると、やっと気づいてくれたひとりが、まるで神に感謝を捧げるように両手を天にかざし、悲惨な別れの印に目に涙をいっぱいためていた。死を悲しんでくれるかと問いたげにこちらへ視線をじっと据えて、それから、もはや最後の審判の日まで会うことはあるまいとでも言いたげに面を伏せた。
トゥリスタン：そうじゃあるまい、カリストがいるかと尋ねたかったんだ。それだけはっきりした辛い知らせなら一刻も早く旦那様の耳に入れよう。

ソシア：旦那様、旦那様！
カリスト：なんだ騒々しい？　邪魔をするなと言っておいたのに。
ソシア：起きて下さい。何とかして下さらないともうおしまいです。センプロニオとパルメノが、布令役人によると良俗に反したかどで広場で首を落とされました。
カリスト：なんだと！　どういう意味だ？　そんな途方もない知らせを信じていいものかどうか。確かに見たのか？
ソシア：この目で。
カリスト：だがな、いいか、昨夜は俺と一緒だったんだぞ。
ソシア：あの世へ早起きしたわけです。
カリスト：ああ、忠実な召使いたち！　大切な家来たち！　忠義の秘書役にして相談役たち！　こんなことがあっていいものか？　軽く見られたぞ、カリスト、面目まるつぶれだ！　召使いをふたりも死なせてなんとする？
　何が原因だ、ソシア？　布令役はどう言ってる？　どこで捕まった？　裁きはどうなってる？
ソシア：死刑の理由については、旦那様、「非道なる人殺しを処刑せよとの命令である」と執行人が容赦なく声高に叫んでおりました。
カリスト：早々と誰を殺したんだ？　別れてから四時間と経ってないのにそんなはずがないだろ？　殺されたのは誰だ？
ソシア：セレスティーナとか言う女でございます、旦那様。
カリスト：なんだと？
ソシア：申しました通りです。
カリスト：それがほんとうなら、かまわぬから俺を殺せ。とんだ悪夢だ、あの向こう傷のセレスティーナが殺されたなどあり得ぬ。
ソシア：間違いありません。三十を越える刺し傷で床に転がっておりまして、下女がひとり泣いているのを見て来ました。
カリスト：ああ、不憫な奴らだ！　どうしてた？　おまえの方を見たか？　話しかけたか？
ソシア：ああ、旦那様、あれをご覧になれば胸が張り裂けますよ！　ひとりは脳漿《のうしょう》を飛び散らせて意識がありません。いまひとりは両腕を折って顔は腫れ上がり、ふたりとも血だらけのありさま。捕り方から逃げようとして高窓から飛び降りたんです。ほとんど死人も同然のところを首を斬ったのでほとんどなにも感じなかったと思います。

カリスト：（家名の恥になるぞ、これは。出来るものなら俺の命と取り替えてでも名誉を守りたい。先が見えたばかりの願いを達成する望みも失いたくはない。今はなによりもそれが気がかりだ。ああ、哀れなりわが家名と名声、人の口の端にのぼって危機にさらされる！　おお、わが秘中の秘よ、広場や市場でさぞかし取り沙汰されるだろう！　どうなるだろう？　どうすればいい？　出て行ったとていまさら死んだ者をどうしようもない。このままにいれば臆病者のそしりをうける。どうするべきか？）なあ、ソシア、女を殺した動機はなんだ？

ソシア：泣き叫んでいる下女が言うには、旦那様、あなた様がくれてやった金鎖を分けようとしなかったからだそうで、誰かれなしにそうぶちまけておりました。

カリスト：ああ、つらい日だ。肺腑をえぐられる！　家名が人の手から手に弄《もてあそ》ばれて名声が取り沙汰される！　あの婆さんやあいつらとかわしていた相談の一部始終、進んでいた段取りのことごとくが明るみに出てしまう。人まえに出るのはよそう。降って湧いた災難であいつらには気の毒をした。ああ、喜びがしぼんでいく！　高みから落ちれば衝撃も大きいと古い諺に言う。夕べは高みへ登りすぎたから今日はそれだけに失うのも大きい。沖合に凪は珍しい。波立つ逆風を幸運が静めてくれれば俺は果報者でいられたものを。

　ああ、幸運の女神よ、四方から怒濤のごとくに打ち寄せてきたな！　いかに邸を襲い身体に爪をかけようとも、痩せたりとは言え屈強の魂は傲然と逆境に耐えてみせる。それこそが、人の美徳と徳目の価値を調べる恰好の試金石だ。どれほどの不運と害悪が降りかかろうとも、すべてのもとになったあの方との約束を果たさずにおくものでない。

死んだ者たちには気の毒だが、待ちわびた幸せを手に入れる方が先だ。あいつらはあまりに大胆で無鉄砲だった。この世かあるいはあの世でいずれは報いを受けずにはおかなかった。あいつらとつるんでいたところを見ると婆さんも相当の悪だな。だからこそ分け前を巡っていざこざを起こしたんだ。婆さんの取り持ちで行われてきた夥しい数の不義密通のつけを払ったのも神の意志だ。

ソシアとトゥリスタンに仕度をさせるとしよう。はやる希望の道行きへふたりを連れて、塀が高いから梯子を持たせて行こう。あしたになったら町の外から戻ってきたことにして、死んだあいつらの仇を討ってやれるかも知れない。それが出来なければ、町にいなかったので知らなかったことにするか。それとも隊長ユリシーズがトロヤ戦争を避けて妻のペネローペと親しむためにやったように、狂ったふりをして恋の喜びをもっと楽しむか。

第十四幕の梗概

憂き思いのメリベアが、今夜、会いに来ると約束していたカリストの遅いことをルクレシアと話している。ソシアとトゥリスタンをともなってカリストが約束通りやって来る。思いを遂げた後、一同は家に戻る。カリストは広間へ引き取り、メリベアとの逢瀬の時間の短いのを嘆く。逢い引きを新たにすべく太陽神アポロンに光を閉ざすよう願う。

メリベア、ルクレシア、ソシア、トゥリスタン、カリスト

メリベア：お待ちしているあのお方の遅いこと。どうしてだと思う、ルクレシア？

ルクレシア：お嬢様、余儀ない事情で早く来られないのでございますよ。

メリベア：何事もなければ遅くても心配はしないけど。でも、お家からここまでの間に何があるか知れないと思うと心配でならない。約束の刻限に来る途中で、あのような方がこんな時間に外出するときの恰好で夜警と鉢合わせすれば、それと知らずに攻撃されて身を守るために相手を傷つけたり、あるいは負傷するかも知れないじゃない？　誰にでも見境なく襲いかかる番犬どもが鋭い牙で噛みつきはしないかしら？　あるいはどこかの石畳か穴ぼこで転んで怪我をな

さってるかも知れない。
まあ、馬鹿な私！　恋しい思いに取り憑かれ、苦しい思いに追い立てられて埒《らち》もないことを考えたりして。どうか何事もありませんように。それぐらいなら逢えなくてもいい。おや、あれ、おもてに足音がする。庭園の向こう側で話し声も聞こえる。

ソシア：梯子を立てかけろ、トゥリスタン、高いけれどここがちょうどいい。

トゥリスタン：どうぞ、旦那様。向こうに誰がいるかわからないので一緒に行きましょう。人の声がします。

カリスト：ここにいろ、ひとりで行く。あの方の声だ。

メリベア：あなたのしもべ、あなたの捕らわれ人、自分よりもあなたの命を大切に思う者です。ああ、あなた、そんな高みから飛んではいけません、ああ、心臓が止まりそう！　ゆっくりと梯子を降りて。急がないで！

カリスト：おお、天使とも見まごうお姿、おお、世界も陰る高貴の真珠！　おお、わが幸せの愛しい人、腕に抱いていながら信じられない！　嬉しさにすっかり取り乱し、手にしている喜びを感じることもできない。

メリベア：あなたの願いをかなえてあげたくてお手に身を委ねました。心を許しましたのに、まるで連れなく冷淡にしたかのように惨めな思いにさせないで下さい。
束の間の儚い喜びを求めて私を失いなさいますな。悪しき業というものはひとたびそれを犯してしまうと、繕いよりも自責の念が先にくるものです。あなたのお越しを待ちわび、お姿を見るのを楽しみにしている私と喜びをひとつにして下さい。ひとたび手に入れればもう二度とお手には戻らないものを求めたり摘み取ったりなさいますな。世の宝をことごとく積み上げても元にはもどらない宝物を傷つけてはなりません。

カリスト：この恵みを得たいばっかりにすべてを賭けてきたのです。くれると言うときに手放してどうなりますか？　そんな命令はあなたにもできないし、私も果たすことができません。そんな無理なことを言わないでください。まともな男のやることではありません。ましてや私のように恋に焦がれる人間にはかなわぬことです。あなたを求めて命がけで紅蓮《ぐれん》の波間を漂う者に辛苦を癒す安らかな港へ入るなと言われますか？

メリベア：舌が思いのままにしゃべるのは結構ですが、手を自由にさせてはいけません。いい子になさいませ、あなた。私はもうあなたのもの、外見を慈しむだけでよろしゅうございましょう。愛する者同士だけに許される果実でございます。自然から授かった最良の恵みには手をかけないで下さい。良き羊飼いたるもの、羊の毛を刈りこそすれ傷つけたり殺したりはいたしません。

カリスト：もちろんですとも、愛しい人。情熱のままに走ってなんになりましょう？　苦しみを新たにするだけ、初めの恋の駆け引きへ戻るだけではないですか？
　恥を知らぬこの手をどうか許してやってください。取るに足らぬ分際で畏れ多くもあなたのお着物に触れるつもりなどなかったのです。こうして清潔で繊細な素晴らしいお身体に近づけたのを喜んでおります。

メリベア：場をはずしてちょうだい、ルクレシア。

カリスト：いいではないですか。幸せの証人がいる方が私には嬉しい。
メリベア：自分の過ちを見られたくありません。あんなに優しく接して下さったのを思うと、こうして名誉を汚してしまうとは考えもしなかった。
ソシア：トゥリスタン、耳をすませてみろ。成り行きはどうだ？
トゥリスタン：手に取るように聞こえる、どうやら旦那様は世界一の果報者らしい。俺なんかまだ若造だけど、旦那様のようにたらふくたいらげたいもんだよ。
ソシア：あれほどのお宝じゃ誰だって手を出したくなる。だが、パンを食うのは勝手、ただし払いは高くつく。この恋愛料理は若者ふたりの命で味付けがしてある。
トゥリスタン：ふたりのことなんかもう忘れてるさ。けちな野郎に仕えて命を落とすのはごめんだ。守ってもらえるとあてにしたら大間違い！「伯爵に仕えても人は殺すな」とお袋が口をすっぱくして言ってたな。あちらが嬉し楽しく抱き合っているあいだに召使いどもの首がばっさり落ちる。
メリベア：（舞台奥で）ああ、私の愛しいあなた！　束の間の喜びに乙女の名声と名誉を台無しになさいましたね。ああ、お母様に合わせる顔がない。こんなことがお耳に入ったら、喜んで命を絶ち、私の命も助からない！　家族の血を流すのに毅然として容赦なさるまい！　お母様の最後の嘆きの種となるでしょう！
ああ、世に評判のお父さま、あなたの名声を傷つけ家名崩壊のもとを造ってしまいました！
ああ、情けない！　あとに続く大きな過ち、待ち構えている大きな危険にどうして目が届かなかったろう？
ソシア：その手の嘆きは事の前に聞きたかったぜ。女ってのはやっちまってからぐずぐずと繰り言を言うもんだ。カリストの間抜けが拝聴してやがる。
カリスト：もう夜が明ける。どうしたことだ、一時間しかいなかったはずなのに三時を打つ音がする。
メリベア：これでもうすべてを捧げました。あなたの妻でございます。覚えがないとは言わせません。昼間には玄関から姿を見せて下さい。この喜びを胸に夜が来るのを楽しみに、いつでも仰せの時にはこの秘密の場所でおなじ刻限にお待ち申しあげます。
今はお別れ致します。とても暗うございますからひと目にはつきますまい。夜明けに間はありますが、私も家人に気づかれぬようにいたします。
カリスト：おい、梯子をかけろ。
ソシア：旦那様、ここです。降りて下さい。
メリベア：ルクレシア、こちらへ、ここです。ご主人様は帰られました。心を後に残して、私の心を持って行かれた。聞いてた？
ルクレシア：いいえ、お嬢様、眠りこけておりました。
ソシア：しっかり口を閉じておけよ。なにしろこの時間には金持ち、現世の富に目の眩んだ連中、お寺や修道院、教会の信心深い人びと、うちの主人みたいな恋の奴《やっこ》、野良働きの農夫、それにこの時間に乳搾りに羊を小屋へ入れる羊飼いたちなんかが起きていて小耳に挟んだら旦那とメリベアの名誉が崩壊しないとも限らない。

トゥリスタン：おお、なんともおめでたい野郎だ、黙っていようと言う端から女の名前をだしやがる！　夜間にモーロの土地で兵をまとめる隊長殿にうってつけだよ、おまえは！　ダメだと言いながらよしと言う。頭隠して尻隠さず。油断させてひっぱたく。大声で黙れとわめく。自分で尋ねて自分で答える。

　おまえにそれほどの気配りと分別があるなら言ってみろ、八月の聖母被昇天の日は何月だ？

　今年の飼い葉は足りてるかい、ロバ野郎？

カリスト：俺の不安とおまえたちの心配とでは質《たち》が違う。家の者に気づかれないように黙って入れ。扉を閉めておけ。寝るとしよう。部屋へあがるからひとりにしてくれ。鎧は自分で脱ぐ、おまえたちも休め。

カリスト：ああ、なんと哀れな人間だ、俺は。あせりと沈黙と暗闇が心地よい！　この物憂さは、明日を待ちきれないほどに愛するあの人と別れて来た無情さのゆえか、それとも不名誉ゆえの痛恨が原因だろうか。ああ、冷静になった今、昨日は煮えたぎっていた血が冷めた今、家名の恥と下僕を失った財産の損失を思う今、召使いを死なせてわが身に降りかかる恥辱を思う今、これがわが身にうずく傷なのだ！

　俺はなにをした？　なにかをしてやったか？　不当なる恥辱に奮起して昂然と仇を討つべく満身に怒りをたたえて乗り出さずによくも安閑としていられたものだ。儚い命をなんと悠然たることよ！　汚名を着たまま一年の命を楽しむよりも、先祖の名声を踏みにじって汚辱にまみれたまま生きながらえるよりも、今すぐ死ぬ方がましだとも思わず、そのままに生きることを貪欲に願うのか？

もともと定まった確かな期日などはなく、また、ただの一時と言うわけでもない。人はみな限りなき負債を背負い、すぐにも支払いを迫られるかも知れない。明らかにわが身の痛手となる隠れた真実をなぜ調べようとしなかった？　おお、この世の喜びは儚く、甘美なる喜びは束の間に消え失せて苦しみはおおきい！　後悔するだけならたやすい。ああ、無念な！　これはどの損失を回復できるときがあろうか？　なんとしよう？　どうすればよかろう？　この恥辱を誰に打ち明ければいい？　他の召使いや親戚になぜ隠す？　町の悪評を知らぬは家族ばかりなりか。すぐにも名乗って出たいが、そうなれば家にいたのが現れてしまう。いまさらそれは出来ぬ。留守を装うならまだ出るのは早い。友人や昔の召使いたち、親戚から身寄りまでを集めて報復に打って出るには時間がいるし、武器や装備の手間もかかる。

おお、無情な判事め、親父に仕えてパンを食った身でありながら惨い仕打ちではないか！　おまえがいれば何人殺しても咎めの恐れはないと思っていたものを、邪《よこしま》ないつわり者、真実を迫害する奴、卑しい下司野郎！　人材不足につき汝を判事に任ずるとはなるほど貴様のことだ。考えても見ろ、おまえは親父に仕え、おまえが死刑にした者たちは俺に仕えていたのだぞ。だが、卑賤の成り上がり者に血縁も友人もありはせぬか。おまえが俺を破滅に追い込むとは思いもよらぬ事だ！　獅子身中の虫ほど危険なものはない。「恩を仇で返す」、「飼い犬に手を噛まれる」を地で行くのか？

おまえは私事《わたくしごと》の罪人を処刑して公の罪を犯したのだぞ。承知でもあろうが、アテネの法律の説くところでは、私事の悪は公の悪事よりも罪が軽く害悪も少ないと記している。この法律は無慈悲な定めではなく、無実の者を罰するよりは悪人を処罰せずに許す方が過ちは少ないと述べている。ああ、不当な判事の前に公明正大な裁きを求めるのはいかにも難しい！　俺の召使いたちの処罰が行き過ぎであればなおさらに貴様の罪は逃れられぬ。不当な裁きをしたのであれば、よいか、天国にも地上にも裁きの場はあるぞ。おまえは神と国王の前に罪を犯し、俺にとっては不倶戴天《ふぐたいてん》の敵だ。ひとりが罪を犯したからとてその片割れに何の咎がある？　ただ仲間であったがゆえにふたりとも殺してしまったではないか。

だが、なにを言ってる？　誰としゃべっているのだ？　気は確かか？　どうした、カリスト？

寝てか覚めてか、夢を見ているのか？　起きているのか横になっているのか？　部屋にいるのだぞ。仇が目の前にいるわけではあるまい？　誰を相手の戯言《たわごと》だ？　しっかりしろ。その場にいない者に弁明のしようがないではないか。判断を下すには双方の言い分を聞かねばならない。裁きを下すには友情も血縁も、子飼いだとて関係はないのだぞ。法律はすべてに平等であらねばならぬはずだ。

ローマの礎《いしずえ》を築いたロムルスは定めの法を犯して境界を越えた実の弟を殺した。ローマのトルカートは行政官の禁令を無視した息子の首を刎ねたではないか。他にも多くがおなじことをしている。考えても見ろ、もしここに当人がいれば、片方の悪業の咎でふたりを処刑したのは、下手人とそれを黙認する者は同等に裁かれるからだと応えるだろう。それにまた、処刑を早めたのは明白な犯罪のゆえであり多くの証拠を必要としなかったからで、しかもひとりはすでに転落して死亡していたと申し立てるだろう。

セレスティーナの家で泣きわめいているあの女が愁嘆場を演じて処刑を早めたのもあり得ることだ。処刑と法の執行には布令役が欠かせないが、判事は騒ぎが大きくならないよう、俺の不名誉とならぬように、人びとが起き出して俺の途轍もない恥辱となる布告文を読み上げるのを聞かぬよう早朝に判決を下してくれたのだ。俺の想像通りだとすれば、父上の召使いどころか真の兄弟としておおいに感謝すべきで、生涯、頭があがらない。もしまたそうではなく、判事が過去の恩恵に報いてくれているのでなくとも、過ぐる喜びを思い出せ、カリスト、あの方との幸せの時を忘れるな。あの方のためなら取るに足らぬ命、他人の死などどれほどのことがあろう。どんな苦痛も授かった喜びには比べようもない。

ああ、わが命の人！　あなたと離れて片時も不満に思ったことはない。それではかけて下さった恩恵をおろそかにしていることになってしまう。恨み言は愚か、もはや悲しみとも縁を切った。

おお、当代無比の幸せ、尽きせぬ喜び！　わが善き行いにさらなる恩恵を神に願うつもりか？　幾つかは現世にあってもう手に入れているではないか。なにゆえ飽き足らないのだ？　これほどの幸せを下されたお方に感謝をしないのは道理に反する。ありがたく思っている。正気を失ってこの高みから転落しないためにも、怒りにまかせて理性を失いたくはない。このうえに名誉も地位も財産もいらぬ。父も母も血縁も親戚も無用だ。昼間は部屋にいて夜にはあの恍惚の楽園、あの楽しき庭園、心優しい植物と新鮮な野菜の楽園に憩うのだ。

おお、安らぎの夜よ、戻ってきてくれ！　おお、照りつける太陽よ、定めの道を足早に頼む！

心嬉しい星々よ、時を早めて輝いてくれ！　おお、歩みの鈍い時計よ、紅蓮の炎に燃え上がっているではないか！　おまえとても、必ずや組み立てた工匠《たくみ》の意志に背むいて十二時を打つであろう。今は隠れているがおまえたち冬の季節よ、このだらだらと散漫な昼間に代えて長い夜をもたらしてくれ！　辛苦を癒すあの穏やかな安らぎ、楽しい憩いの時をもう一年も見ていない気がする。だが、何を言っている、俺は？　こらえ性をなくした乱心者が何を求める？

自然の巡りが調和を乱して方向を変えたりするのはいまだかつてなかったし、またあり得べくもないことだ。誰にもおなじ時の巡りがあり、すべてに生と死の同じ時間がある。北極星と星々を散りばめた蒼穹の神秘の動きや月の満ち欠けには期間が定まっている。空、大地、海、炎、風、暑さ寒さ、森羅万象のことごとくがひとつの手綱に操られ、ひとつの拍車に駆られて動いている。天空の時が十二時を告げなければ、たとえ金属の時計が十二時を打ったとてなんの益があろう？　どれほど早起きしてみても夜明けは早くならない。

だが、甘き思いよ、おまえならできる、手を貸してくれ。あの輝くお姿の天使の御像をわが幻想のもとへ運んでくれぬか。優しい言の葉の調べを耳に戻してくれ。あの心にもない冷淡さで「来ないで、あなた、近寄らないで」、あの真紅の唇で「不作法はいけません」と言った言葉が響いている。ときに毅然として「それはなりません」、語らいの合間に優しい抱擁、突き放したりすがりついたり、離れるかと思えば近寄り、あのとろけるような口づけ、最後に塀を乗り越えて別れを告げねばならぬときは、なんと悲痛な言葉であったろう。顔をすっかり歪め、滂沱《ぼうだ》と流れる涙は、あの燦然と輝く涼やかな瞳から落ちるのでなければ大粒の真珠と見まごうほどであった。

ソシア：トゥリスタン、カリストの様子はどうだ？　眠ったのはいいけど、もうかれこれ午後の四時になる。お呼びもかからないし食事もしない。

トゥリスタン：なあに、ゆっくり眠らせておけばいいんだ。それにふたりを死なせた心痛とメリベアとの首尾を遂げた喜びと、このふたつがひ弱な魂の中で真っ向からぶつかってせめぎ合っているんだ。

ソシア：処刑された奴らのことをそんなに気にしてるだろうか？　窓から見えるあの女は婆さんの死を思えばこそあんな色の頭巾を被っているんだ。(1)

トゥリスタン：誰のことだ？

ソシア：来てみろ、涙を拭ってる喪服の女、角を曲がるところだ。あれはセレスティーナの下女でセンプロニオの恋人のエリシア。母親と慕っていた女衒のセレスティーナと一番の情夫《まぶ》だったセンプロニオを亡くして悲嘆に暮れるすこぶるつきのいい女だぜ。いま入っていく家にはそれは魅力的で男好きのする、半ば娼婦のような女がいるけど、なかなか大金を積まないと親しくなるのはまず難しい。名前はアレウサ、おかげで気の毒にパルメノは三日三晩眠らせてもらえなかったとか。死なれてしまって悲しかろう。

第十五幕の梗概

ごろつきのセントゥーリオをアレウサが叱りつけている。エリシアが来たのを潮にセントゥーリオはその場を去る。エリシアはカリストとメリベアの恋愛沙汰の経緯《いきさつ》から起こった人殺しを話す。アレウサとエリシアはセントゥーリオを使ってカリストとメリベアに意趣返しを企み、死亡した三人の仇を討つことに意気投合。慣れ親しんだ家にいる気楽さを失いたくないエリシアは、アレウサの同居の申し出を断って家に帰る。

エリシア、アレウサ、セントゥーリオ

エリシア：大きな声でなにを言ってるのかしら？　残念な知らせをもう聞いているなら、とびっきりの知らせをわざわざ伝える必要もないんだけど。泣くがいい、涙を流して泣けばいい、あんないい男たちはどこにもいないんだから嘆くのも無理はない。私みたいに髪を掻きむしって悲嘆に暮れるといい。快適な暮らしを失う辛さは死に勝ると知るべしだ。あんなにまで嘆き悲しむとはますます可愛い娘《こ》だよ！

アレウサ：出て行け、この悪党のペテン師の嘘つき野郎、あることないこと口からでまかせを言ってありったけをかすめ取ったじゃないか！　いいかい、悪党、上着とマント、剣と丸楯、豪華な縁取り刺繍を施したシャツも二枚あげただろ。武器も馬も持たせて、あんたなんか靴を脱がせるのも畏れ多いご主人様につけてやったじゃないか。それをなんだい、ちょっとばかり頼みを言うと四の五の言って埒《らち》があきゃしない。

セントゥーリオ：十人ばかりやっつけるならともかく、十レグア〔五六キロ強〕歩くのだけは勘弁してくれ。

アレウサ：ばくち打ちを気取って、この唐変木が、なんで馬なんかですっちまうんだよ？　私がいなかったらいまごろは縛り首じゃないか？(1)　御上の手から三度も助けてやった。賭博の借りを払ってやったのは四度。やらなきゃよかったよ！　私も馬鹿だねえ、なんでこんな腰抜けに入れあげたんだか！　なんでこいつのウソを信じたのかねえ？　敷居をまたがせるんじゃなかったよ。いいとこなしじゃないか？　髪は縮れ毛、顔は傷跡だらけ、鞭打ちの刑を食らったのは二度、右手は役立たず、なじみの娼婦は三十人。さっさと出ていきやがれ、二度と顔も見たくない！　道であっても知らぬ同士、口も聞くんじゃないよ。でないと私をこの世に生んでくれたお父つぁんとおっ母さんの骨にかけてその頑丈な背中に千回ほど棒を食らわせてやる。その筋に知り合いがあって、やろうと思えばお咎めなしさ。

セントゥーリオ：よしてくれ、とんでもない！　俺が怒れば泣きを見るぜ。おっと、誰か来る、聞かれるとまずいからこの場はぐっとこらえて引き下がってやる。

エリシア：わめいたり脅かしたり、どうやら様子が違うようだ、入ってみよう。

アレウサ：ほんとに情けない！　おや、エリシアじゃない？　まあ、ウソみたい！　どうしたの？悲しそうな顔をしてるじゃない？　その嫌な色の外套はなぜなの？　おどかさないでよ。どうしたの、早く言ってよ、ドキドキする。血の気が引いてしまうじゃない。

エリシア：大変な痛手、途轍もないことが起きたの！　何と言っていいか、どう話しても言い足りないぐらい！　この黒い外套よりも心は闇、身体の中は頭巾よりも真っ暗。ああ、どうしよう、とても言えない！　喉が塞がって声が出ない。

アレウサ：ああ、なにがあったの、はっきり言ってちょうだい！　頭を掻きむしったり引っ掻いたり叩いたり、およしなさいよ。ふたりに関係すること？　私にも関わりがあるの？

エリシア：ああ、愛しい従妹のあんた！　センプロニオとパルメノがあの世へ行ってしまった。もうこの世にはいないんだ。ふたりの魂は浄罪界で清められてる。憂き世の柵《しがらみ》から解き放たれたんだよ。

アレウサ：なんですって？　うそよ、そんな、胸が苦しい。

エリシア：もっと悪いことがあるの。悲しい女の言うことを、まあ聞いてちょうだい。あんたのよく知っているセレスティーナ、私が母親とも思い、私の面倒を見てくれ、私をかばってくれて、おかげで仲間うちで大きな顔ができたあのお婆さん、おかげで私が町で名を知られて一目置かれていたあのお婆さんが年貢を納めたんだよ。膾《なます》のように切り刻まれるのをこの目で見てきた。この膝の上で息を引き取ったんだ。

アレウサ：まあ、なんとひどい！　ああ、辛い知らせ、殺さなくてもいいものを、惨たらしい！

ああ、取り返しがつかない！　運命の車輪のなんと早く回ること！　誰が殺したの？　どんなだった？　耳を疑う信じがたい話に気が抜けてしまった。一週間ほど前には元気にしていたのにもう「神の赦しを」と言うはめになるなんて！　ねえ、教えてちょうだい、なんでまたそんなひどい惨たらしい事になったの！

エリシア：実はこういう事なの、常軌を逸したカリストとメリベアの隠し事は聞いてたでしょ。センプロニオの仲立ちでセレスティーナが報酬を貰ってふたりの取り持ち役を務めたのは予想どおり。腕によりをかけたセレスティーナがいとも安々と水脈を掘り当てたってわけ。

そこで思ったよりも早く首尾を遂げたカリストが、お礼にと色々くれた中に金鎖のあったのが仇《あだ》となった。あの光り物の値打ちはすごいから、いまいましい欲望が湧いて、持てば持つほどにもっと欲しくなる。センプロニオとパルメノはカリストの報酬の分け前にあずかれると思っていたのにセレスティーナは懐が暖まると欲が出てふたりに分け前を渡したくなかった。

あの朝、夜通し主人のお供をして疲れ切ったふたりが、なんだかいざこざがあったとかで仏頂面でやって来ると、げん直しに鎖の分け前を寄越せと迫った。セレスティーナはそんな約束はした覚えがない、貰った物はみんな自分のだと言って、しかも他にも貰い物があるとしゃべってしまったのが口は災いのなんとか…。ひとつには情けよりも欲に駆られ、腹立ちと疲れが火に油を注いだのだけど、ふたつにはあてにしていた期待を裏切られた腹癒せもあってふたりはすっかり頭に来て目が眩んでしまった。さんざんに押し問答のあげくが、強欲に突っぱねるのに業を煮やしたふたりがついに剣を抜いてめった刺しにしてしまった。

アレウサ：まあ、可哀想に、あの歳でそんな目に会うなんて！　それでふたりは？　どうなったの？

エリシア：下手人となったふたりは、たまたま通りかかった捕り手から逃げようと窓から飛び降りて、虫の息のところを捕まってすぐに首を刎ねられた。
アレウサ：ああ、私の愛しいパルメノ、なんと痛々しい！　もうこれっきりだと思うと短いおつき合いだったけれど心が痛む。でもこんなことになってしまって、出来てしまった不幸は仕方がない、いくら涙を流してみても命を買い戻すことも取り戻すこともできないんだもの、そんなに未練がましく泣くのはおよし、涙で目がふさがってしまうよ。嘆いてみても何にもならないし、私だってどれほど苦しんでがまんしているか。
エリシア：ああ、腹の立つ！　ああ、情けない、気が狂いそう！　この悲しみを誰が知ろう、失ったこの淋しさが誰にわかるもんですか！　これが他人《ひと》の苦難に流す涙であれば、はるかに楽で堰き止めることもできようものを！
　いたわり庇ってくれた母親を亡くし、亭主も同様に親しかった友人を失って私はどうすればいいんだろう！　ああ、セレスティーナ、頭が良くて誠実で尊敬の的、才覚を働かせて至らぬ私をどれほど助けてくれたことか！　あなたはせっせと働いて、私はのんびり、あなたは出かけて私は家に閉じこもり、あなたは着の身着のまま、私は飾り立てた。あなたは蜜蜂みたいに家から家を飛び回り、私は食い潰すしか能がなかった。
　ああ、手にあるときはなおざりに、失って初めてその価値がわかる。世の幸せと喜びとはそうしたもの！　おのれ、カリストとメリベア、夥しい殺戮の種を撒いたのはおまえ達だ！　恋の結末に災いあれ、ろくなことになるものか！　喜びは涙となり、安らぎは苦悶となり果て、密やかな悦楽の褥《しとね》をなす草々は蛇《くちなわ》に姿を変え、歌は涙に、影を落とす庭園の木々は立ち枯れ、薫り豊かな花々は黒ずんでしまえ。

アレウサ：後生だから嘆くのはもうやめて涙をお拭き。閉じる扉あれば開く扉有り、それが運命、生きて行かなくちゃ。この災難は厳しいけれどなんとかなるさ。もとには戻せないけれど、なにごとであれ報復は出来る。これだって取り返しはつかないけど復讐はわが手にありさ。

エリシア：セレスティーナは死んだしあいつらもお仕置きにあってこんな悲しい思いをさせているのにどうやるのさ？　犯した罪もそうだけど下手人の処刑には身が切られる。どうするつもり？　なんでもやるから言ってちょうだい。あいつらと一緒にあの世へ行って、みんなを嘆かせる方になりたかった。こんなことがあったのに、あの情知らずの下司野郎めは夜毎にメリベアの糞女と会って、相変わらずのお世辞たらたらが何とも悔しいじゃないか。自分のせいで血が流れたのをあの女は得意然としてやがる。

アレウサ：それがほんとうなら仕返しには打ってつけだよ。お楽しみのつけを払って貰おうじゃないか。いつ、どうやって、どこで何時に逢い引きをするのか探りを入れるから私にお任せ。ここで煮[2]え湯を飲ませてやらなければ、あんたもよく出入りしていたパン屋の婆さんの娘の名がすたる。

　さっきあんたが来たとき叱りつけていた男にやらせよう。カリストにとっては、セレスティーナを殺したセンプロニオほど惨い処刑人にはなるまい。私からこっぴどくやられてすっかり落ち込んでいるから、なにか役に立つことをさせれば喜ぶはず。こちらから頼み事を持ちかけてやればカラリと晴れ渡る思いだろうよ。それで、メリベアにたっぷりと泣きを見て貰うには罠をしかけないといけないんだけど、探りを入れて情報を聞き出すには誰がいいだろうね。

エリシア：パルメノの仲間で毎晩お供を努めている馬丁のソシアと言うのと顔見知りだから、あいつから秘密をかぎ出したらどうかしら。さぞかし役に立つと思うよ。

アレウサ：そのソシアとやらをここへ寄越してくれればもっと好都合なんだけど。腕によりをかけて精いっぱいに嬉しがらせてなにもかも聞き出してやるよ。それから、そいつにも主人にも食べた物をそっくり吐き出させてやるのさ。

エリシア、悲しむのはおよし。ひとりぼっちなんだから衣類や身の回り品を持って私の所へお出でな。悲しみは孤独の友と言うからね。新しき恋は古きを去る。ひとり生まれれば死んだ三人を忘れる。新しい世継ぎが出来れば亡くした子供の楽しい記憶は消えるとも言う。ひとつのパンを分けあおうじゃないか。死んだ者たちには気の毒だけどあんたの悲しむのを見ている方がもっとつらい。確実に手にはいると分かっている期待よりも、いま持っている物を失う苦痛の方がおおきいのは確かだ。でも、出来てしまったことは仕方がないし、死んだ者は戻ってこない。「死なば死ね、俺たちゃ生きる」とも言うじゃないか。「生きてる者は俺にまかせろ、あんたが味わったとおなじ苦い薬をたっぷりと飲ませてやる。」ああ、まだ若いけど、私が怒ったらどんな策略を練り上げるか、目に物見せてやる。他のことは天にまかせるとして、カリストのことはセントゥーリオがやってくれる。

エリシア：探りを入れる相手をここへ呼んでも期待通りの効果はないと思うよ。だって秘密を暴いて死んでいったふたりの刑罰を思うと、わが身が可愛くて秘密を漏らしたりはしないだろうからね。

あんたの家へ来いと言ってくれるのはとても嬉しい。その親切のおかげで、親戚や友達は風のようにむなしいものではなく、それどころか困ったときには頼りになるのだと教えられてありがたい。でもそうしたいのだけど、差し障りがあってそうはいかないのよ。私のことをよく分かっているお人だもの、理由は言うまでもないでしょう。あちらに客もあれば、あそこの教区にも属している。あの家からセレスティーナの名が消えることはない。あの人が育てた半ば身内も同然の若い娘や近所の人たちがひっきりなしに訪ねてきてみんなで協力し合うから私にも何かの為になる。数少ない残った男友達もよそへ移ったらそれっきりになってしまう。慣わしを変えるのがどんなに難しいか分かるでしょ。いつもの習慣を変えるのは死ぬにも等しい。転石苔を生ぜず。今年の家賃は払ってあるから無駄にしたくないこともあってあちらにいたい(3)。

ひとつひとつは取るに足らなくても合わさるとおおいに役に立つし助けにもなるの。もう行かなくちゃ。例のことは承知しました。それじゃこれでお暇《いとま》します、ごきげんよう。

第十六幕の梗概

プレベリオとアリサは娘メリベアがいまだ処女であると考えているが、見たところどうやらそうではないらしく、ふたりはメリベアの結婚について話し合っている。両親の言葉を聞くに耐えないメリベアは、その話題をやめさせるべくルクレシアを行かせる。

プレベリオ、アリサ、ルクレシア、メリベア

プレベリオ：愛しいアリサ、世に言うごとく、時が両手の隙間から漏れていく気がする。行く河の流れのように日々が過ぎていく。命の逃げ足ほど軽いものはない。死が追いかけ、待ち伏せ、生まれてよりこのかた、人はいつも死と隣り合わせにあってその徒党に与している。周りの同輩や兄弟、親戚を見れば一目瞭然だ。みんな大地に蝕《むしば》まれ、永遠の住処に横たわっている。こんなにはっきりしているのだから、いつお呼びの声がかかるか分からぬまでも、自分の番が来たらいつでも旅立てるよう荷袋の準備をして過酷な道中の仕度をしておかなければならない。容赦なき死神の呼ぶ声は突然でも不意打ちでもないと覚悟して、転ばぬ先の杖、前もって魂の準備をしておくべきだ。

財産を跡継ぎのひとり娘に譲り、身分にふさわしい夫に添わせよう。そうすれば安らかに思い残すことなくこの世を去れる。これは急がないと、ぐずぐずしてはいられない。前にもこの話はしたことがあるが、こんどばかりはすぐにも実行に移さなければなるまい。親の怠慢から娘を後見人の手に託すようなことがあってはならん。親元にいるよりも自分の所帯を切り回す方がいいではないか。どれほど貞淑でも世間の噂に戸は建てられぬから風評から守ってやらねばならん。

乙女の評判を汚さないようにするには早く夫を持たせるのが一番だ。この町でうちとの縁組みを断る者があろうか？　結婚に必要な四つの大切な物を備えたあんな素晴らしい宝物を伴侶に得て喜ばぬ者はあるまい。四つとはすなはち、まず、慎み、誠実さ、それに乙女であること。ふたつ目には美貌、第三が家柄と親戚筋の良さ、最後が財産だ。このすべてに恵まれているし、持参金だとて立派に持たせてやれる。

アリサ：それはもう、プレベリオ、目の黒いうちになんとか片付いて貰いたいものです。あの娘の美徳と血筋の良さを考えると釣り合うお相手はそう多くはないと思っております。でもこれは男親《おとこおや》の務めで女の関わることではないのであなたが決めて下されば私は結構です。あの娘も貞淑な生き方、誠実な生活と慎ましさを心得てあなたに従ってくれましょう。

ルクレシア：（ほんとうのことを知ったら腰を抜かすよ！　そう、そう、知らぬが花！　老いの身に気の毒な！　一番いい所をカリストが貰っちゃって。セレスティーナが死んだから処女を元に戻してくれる者もいない。後の祭りで気づくのが遅かった！）もし、メリベアさま、聞いてごらんなさいまし。

メリベア：そんなところに隠れてなにしてるの？

ルクレシア：こちらへ来てごらんなさい、お嬢様、ご両親があなた様のお嫁入りを急いでおられますよ。

メリベア：およしなさい、聞こえるじゃないの。邪魔するんじゃありません。言わせておきなさい。ひと月前から何かにつけてその話ばっかり。カリストさまに寄せる深い想いと、このひと月、あの人との間にあったすべてをそれとなく訴えて来たのだけれど気づいては貰えなかったみたい。なぜ今、いつになく真剣なのかが分からない。こちらは笛ふけど踊らずで聞く耳を持たないのだから、無駄な骨折りをさせてしまう。私の幸せを奪える者はいないし、喜びを遠ざける者もいない。

カリストは私の魂、命、主《あるじ》であって、希望のすべてがそこにある。ただのお戯れでないのは分かります。あの方は私を愛して下さっているのだもの何で報いればいいのかしら？　世の中の借財は様々な形で返済を受けるけれど、愛はその支払いに愛だけを受け取る。あの方のことを想うと心楽しく、会えば心が躍り、お声を聞くと天にも昇る気持ちになる。

何なりとお心のままに命じて下さい。海を渡れと仰せなら、共に渡りましょう。世界を巡るなら私をお連れくださ い。敵地に私を売り飛ばすなら御意に従いましょう。両親が私を愛《め》でて下さるなら、どうか私をあの方と親しませて下さい。不仲な結婚よりは良き友達でいる方がましですから、そんな家名の誇りや縁組みはどうかご放念ください。おふたりには穏やかな老後を、私には華やいだ青春を楽しませて下さい。でなければ、すぐにも息絶えて墓を建てることになりましょう。

恋を知り染めてより、あの方を愛さず、知らぬままに過ごしてきた時間が惜しくてならない。夫などいらない。婚姻の絆を汚したくはないし、昔の書物に読んだけれど、私より貞淑で地位も身分も優れた女が幾人もやっているように、夫婦の寝床に別の男を踏み込ませたくはない(1)。アエネイスとキューピッドの母親ビーナスのように、異教徒から神々と崇められながらも夫ある身で婚姻の誓いを破った者もあった。ほかにも、紅蓮《ぐれん》の炎に掻き立てられて、ミルラが父親と、セミラミスがわが子と交わり、カナセが実の兄弟と契り、さらにはダビデ王の娘タマルが手込めにされた忌まわしい近親相姦の例がある。さらに言うなら、苛酷にもミノス王の妻パシフェが牛と契《ちぎ》ったように自然の掟を踏み越えた例もある。女王だったり格式の高い婦人であったことを思えば、私の罪など何ほどのこともない可愛いものだ。

私の愛にはそれなりの理由があった。つまり愛され、口説かれ、あの方の人柄に惹かれ、セレスティーナの巧みな手管に悩まされはしたけれど、危険もかえりみずに会いに来てくださった愛情にほだされて身も心も捧げるようになった。おまえも知っての通り、それからのひと月と言うもの、庭園の塀を城砦のように乗り越えて来ない夜はなく、無駄足を踏ませた晩も多くあった。でもだからと言って辛いとも恨めしいともおっしゃらなかった。

私のせいで召使いを死なせ、財産を失い、町の人には留守にしていると見せかけて、夜に会いに来るのを楽しみに昼間はいつも家に閉じこもっておられる。恩を仇で返すなんてまっぴら、あんな誠実な恋人を甘言を弄して欺くなんてもってのほか。夫もいらない、父も血縁もいらない！　カリストさまを失うなら命もいらない。あの方が私を愛でてくださればこその命ですもの。

ルクレシア：お嬢様、まだ話は続いてます、お聞きなさいまし。

プレベリオ：おまえはどう思う、娘に言うべきだろうか？　縁談は降るほどにあるのだが、あの娘《こ》の意に添うのは誰か、気に入る者があるかどうか話してやるのがよかろうか？　父親の権限にあるとは言うものの、法律は男女の選択の自由にまかせているからな。

アリサ：なにをおっしゃいます？　ためらうことはありませんよ。こんな大切なことをメリベアを驚かせずに伝えられるのはあなたをおいてほかにございますか？　だってそうじゃないですか、あの娘《こ》に男の何がわかりますか。結婚したら、つまり結婚とは何か、と言うか、夫と妻の結びつきから子供が生まれるとあの娘が知っていると思いますか？

　純真無垢な乙女が知りもしない聞いたこともない事に愚かな望みを抱くはずがないではありませんか。頭の中だけで罪を犯すと思いますか？　そんなことありませんよ、プレベリオ。血筋が高かろうが低かろうが、顔立ちがどうであれ添わせましょう。それがあの娘の幸せだし、あの娘のためにもなるのです。手塩にかけて育ててきた子供のことは良く承知しておりますとも。

メリベア：ルクレシア、ルクレシア、早く裏口から広間へ回って話を止めて来て。なんとでも口実をつけて娘自慢をやめさせてちょうだい。でないと、私のことをとんでもない誤解をしているのが辛くて、気が変になって大声で叫び出してしまいそう。

ルクレシア：ただいますぐに、お嬢様。

第十七幕の梗概

ペネローペ(1)の貞節さに欠けるエリシアは、アレウサの時宜を得た助言に納得して、死者が原因で陥っていた悲嘆や喪に服するのをやめることにする。エリシアがアレウサの家を訪ねる。そこへソシアが来る。アレウサは言葉巧みにカリストとメリベアの間にある秘密を引き出す。

エリシア、アレウサ、ソシア

エリシア：喪に服すなんてうんざり。お客は来ないし人通りもほとんどない。夜明けを告げる楽師は回ってこないし、友達の歌声も聞こえない(2)。私を争って刃物を振り回す喧嘩騒ぎもない。なによりもいけないのはびた一文の稼ぎもなければ贈り物のひとつも届きゃしない。これもみんな私のせい。こんな情けない様《さま》をもたらした悲しい事件の顛末を知らせたあの日、私のことを親身の妹と思ってくれているアレウサの忠告を聞いていれば、こうしてひと目を避けてひとりで部屋に籠もることもなかったろうに。私が死んだら嘆いてくれるかどうかも分からない奴のために苦しむなんて間が抜けてる！

たしかこう言ってた。「いいかい、あんた、人の不幸や死に目にあったら、そいつがあんたに見せてくれる以上の悲しみや嘆きを見せるのは禁物だよ。」私が死んだってセンプロニオは平気だったろうな。なのにお仕置きにあったあいつを悲しむのは間抜けじゃないかしら？　母親とも思っていたあのお婆さんを殺したように、逆上のあまりわれを忘れて私を殺したかも知れない。ここは、私より世間に慣れているアレウサの意見を聞いて生きる知恵をせいぜい拝借するとしよう。

ああ、あの人に会うと、とても人当たりが良くて話していても愉快で楽しい！「馬鹿との一生より賢者との一日」とは良く言ったものだ。喪なんかやめにして悲しむのはよそう。さんざんに流した涙もこれっきり。でも、産まれてすぐに泣くのが初仕事だと言うとおりで、始めるのは楽だけど止めるのはずっと難しい。それなりの女でもお化粧で美人に変わるし老人を若返らせ、若者をいっそう若く見せることを思えば、客足が目に見えて減ってしまった今こそ分別を働かせなくちゃ。紅や白粉は男を繋ぎ止める鳥黐《とりもち》にほかならない。鏡も化粧水も頼むよ、目元が涙でさんざんだ。白頭巾、刺繍入りの襟飾り。喪服は脱ぎ捨てよう。色褪せた金髪を綺麗に漂泊して輝きを取り戻し、それから鶏の世話もしてやって、清潔にすると心も楽しくなるから寝床も整えよう。玄関を掃除して打ち水をしておけば、道行く人が見て喪が明けたと思うだろう。

そのまえに従妹を訪ねてソシアに会ったかどうか、まずその話の顛末を聞いてみよう。アレウサが会いたがっていると伝えてからあいつの顔を見ていない。ひとりだといいんだけど、なにしろ繁盛する酒場みたいにいつも取り巻き連中がいるんだからね。扉が閉まってる。男はいないみたい。呼んでみよう。トン、トン。

アレウサ：どなた？
エリシア：私よ、開けて、エリシアです。
アレウサ：お入りなさいな。ようこそ。まあ、うれしい、喪服を着替えてきたのね。私もあんたの家を訪ねるから、そうなったらあちらとこちらで一緒に楽しもうじゃないか。前よりずっと親しくなれた気がするから、セレスティーナが亡くなって私達には良かったのかも知れない。死者は生者の目を覚ますとはこのことで、財産で目が覚めるのもあるし、あんたみたいに身軽になって目覚める場合もあるんだ。
エリシア：誰か来た。ゆっくり話してられないけど、ソシアがここへ来たかどうかだけを知りたかったの。
アレウサ：来なかったよ。あとで話そう。やけに叩くじゃないか！　気がふれてるのか、それともおなじみさんか、開けてやろう。
ソシア：開けてくれ、カリストの下男、ソシアだ。
アレウサ：（あれま、噂をすれば影だ。その壁掛けのうしろへ隠れてなさい。さんざんに持ち上げて、帰るときにはわれこそは情夫《まぶ》なりといい気持ちにさせてやるから見てごらん。馬櫛をかけて埃りを掻き落とすみたいに秘密をそっくり吐き出させてやるさ。）まあ、私の隠し夫、岡惚れのいい男、評判にひかれて焦がれてる人、ご主人に忠実な召使い、仲間に受けのいい友達、ソシアじゃない？　抱きしめたいねえ。目の前に見ると人が言うよりよほど立派な男だよ。こちらへ入ってかけましょう。気の毒なパルメノの姿を髣髴とさせるから見てるだけでうれしい。

こうして会いに来てくれるとは、今日はついてる。私のことを前からご存知なのね？

ソシア：あんたの魅力と上品さや物知りの評判が町の上を飛び交っているから、自分のこと以上にあんたを知る者が多くても驚くことはない。なにしろ美貌の品定めが始まると、数あるうちでもまずあんたのことが話題になるほどなんだ。

エリシア：（ああ、馬鹿まるだし、根っからの阿呆だよ！　裸馬にまたがって素足にシャツ裸で馬を水飲み場へ連れて行く恰好なんて見られたもんじゃない。それがどうだい、靴とマントでめかしこんで、ご大層なことじゃないか！）

アレウサ：そんなうまいことを言って、人に聞かれると恥ずかしいよ。でも、男ってものはみんなそんな言い種《ぐさ》を仕込んできて、女さえ見ると誰かれなしに虫のいい褒め言葉を垂れ流すんだからその手は食わないよ。はっきり言っておくけど、ソシア、私はそこらの女とは違うから、そんなもの無用だよ。うれしがらせを言わなくともあんたが好きだし、あくせくしなくとも私はもうあんたのものだからね。会いに来て欲しかったのにはふたつ理由がある。あんたのためになることなんだけど、このうえまだお世辞だの出任せを言うなら話すのはよしにするよ。

ソシア：誓って絶対に出任せを言ったりはしない。俺に情けをかけてくれるつもりだろうし、実際にそうなんだが、それに違いないと思ってやって来てるんだ。あんたの靴を脱がせる価値もないと思ってる。舌は御意のままに俺に代わってまったくうそ偽りのないところを答えてくれる。

アレウサ：私がどれほどパルメノを好いていたか知ってるでしょ。「ベルトランが好きなら竈《かまど》の灰まで可愛い」の譬えで友達はみんな可愛い。自分のことのように主人に良く仕えて、カリストにふりかかる災いを追い払っていたのが私には嬉しかった。

そう言うわけで、あんたに言っておこうと思ったの。ひとつにはあんたが愛しくてずっと一緒にいたいし、訪ねて来てくれるのはいつでも大歓迎、あんたには何の迷惑もかけないどころか、できることならお役に立ちたい気持ちなのを知っておいてちょうだい。

ふたつには、愛しい大切なあんたに危険から身を守るよう注意をうながしたいの。ましてや秘密を誰かに洩らしたらいけませんよ。セレスティーナの企みのせいでパルメノとセンプロニオがどんな目にあったか承知だろ。仲間たちのように若い盛りに死なせたくないんだよ。ひとり亡くしただけでもうたくさん。

ある人がやって来て言うには、あんたはカリストとメリベアの馴れ初めからどうやって射落としたか、それに毎晩お供をしているとか、忘れたけどほかにも色々と人にしゃべったそうじゃないか。いいかい、秘密を守れないのは女の性《さが》だよ。みんながそうだとは言わないけれど、下司な女や子供のやることだ。口が災いのもとになるといけないから神様は、耳をふたつ目をふたつだけど、舌は一枚だけにして下さった。見るのと聞くのは倍になるけどおしゃべりはひとつだけにするためなんだ。あんたが秘密を守れないのに友人がその秘密を守ってくれると思っちゃいけないよ。　主人カリストのお供をしてあの人の家へ行くときは物音を立てずにこっそりと足音も殺して行くんだよ。なんでも聞くところによると毎晩、お祭り騒ぎで練り歩くそうじゃないか。

ソシア：ああ、そんなことを言う奴は音締めの狂った調子はずれの野郎だ！　俺の口からそう聞いたと言うならうそだ。月夜の晩に馬を水飲み場に連れて行くとき、仕事の憂さを忘れ、腹の虫をなだめるのに鼻歌のひとつも口ずさんで楽しく引っ張っていく。十時前だけど、みんなはそのことを怪しんでるんだ。勝手な想像を信じ込んで曖昧な事を本当だと思ってしまう。そうとも、世間が白河夜船で甘い夢路をたどる時刻を待たずにあんな危なっかしい道行きに踏み出すほどカリストは狂っちゃいない。ましてや毎晩なんてあるはずがなくて、毎日じゃとても耐えられない。もっとはっきりさせておくけどひと月に八度も行くものか。「足萎《あしなえ》えよりまず嘘つきを捕まえろ」と諺にも言う通りで、毎晩だと言ってるのは勘ぐり屋の嘘つきどもだ。

アレウサ：じゃ、あいつらのでたらめを暴いて懲らしめてやるから、後生だから出かけた日を言ってごらんよ。あちらが間違っていれば秘密は洩れてないと分かるし、嘘をついているのもはっきりする。あちらの言うことがでたらめなら秘密は洩れてないしあんたの身柄は安全、私もあんたの命を心配しなくてすむ。だってあんたと長く一緒に楽しくやりたいじゃないか。

ソシア：回りくどいのはよそう。今夜、時計が十二時を打ったら庭園を訪ねる約束になっている。朝になったら人に聞いてみな。なにか漏れていたら虎刈りにされてもいい。

アレウサ：で、どこから行くんだい。もしあいつらが見当違いをうろついていたらぎゃふんと言わせてやれるからね。

ソシア：太っちょ司教代理の通りからだ。家の裏手に当たる。

エリシア：（まあ、襤褸《ぼろ》野郎がペラペラとしゃべること！　こんなラバ追い野郎を飼っておくとはお

アレウサ：兄弟のソシア、いま話したことであんたの疑いは晴れたし、相手の悪巧みを知るのにも充分だ。じゃあ、これで、ほかに仕事があるからね。随分と引き留めてしまった。

エリシア：（ああ、うまいねえ、秘密をあっさりとぶちまけたロバを放り出すにはそうこなくちゃ！）

ソシア：長居をしたのなら、いとも淑やかに優しいあんたにあやまる。俺とつきあってくれるなら命

も捨てる覚悟だ。じゃ、天使が共にありますように！

アレウサ：あんたもね。（行きやがれ、ロバ野郎！　とんだ自惚れ屋だよ！　ざまあみろだ、間抜け野郎、ケツでも食らいやがれ！）出ておいでよ、あんた。どうだい、うまく追い払ってやっただろ？　あの連中の扱いは心得てる、ああやって思いのままさ。ロバ野郎はあいつみたいにひっぱたいて、気違いは恥じ入らせ、堅物には脅しをかけて、信心深いのはうろたえさせ、お上品なのには恋の炎を燃え上がらせる。いいかい、あんた、ここがセレスティーナのやり方と違う所なんだ、よく覚えておかなくちゃいけないよ。あの人は私を馬鹿だと思ってたし私もそれでよかった。こんどの件で欲しい情報は手に入ったから、もうひとりの、しけた顔のところへ行こう。木曜日にあんたの前で恥をかかせて家から追い出した男だよ。仲直りをさせたいから会いに行ってくれと、あんたから頼んだふりをしておくれよ。

第十八幕の梗概

エリシアはアレウサの言いつけで、アレウサとセントゥーリオとの仲直りを取り持つことにする。ふたりはセントゥーリオの家を訪ね、仇討ちにカリストとメリベアの殺害を頼む。ふたりの前でそれを請けあう。約束を果たさないのがこの連中の常であり、先に分かるとおり実行しない。

エリシア、セントゥーリオ、アレウサ

エリシア：どなたかいらっしゃる？

セントゥーリオ：（おい、急げ、誰か勝手に入り込んだらしいぞ。もういい、もどってこい、誰だか分かった。）外套で顔を隠しなさんな。いまさら隠しても無駄だ。先にエリシアが入ってくるのを見かけたから、悪い仲間や不吉な知らせのはずがない。嬉しい何かを持ってきたに違いなかろう。

アレウサ：お待ち、こちらから折れて出たと分かるとこの悪党が思いあがるから、これ以上は入らずにおこう。私たちより、自分と同類の女の方が嬉しかろうよ。

帰ろう、あのむさ苦しい顔を見ると反吐《へど》がでる。ありがたい受難の絵図を巡りに連れ出しておいて、夕べの祈りの時間にあの鉄面皮の間抜け面を見せるとは業腹《ごうはら》じゃないか。
エリシア：だめよ帰っちゃ、お願いだから戻って、外套が裂けちゃう。
セントゥーリオ：放すなよ、捕まえておいてくれ、押さえてろよ。
エリシア：（あなたの頭のいいのには感心する。女から訪ねて来られて喜ばないほど常識はずれの唐変木はいないものね。）こちらです、セントゥーリオ。
後生だから私に免じて仲直りの抱擁をさせてあげてちょうだいな。
アレウサ：あいつを喜ばせるぐらいなら、御上《おかみ》の手に落ちるか敵の手にかかってくたばりやがれ。金輪際忘れられないことをやってくれたあいつを、なにが悲しくて抱きしめなくちゃならないんだい。だってさ、この間、ここから一日のところへ命に関わる大切な用件を頼んだのを断りやがったんだよ。
セントゥーリオ：俺に出来る得意な範囲のことならなんでも言いつけてくれ。三人を相手に戦えとか、たとえそれ以上でも誓ってひるむもんじゃない。人を殺せとか脚か腕をぶった切れとか、競争相手の顔を切り刻めとかなんでも、そんなことなら頼まれるまでもなくやってやる。改心しろとか金を貸せだのはごめんだぜ。逆さにふってもびた一文でないのは承知だろ。無い袖は振れない。
このとおり家に住んではいるけれど、見ての通り何にもなくてすり鉢の転げ放題。貴重品と言えば従軍に持っていく必需品だけで、口の欠けた壺が一個、折れた焼き串があるだけだ。横になる寝床は取っ手のとれた楯を並べたやつで、毀れた鎧の詰め物を寄せ集めて敷き布代わり、枕はサイコロを入れる袋。何かもてなしをしたいにも、羽織ってるこの襤褸マントしかない始末だ。
エリシア：素晴らしい暮らしで、聞いてると感動する。聖者みたいに穏やかに、天使みたいに優しく話してるじゃない。精いっぱい歩み寄っているんだからもういいでしょ？　頼むからあの人に話しかけて機嫌を直してやってよ。あんたに誠心誠意尽くすつもりになっているんだから。
セントゥーリオ：尽くすだと？　あのな、聖者歴伝の頭からケツまで数ある聖者にかけて誓うけどよ、あの女に何かをしてやりたいと思うだけで腕が震えてな、あいつに何か喜んで貰いたいといつも考えているけれど、どうにも思い浮かばねえんだ。夕べなんかも役に立とうと思ってよ、あの女のよく知ってる男ども四人を敵に回して戦う夢を見た。ひとり殺してほかのは逃がしたが、最も浅手の奴でも左腕を落として行きやがった。昼間の目覚めているときだと、あの人の履き物に触っただけでもただじゃすまさねえ。
アレウサ：それじゃちょうどいいときに来たわけだ。私と従妹が腹に据えかねているカリストと言う名前の貴族を片づけてくれたら、あんたをおおめに見ようじゃないか。
セントゥーリオ：ああ、さりとは情けない、死ねと言ってくれ！
アレウサ：魂の救済は任せておおき。
セントゥーリオ：だったら、告解なしに地獄の食卓へ送ってやろう。
アレウサ：最後までお聞き。今夜やるんだよ。
セントゥーリオ：言うにゃおよぶ。まかせておけ。あいつらの恋愛沙汰はすっかり承知だ。それがもとで死人が出たこともな。それにあんた達の被った被害も、何時にどこを通っていくか、お供は誰か、全部お見通しだ。ところで、つきびとは何人だ？

アレウサ：若いのがふたり。

セントゥーリオ：剣の錆にするのもあきたりねえ小物だな。今夜は別の大仕事も入ってるが、まあよかろう。

アレウサ：小物だからってふざけた真似をおしでないよ！　手間取って貰いたくないんだ。しっかりと見張ってるからね。

セントゥーリオ：この剣に物が言えたら黙っちゃいねえだろうよ。墓場へ何人送ったと思う？　土地の医者を儲けさせてやってるのは誰だ？　甲冑職人がしきりとこぼすんだ。目の詰んだ鎖帷子《くさりかたびら》を切り裂いて、バルセロナ鍛えの楯を微塵にするのもこの剣なら、カラタユの兜を切り刻み、アルマセン鍛えの兜をメロンのように断ち割るのもこの剣だ。二十年、これで飯を食って来ている。こいつがあるからみんなから怖れられ、女には惚れられるんだ。もっとも、あんたは別だがな。この剣のおかげで爺様はセントゥーリオ［百卒長］の名前で呼ばれるようになって、親父もセントゥーリオだったし、俺もセントゥーリオと呼ばれている。

エリシア：爺さんがその名前を貰うのに剣術がどう役に立った？　ひょっとして剣のおかげで百人隊長にでもなったのかい(1)？

セントゥーリオ：いや、女百人の抱え主になった。

アレウサ：格式だの先祖の手柄はどうでもいいやね。頼みを聞いてくれるのかどうか早く決めておくれ、段取りをつけなくちゃならないからね。

セントゥーリオ：仇討ちもそうだが、あんたに喜んでもらうには夜を待った方がいい。それにどんな殺し方にするか、七七〇通りの殺し方を披露してやるからお望み次第のを選んで貰って結構だ。

エリシア：アレウサ、こんな荒っぽい男に任せちゃいけないよ。町を騒がせたりしないでおとなしくしている方がいい。この間のとばっちりがもっとひどくなる。
アレウサ：お黙り。人ひとりを殺すんだから騒ぎにもなるわさ。
セントゥーリオ：近頃、俺がもっぱら得意としているのは背中へ峰打ちを食らわせるか柄で打ち据える。または必殺の左袈裟懸《けさが》け、短剣で蜂の巣、右から切り下げ、猛烈な突きや怒濤の撃ち込みを食らわせる手もある。日によっては剣には休んで貰って棒で打ちのめすこともあるがな。
エリシア：もうたくさん。懲らしめるだけで死なせちゃいけないから棒にしてちょうだい。
セントゥーリオ：ありったけの聖者に誓って言うけど、この右腕で棒を食らわせて殺さずにおくのは太陽の巡りを止めるようなもんだ。
アレウサ：情けは無用にしよう。なんでもいいから好きにやっておくれ。メリベアもあんたのように泣きを見るがいいんだ。こいつに任せよう。
セントゥーリオ、朗報を待ってる。手段は選ばなくていいよ、自業自得さね。
セントゥーリオ：逃げさえしなければ仕留めてやる。ケチな仕事だけど、俺の愛しい思いを分かって貰える機会ができてうれしいよ。
アレウサ：任せたからね、しっかりやっておくれ、頼りにしてるよ。じゃ、これで失礼しますよ。
セントゥーリオ：心得た、気長に待っていてくれ。
セントゥーリオ：腹の黒い売女どもめ、失せやがれ！
さて、言った通りに敢然とやると見せかけて、危ない綱渡りを避けるにはどうすればいいか、ここは思案のしどころだぞ。病気のふりをするか。だけど、回復したらまた言ってくるだろうから意味がない。行ったら逃げてしまったことにすると、誰がいた、相手は何人だった、場所はどこだ、拵《こしら》えはどうだったとうるさいことになる。そうなると皆目なにも言えなくて、すっかり台無しだ。

身の安全と約束を果たすのと、このふたつをどうやって両立させるか？　足萎えのトラソとふたりの仲間に加勢を頼むか。楯を叩いて鬨《とき》の声を挙げてごろつきどもを追い払う仕事を請け合ったところが、今夜は別の仕事があるからと言ってあいつらにやって貰おう。追い散らしたあとは家へ帰って寝るだけだから危ない目に会わずにすむ。

第十九幕の梗概

ソシアとトゥリスタンを連れたカリストが、プレベリオ邸の庭園でルクレシアを連れて待ちわびているメリベアのもとへ忍んでいく。ソシアがアレウサとの間にあったことを話す。カリストがメリベアと庭園にいる間に、アレウサとエリシアとの約束を果たしてくれるようにセントゥーリオから頼まれたトラソとその仲間がやって来る。ソシアが迎え撃つ。メリベアと庭園にいるカリストが物音を聞きつけて加勢に行こうとするのだが、これが最期となる原因を引き起こすことになる。なぜならこのような者たちは神の報いを受けるからであり、しかるがゆえに愛する者たちは恋を去ることを知るべしである。

ソシア、トゥリスタン、カリスト、メリベア、ルクレシア

ソシア：ここからプレベリオ邸の庭園へ着くまでに、兄弟のトゥリスタン、人に聞かれるといけないから小さい声で、今日、アレウサとの間にあったことを話してやろう。俺は世界一、嬉しい男だ。噂を聞いて俺にぞっこん惚れちまったあの女が、エリシアを寄越して会いに来てくれと言ってきたと思いな。いろいろ交わした睦言《むつごと》は置くとして、前はパルメノの女だったのが今は

俺にすっかり首ったけだと言うんだ。いつまでも仲良くしていたいからいつでも会いにきてくれだとよ。

これから行く危険な道中に誓って言うけど、仲良くするのも結構だがな、兄弟、実のところ自分の古いすり切れたマントが恥ずかしくて、綺麗にめかし込んだあの女に気後れがしなけりゃ、二度や三度は押し倒してたかも知れない。身動きをすると麝香《じゃこう》の匂いを振りまいて、俺の方は靴にしみ込んだ馬糞の臭いが馥郁《ふくいく》と香る始末。手は雪のような白さで、ときどき手袋を脱ぐときには家中にオレンジの花を撒き散らす風情なんだ。こんなことや、女の方にちょっと用件があったりして、思いきった落花狼藉は次の日までおあずけ。しかも初回はとかくにぎこちなくて、馴染みを重ねるうちに気心も知れるってもんだ。

トゥリスタン：あのな、ソシア、あんたに意見するには、俺なんかよりもっと物の分かった分別のある人間の脳味噌が必要だろうけど、未熟な若造なりに思うことを言わせてもらおう。

あんたも言ってたけど、あの女は折り紙付きの娼婦だ。あの女との一件はなにもかもが眉唾と思うべきだ。どういう腹づもりか知らないが、あいつの申し出なんかうそ八百。男ぶりがいいから大好きだなどと言いながら、なん人の男を袖にして来たと思う？ 金離れを言うなら、あんたなんか馬櫛についた塵芥《ちりあくた》でしかないと百も承知じゃないか。家柄だってあんたはソシアだし、親父さんもソシアで田舎生まれの田舎育ち、犂《すき》で地面を掘り返していたと分かってる。だとすればあんたなんか惚れられるよりもこき使われる方だ。

いいか、ソシア、今日のこの逢い引きの秘密を何か聞き出そうとしなかったか、よく思いだしてみろ。メリベアの幸せを妬《ねた》んでカリストとプレベリオの両家に騒動を引き起こす魂胆なんだ。気をつけろよ、妬みと言うやつは巣くうと癒しがたい病で、団欒よりも災いをもたらす客、いつも他人の不幸を喜ぶんだ。だからさ、おお、あの手合いの誰もがあこがれている悪名を楯にあの腹黒い女が、あんたを罠にかけようとしているんじゃないか！　処刑された情夫の腹癒せに格式ある家に騒動を引き起こし、邪《よこしま》な考えで望みを満たして魂を地獄に落とすつもりなんだ。

　おお、売女野郎め、白いパンに毒を仕込んで食わせる魂胆だ！　身体を張って騒ぎを起こそうとしてやがる。いいか、俺が教えるから、承知したふりをしてその裏をかくんだ。人を呪わば穴ふたつ…わかるだろ。それに「女狐を捕らえる方が一枚上手」とも言う。相手の悪巧みの上を行くんだ。敵に油断をさせておいてその隙を突く、それから馬屋へ戻って「馬と乗り手の思いは違う」とうそぶいてればいいんだ。

ソシア：おお、トゥリスタン、若さに似ず頭のいい奴だ！　確かにおまえの疑う通りだと思う。もう庭園へ着いた。ご主人さまがこちらへ来る。この話は長くなるからお終いにして、また今度にしよう。

カリスト：梯子をかけてくれ。静かにしていろよ、中であの人の声がするようだ。壁に登ってそこから聞いてみよう。俺の居るのに気づかずにうれしい恋心を何か聞けるかも知れない。

メリベア：お願いだからもっと歌ってちょうだい、ルクレシア、あの人が来るのを待つ間におまえの歌を聞いていると心がなごみます。緑に囲まれて小さな声でお願い、外を通る人に聞こえないようにね。

ルクレシア：おお、咲き誇る花々の
花園の主は誰ならん、
後朝《きぬぎぬ》の別れのたびに、
恋人たちを引き留める！

アヤメも百合も装い新た、
密男《みそかおとこ》の忍び入るとき、
爽やかに匂いをこぼす、
さてもうれしき福音《おとずれ》か。

メリベア：ああ、いい声だこと！　うっとりと聞き入ってしまう。後生だからやめないで。
ルクレシア：喉の渇きにある者に、
清らの噴水《ふきあげ》心楽し、
カリストさまの顔貌《かんばせ》は、
メリベアさまにさらなる喜び、
されば、今宵一夜なりとも、
逢瀬の訪れ喜ばん。
おお、塀を越えて来るなれば、
いかばかりひしと抱きしめん！
果てしなき喜びのもと、

狼は獲物を求め、
子ヤギは母の乳房《ふところ》へ、
メリベアは恋人のもとに。
恋人にかくも慕われた男なく、
足繁き訪れのある庭園はなく、
疲れを知らぬ夜もなかった。

メリベア：あなたの歌を聞いていると、ルクレシア、あの人が目の前にいらっしゃるみたい。すっかりこの目に見えるよう。続けて、とてもお上手ね。私も加わりましょう。

ルクレシア

メリベア：優しき木々の葉の陰よ、
こよなく愛しいあの方の、
涼しき瞳に触れるとき、
膝を折って頭《こうべ》を垂れよ。
空に輝く星々よ、
払暁の北の星と明《あけ》の星
愛しき人の眠るなら、
いざお起し給えかし。

メリベア：ひとりで歌うから聞いていて。

夜の引き明けに啼く鸚鵡《おうむ》、
小夜鳴き鳥《ナイチンゲール》も聞けよかし、
座ってここに待ちわびると、
愛しい人に伝えておくれ。
夜半を過ぎてまだ来ぬ人を、
引き留める女《ひと》のあるならば、
どうか教えてくださいな。

カリスト：優しい歌声にすっかり打ちのめされてしまいました。もう苦しい思いで待たせてはいられない。ああ、わが愛しい人、幸せのすべて！　あなたの素晴らしい美徳を陰らせる女性がこの世にあろうか？
　ああ、見事な調べ、至福の時、浮き立つ心よ！　あなたの楽しみをさまたげず、ふたりの望みをかなえずにはどうしてもいられなかった。

メリベア：まあ、うれしい裏切り、甘やかな驚き！　思いがけなくもあれは、私の愛しいお方ではないかしら？　輝く太陽、どこに隠れていらしたの？　輝きを隠していたのね？　先ほどのを聞かれてしまったのかしら？　しわがれた白鳥の声で臆面もなく歌うままにしておくなんて。
　あなたの訪れを庭園全体がよろこんでいます。月をごらんなさい、皎々《こうこう》と輝いています。雲の逃げ足の速いこと。この泉水の流れは滴る緑の間を縫って、いや増しに甘いせせらぎを響かせています。そびえ立つ糸杉達が、優しい風にゆすられて枝と枝が平和の挨拶を交わす声をお聞きなさい。静かに落ちる影は闇を造り私達の楽しみに備えてくれています。
ルクレシア、何をしてますか？　うれしさに気がふれたの？　私がやります、あんたは鎧に手を出さないで、手足にまとわりついて鬱陶しいこと。私の人なんだから、私の喜びを取らないで。

カリスト：わが栄光の人、私の命がご所望なら快い響きの歌をやめないでください。私と離れてお嘆きなら、うれしくもこうしてお側に居るのですから、雰囲気はいいはじゃありませんか。

メリベア：何を歌いましょうか？　あなたを待ち焦がれる思いが音色を決め旋律を整えていたのですから、いまさらどう歌いましょう？　こうしてお出でになって、焦がれる思いが満たされると声の調子も狂います。礼儀の模範、育ちの良さのお手本のようなあなたですのに、私に歌えとおっしゃりながら、なぜその手にはおとなしくするようお命じになりませんの？　ずるいやり方はいけません。礼儀を忘れて不作法にまさぐるのを止めてお行儀よくするように言ってください。
どうか、あなた、毅然としたお姿がうれしいのですから、手荒な振る舞いは心外です。慎みがあれば悪ふざけもうれしいもの。でも限度を越えた不埒なお手には困惑いたします。服を元にもどしてください。上に着ているのが絹か毛織りか知りたいのでしたら、なぜ下着に触れるのですか、たしかにリンネルでございます。
そうやって無闇と乱暴になさらなくとも、楽しいことならほかに幾らもありますから教えて差し上げます。服をくしゃくしゃになさって何の益がございますか？

カリスト：鳥を食べる人はまず羽根をむしります。

ルクレシア：（この先を聞くぐらいなら悪性の腫れ物で死んだ方がまし！　世の中、こんなもんですかねえ？　私なんか羨ましくて破裂しそうなのに、お嬢様ときたら求められて逃げようとなさる！　なんだか静かになった。仲裁に入るまでもないか。それにしても、私だって、あの間抜けの召使いどもが口説いてくれれば昼間ならいつでも受けてやるのに、やつらときたらこちらから行くのを待ってやがるんだ！）

メリベア：ルクレシアにそう言って何か食べる物を持って来させましょうか？

カリスト：あなたの身体と美貌をこの手にするのが私には何よりの糧《かて》です。食べ物も飲み物もお金さえあればどこでもいつでも、そしてどんな物でも手に入る。だけど売ってない物、どこを探してもこの庭園にしか無い物を片時たりともおろそかには出来ません。

ルクレシア：（聞いてると頭が痛くなってくる。おしゃべりをしたり、抱き合っていちゃついたり、口づけしたりで平気なんだから。あれま、静かになった。ついに落城かね！）

カリスト：たおやかな肢体をかき抱いた得も言われぬ感覚に酔いしれて、至福と安らぎのもとにあって夜明けがつらい。

メリベア：私の方こそ同じ思いでおります。忍んで来てくださるのこそがまたとない恩恵でございます。

ソシア：（舞台奥で）来やがれ、ろくでなしの悪党ども、どうした、へっぴり腰じゃねえか。そっちが来ないなら、こちらから目に物見せてやるぜ！

カリスト：怒鳴っているのはソシアだ。小姓《こしょう》がひとりついているだけだから、加勢に行ってやらないとやられてしまう。下に敷いているマントを早く。
メリベア：まあ、それは大変！　胴鎧をお召しなさい。丸腰はいけません！
カリスト：剣とマントと度胸でやれないことは、鎧兜があっても臆病では果たせない。
ソシア：（舞台奥で）まだやるか？　見てろ、返り討ちだ…。
カリスト：大丈夫、梯子がかけてある、行かせてくれ。
メリベア：ああ、そんな！　相手は知らない連中でしょ、なぜそんなにむきになって、甲冑も着けずに飛び出していらっしゃるの？
ルクレシア、早く来て、カリストさまが騒ぎの方へいってしまわれた。そこに置いたままの甲冑を塀に押し上げよう。
トゥリスタン：おっと、旦那様、下りるにはおよびません。奴らは行ってしまいました。足萎えのトラソとごろつきどもが騒ぎ立てただけです。ソシアも戻ってきました。
待った、待った、旦那様、梯子につかまって。
カリスト：南無三宝、いかん！　告解を！
トゥリスタン：急げ、ソシア、旦那様が梯子から落ちて声がない、身動きもしない。
ソシア：旦那様、旦那様！　お陀仏か！　俺の爺さんみたいにくたばっちまった！　ついてないお人だ！

ルクレシア：もうし、お嬢様、大変でございます！
メリベア：何なの、悪い知らせ？
トゥリスタン：（舞台奥で）ああ、大切な旦那様が死んでしまった。旦那様がおっこちた！　告解をする間もなしとは気の毒な！　石畳に散ってる脳味噌を拾え、ソシア、お気の毒な旦那様の頭蓋を寄せ集めておけ。ああ、いやな日だ。あっけない最期だ！

メリベア：ああ、気になる、あれはなに？　なにをあんなに騒いでいるのかしら？　梯子を登ってみるから、ルクレシア、手を貸して。確かめてみます。でないとお父さまの家を嘆きの声で押しつぶしてしまう。私の幸せと楽しみがすべて煙と消え失せ、喜びが失われてしまった！　至福の時は終わった！
ルクレシア：トゥリスタン、どうしたの？　なにをそんなにさめざめと泣いているんだい？
トゥリスタン：ひどいことになっちまった。あんまり辛くて泣くんだ。カリストさまが梯子から落ちて死んでしまった。頭がみっつに割れて、告解もできずにあの世行きだ。気の毒にまだ日も浅いお嬢様に言ってやりな、いくら待っても不運の恋人は戻ってこないって。
おい、ソシア、足の方を持て。死んだのはここだけど、大切なご主人様の亡骸を面目の保てる場所へ移そう。涙が溢れて止まらない！　取り残されて、悲嘆に暮れ、あるのは悲しみばかり。喪服に着替えよう！
メリベア：ああ、喜びを手に入れたと思ったらもう悲しみが押し寄せるなんて、不幸な女の最たる者！

ルクレシア：お嬢様、顔に爪を立てたり髪を掻きむしったりはおよしなさいませ。至福の頂からどん底への急転直下。手のひらを返すように星の巡りが影響を与えるものでございます。耐え難い苦しみでございましょう。どうか、お立ちくださいまし、こんな所にいるところをお父さまに見つかれば不審を呼んで露見してしまいます。

よろしいですか、お嬢様、しっかりなさいませよ。楽しみにはとても大胆でいらしったのですから、ここは気を確かに持って苦難に耐えてくださいまし。

メリベア：あの若者たちの言うことを聞いた？　あの悲しい祈りの声が聞こえるでしょ？　私の至福の幸せを死者の祈りに乗せて運んでいく！　私の喜びの亡骸を運んでいく！　もう生きる望みもない。もっと楽しんでおけばよかったのかしら？　両手につかんだ幸せのなんと儚いこと。おお、人とはなんと恩知らずなもの、幸せを失うまでは断じてその素晴らしさを認めようとしない！

ルクレシア：ぐずぐずできませんよ、お急ぎにならないと！　逢い引きの嬉しさ、死なれた悲しみはともかく、庭園にいらっしゃると言い訳が立ちません。部屋へ戻って横におなりなさい。隠しおおせる事じゃございませんから、私からお父さまにお話してどこかお加減が悪いことにしておきます。

第二十幕の梗概

ルクレシアがプレベリオの部屋の扉を叩く。プレベリオが用件を尋ねる。ルクレシアは、メリベアお嬢様の所へ急ぐようにと言う。起きあがったプレベリオがメリベアの部屋へ赴く。優しい言葉をかけ、どこか悪いのかと尋ねる。メリベアは心の痛みを押し隠す。メリベアは父親に何か楽器を取ってくるように頼む。メリベアとルクレシアは塔へ登る。ルクレシアを遠ざけ、扉から閉め出す。父親が塔の下へ来る。メリベアが起こったことの一部始終を語る。最後に塔から身を投げる。

プレベリオ、ルクレシア、メリベア

プレベリオ：どうした、ルクレシア？　いやに急いでるじゃないか？　こんな時刻にそわそわと何の用だね？　娘がどうかしたのか？　着替える間もあらばこそ、起きあがる暇さえ与えないほどに急き立てるとはよほど悪い知らせらしいな。

ルクレシア：旦那様、無事なお姿をご覧になりたければ急いでください。あんなにお加減の悪そうなのは初めてでございます。いつになく落ち込んでおられます。

プレベリオ：急ごう！　先に入って扉の掛け布を寄せて、顔色がよく見えるように窓をいっぱいに開いてくれ。

どうした、おまえ？　どこか痛むのか？　様子が変だぞ。ぐったりしているではないか？　しっかりしろ、お父さんだ、何か言ってくれないと手当ができないではないか。おまえを打ち拉ぐ悩みの原因を教えてくれ。どうした？　なにがあった？　何が望みだ？　こちらを見て何か言ってくれぬか。すぐにも手当をしてやるから悩みを打ち明けてくれ。墓へ入る老人に憂き目を見せてはくれるな。おまえだけを楽しみにしているのだ、ぱっちりと目を開いてこちらを見ておくれ。

メリベア：ああ、悲しい！

プレベリオ：おまえの悲しむ姿を見るほど悲しいことはない。お母さんもおまえが病気だと聞いて肝を潰している。すっかりうろたえてここへ来ることもできないでいる。気をしっかりと持って元気をだしなさい。心を励ましてわしと一緒にお母さんのところへ行こう。何がどうしたのか教えてはくれぬか。

メリベア：万策尽きました。

プレベリオ：老いた父親の愛しい娘、病気が辛く苦しいからとて後生だから無闇なことはしてくれるなよ。心が挫《くじ》けると迷いを生じるものだ。原因を話してくれればすぐにも打つ手があろう。健康を回復するのに薬も医者も祈祷師だっている。今では薬草、薬石、呪文もあれば、動物の身体にだって薬効が隠されている。もうこのうえわしを悩ませないでくれ。苦しみはたくさんだ、気が変になってしまう。どこが悪いのか言っておくれ。

メリベア：心臓の真ん中に巣くった悪性の腫れ物が言葉を詰まらせます。比べようもない大きさですので、治療するには最も奥深いところからえぐり出さなければいけません。

プレベリオ：若い身空で老人のようなことを言う。青春とはどっぷり楽しみと喜びにひたって、とかく不愉快を嫌うものだ。さあ、起きあがって川辺の新鮮な空気でも吸いに行こう。お母さんに逢えば気も晴れよう。苦しみも和らぐ。いいかな、楽しみを遠ざけると病気には良くないことばかりだよ。

メリベア：そういたしましょう。屋上へ登りましょうか、お父さま、あそこからだと行き交う船の眺めを楽しめますから少しは気が晴れるかも知れません。

プレベリオ：そうしよう。わしもルクレシアと行こう。

メリベア：お願いですから、お父さま、何か楽器を持ってくるように言ってください。弾き語りに歌えば、優しい歌や楽しい旋律が辛い思い出を和らげて苦痛も薄らぐかも知れません。

プレベリオ：そうだな、わしが取ってこよう。

メリベア：お友達のルクレシア、塔はとても高いからお父さまが登るのはお気の毒です。お母さまに言い忘れたこともあるので塔の下で待つよう伝えてちょうだい。

ルクレシア：かしこまりました、お嬢様。

メリベア：これでひとりになれた。死出の仕度は出来た。愛しく恋しいカリストさまのもとへこんなに早く行けると思えば多少なりとも心がなごむ。誰かが登ってきて死出の旅路のさわりとならないよう扉を閉めておこう。旅路の邪魔をして欲しくない。過ぐる夜、訪ねて来てくださったお方のもとへ、この日、もう間もなくの旅立を妨げて貰いたくない。

みんな私の思いから出来たこと。最期を思い立った経緯《いきさつ》をお父さまに打ち明けるに丁度よい機会となった。頭《おつむ》の白髪にはいかにも申し訳のないことながら、ご老体に憂き目を見せてしまう。私がいなくなればひとり残されてどれほどに悲しまれよう。私が死ねば両親の嘆きはいかばかりか。これほどの親不孝はあるまい。ビティニアの王ブリシアは、実の父親にわけもなく手を下しておきながら私ほどに苦しみはしなかった。エジプトの王トロメオは、恋人を手に入れたいばかりに父と母と兄弟と妻まで殺した。オレステスは母クリュタイメストラを殺め、残忍な皇帝ネロはただ殺したいがために母アグリッパを殺した。

みんな罪に値する本当の親殺しだけれど、でも私は違う。自分のもたらした苦悶の罪過を己の苦痛と死によって償うのだからそうではない。マケドニアの王フィリポ、ユダヤの王ヘロデ、ローマ皇帝コンスタンチヌス、カッパドキアの女王ラオディセ、黒魔術師メディア、息子や兄弟たちを殺したこれら多数の残酷な者たちの過ちに比べれば私の罪など取るに足りない。この者たちはわが身の可愛さから愛しい大切な息子たちを無慈悲に手にかけてきた。

最後に思い出されるのは、死後に世継ぎを残したくないからと、老いた父オロデを殺し、ひとり息子と兄弟三十人を殺戮したパルティア人の王フラテスの無類極まりない残酷さ。身の保全のために目上の者や子孫、親兄弟を殺したのだから厳罰に値する。だからと言って、悪を成した者を真似る必要のないのは言うまでもない。でもほかにどうすればいい。主《しゅ》よ、あなたが証人です。非力な私、自由な意志はふさがれてままならず、健在の両親を思う心を越えて、魂は亡くなったお方への大きな愛に取り込められているのです。

プレベリオ：メリベア、ひとりでなにをしている？　どうするつもりだ？　そこへ行こうか？
メリベア：お父さま、私の所へ登ってくるのは止めてください。これからお話することの妨げとなります。間もなくひとり娘の死を嘆くことになりましょう。これがもう最期でございます。私の安らぎとお父さまの苦しみがやってきます。私の慰めとあなたの悲しみです。私が道連れを得る時であり、あなたに孤独の時がやって参ります。敬愛するお父さま、私の苦悶を癒すのは楽器ではなく、埋葬の鐘でございます。涙をこらえて聞いてくだされば、詮方《せんかた》なくも心嬉しく死んでいく娘の救いようのない訳がお分かりになります。涙や言葉でさえぎってはくださいますな。でないと、私の死を目にする悲嘆はもとより、なぜ死ぬのかが分からずに苦しみを増すばかりでございます。進んでお話申しあげようとすることに疑問を挟んだり応えを返してはいけません。なぜなら思いが心にせき上げてくると、忠告に耳は塞ぎ、そうなると実り豊かな言葉は慰めとならずに怒りを募らせるものだからです。老いたお父さま、私の今生の別れの言葉をお聞きください。望み通りにしてくださるなら、私の過ちも許してくださいましょう。

町中をおし包んでいる悲嘆と苦悶の叫びに耳をよく傾けてください。弔鐘の響き、人びとのざわめき、犬の吠え声、武器を打ち叩く音が聞こえましょう。すべては私がもとで起きたこと。今日、町の貴族方のほとんどに不吉な喪服をまとわせることになり、主を失った多くの召使いを路頭に迷わせ、恥を忍んで秘かに物乞いをする哀れな人たちから稼ぎを取りあげてしまいました。格式ある生まれのなかで最も際だったお方を死者の仲間に加えることになったのは私のせいでした。恋の口説、愛のやりとり、あでやかな刺繍の衣服、優雅なおしゃべり、礼儀、美徳、そのすべてがこの世から消えたのは私のせいです。今の時代がこの世に育んだ最も高貴な瑞々《みずみず》しい若者をいち早く大地が愛でることになったのは私のせいでした。

事実をさらに明らかにいたしますほどに、わが身の常ならぬ罪の告白に驚かれますな。お父さまもよくご存知の貴族、カリストさまが私に思いをかけてくださり、恋に苦しむ日々が幾日も過ぎました。あちらのご両親も立派な家系であることはご存知でしょう。美徳にすぐれ誰にも親切であるのはよく知られております。恋の悩みと、言葉を交わす機会がないのに責め立てられ、セレスティーナと言う名の狡猾な女に渡りをつけました。この女が頼まれて私の所へやって来ると、この胸に隠していた恋の秘密を引き出してしまった。愛しいお母さまにも隠していた思いを打ち明けてしまったのです。私の心を取り込む手管を心得ていたのです。あの方の望みと私の思いとが叶うよう手立てを整えました。

あの方が深く思いをかけてくださり、私もそれに応えました。あの方の思いが叶うよう、甘やかにして不幸な逢瀬となる悲しい逢い引きの手筈を整えたのです。愛に負けてあの方を家に入れました。梯子をかけて庭園の壁を乗り越え、意図にもあらず淫らがましくも、お目をかすめて契りを結びました。心うれしい恋の過ちを楽しんではぼひと月が経ちました。そして昨夜、いつも通りに忍んで来られ、帰るときのこと、移ろいやすく定め無き運命の命じるところであったのでしょうか、塀は高く、夜は闇、梯子は毀れやすく、連れてきた召使いたちはこのような勤めに不慣れでもあり、下男たちが通りで騒動を起こしたのを見ようと急ぎ足に下りようとしたところが、あせるあまりに足元がおろそかとなり、足は空を踏んで転落、悲惨なことに頭が砕けて脳漿が石畳と壁に飛び散りました。運命の女神が玉の緒を切り、告解をする間もなく儚くなったのです。

私の希望を断ち、幸せを潰し、伴侶を切り放ったのです。あの方が転落して命を落とし、私には悲嘆に暮れて生きろとはあまりに酷ではありませんか、お父さま？　あの方の死が私を招いています。遅れずに早く来いと誘《いざな》うのです。転落したのですから私にも同じようにせよと申します。「去る者は日々に疎し」と言われたくはございません。この世で果たせなかったよろこびをあの世で満たします。

ああ、愛しいカリストさま！　待っていて、すぐに参ります。お待ちかねならいましばらく、老いたお父さまに最後の別れをするしばらくのあいだ遅くなったとてお叱りにならないで下さいな。ああ、愛するお父さま、過ぐる悲しい人生を哀れと思い、悲しと思し召すなら、後生ですからどうかお墓をひとつに、そして葬儀もひとつにしてください！　嬉しく死んでいく前に昔の書物から抜き出した慰めの言葉のひとつも言うべきでしょうが、お勉強になるから読むようにとお勧めになったのにいまは混乱のあまりに頭がすっかり呆けてしまって思い出せません。しかも皺を刻んだお顔に流れる悲嘆の涙を見ればなおさらでございます。

大切な愛するお母さまによしなに伝えてください。私が死んで行く理由をお父さまから詳しくお聞きになりますように。この場にいらっしゃらないのが大きな慰めでございます。年老いたお父さま、長生きすれば憂き目も増えると申します、老いの恵みを楽しんでください。老齢への贈り物、愛する娘を受け止めてください。とても辛《つろ》うございます。お父さまを思うとなおさらに、そして老いたお母さまのことを考えるとまだそのうえに苦しゅうございます。主がおふたりと共にありますように。魂を神に捧げ、そこへ参ります。

第二十一幕の梗概

悲嘆の涙にかき暮れて部屋に戻ったプレベリオに妻のアリサが様子の急な変化の理由を尋ねる。千々に砕けた亡骸を示して娘メリベアの死を語り、慟哭のうちに結びとなる。

アリサ、プレベリオ

アリサ：どうなさいました、プレベリオ？　なにをそんなに泣き叫んでおられます？　娘の加減が良くないと聞いて心配のあまり気もそぞろになっておりました。いつにない嘆きのお声を聞き、いかにも悲しげな涙と悲嘆のさまを見るにつけ、それが心に深く突き刺さって魂の奥底にまで染み通って虚ろになっていた心を呼び覚まし、先ほどの心配事などどこかへ吹き飛んでしまいました。

苦痛は苦痛を呼び、悲しみは悲しみを産むと言います。お嘆きの原因をおっしゃってください。なに不足ない老齢を呪うのはなにゆえでございます？　死にたいとはなにごとですか？　白髪を掻きむしってなんとなさいます？　お顔に爪を立てるのはなにゆえでございますか？　メリベアになにかございましたか？　どうかおっしゃってください。あの娘が苦しんでいるなら死ぬより辛うございます。

プレベリオ：ああ、喜びは手の届かぬ井戸の底、幸せはことごとく消え失せた！　もはや生きる甲斐もない！　思いがけぬ苦痛がひとつになってさらなる苦悩がおまえにも襲いかかるだろう、おまえの方が先に墓へ入るかも知れぬゆえ、ふたりの悲しみをわしひとりの慟哭に着せぬようにあれをごらん、おまえが産みわしが命を授けた娘の砕けた骸《むくろ》だ。理由は本人から聞いた。気の毒な下女からはさらに詳しく話を聞いた。傷ついた晩年を共に嘆こうではないか。

おお、わが苦痛のもとに駆けつけてくだされた方々、友人ならびにみなさま方、この苦しみを分かち合ってくだされ！　ああ、幸せのすべてだった娘、おまえより長生きするとは惨い！　二十歳のおまえよりも六十のわしが墓へ入るべきではないか。おまえを苦しませた悲しみのせいで死ぬ順序が狂ってしまった。おお、憂き目を見るために生えてきた白髪よ、目の前のあの金髪よりもおまえの方こそ大地は喜ぶであろうに！　つらい日々を生きねばならん。死神に文句があるぞ。おまえに死に後れてひとりどれだけ生きるのか、残された時が恨めしい。人生の心楽しい道連れを失ったいま、命などいらぬ。ああ、愛しい妻よ、遺骸《なきがら》を置いて起きてくれ。すでに苦悶の人生を離れて娘の魂と安らいでいるなら、なぜわしも連れて行ってはくれぬ。少しでも命が残っているなら、悲嘆と苦悶と溜息のうちに共に暮らそうではないか(1)！

思うに、苦悶に打ちのめされ、それと分からぬままに女はこの世から連れ去られるか、少なくとも気を失っていれば安らぎにも似るゆえ、男より恵まれている。おお、父親の強靭なる魂よ！　愛しい跡取り娘を亡くしておきながらよくも苦痛に砕けずにあるものだ。なぜ塔なんかを建てた？　財産を蓄えてきたのは誰のためだ？　誰のために木々を植えてきた？　なぜ船を造った？[2]

おお、堅い大地、なぜわしを支える？　寄る辺なき老いの身に入り江はどこにもない。おお、儚き幸せを司り、管理する変転極まりなき運命よ！　おまえの頸木《くびき》のもとにあるわしにこそなぜ呵責なき怒り、怒濤の荒波を寄こさなぬ？　わしの財産を滅ぼせ。邸を潰せばいい。大いなる財産を焼き尽くせばいいではないか？　おまえの力に関わりのないあの花盛りの木は残して欲しかった。転変激しき運命よ、老いの楽しみに若者の悲劇をつきつけるとは順序がさかしまではないか。衰えた晩年ではなく若い屈強のときならばこのさかしまを果敢に耐え抜くであろうに。

なんと苦渋に満ちた悲嘆の人生かな！　おお、世界よ、世の中よ！　人はおまえのことを様々に言い立て、おまえの資質に意見を述べる者も多数あり、色々な現象に譬えるのを耳にしてきた。乏しい経験ながらもわしは、まやかしの市場で売買のうまくいかなかった商人に譬えよう。おまえの憎しみを買って怒りに火をつけぬように、そして今日、おまえの力のおよばぬ所へ投げ出してしまったこの花を時の至らぬままに枯れさせてはならじと思えばこそ、ずっと前からおまえのいつわりの本性については口を噤んできた。だが今となってはなにを怖れることがあろう。失う物はなく、もはやおまえの道連れなど煩《わずら》わしいばかり、非情の追い剥ぎなど恐れもせず、声高に歌って歩く貧しい旅人のようなものだ。

若い頃にはおまえとその呵責のない所業にはなんらかの秩序があると考えていた。今、おまえのもたらす運命の良し悪しを見るにつけ、過ちの迷路、荒廃の砂漠、獣の住処《すみか》、車座に興ずる博打、泥の積もった湖、茨のはびこる荒れ地、聳える山、ごろた石の野原、蛇《くちなわ》の巣くう平野、花は咲けども実を結ばぬ庭園、苦難の泉、憂き流れ、悲惨の海、実りなき働き、甘い毒、むなしい希望、いつわりの喜び、まことの苦痛に思える。

　喜びを餌として人を釣り上げるがいい、まやかしの世界よ。絶好の餌の陰から釣り針が丸見えではないか。心が針にかかってもはや逃げる術もない。約束ばかりでなにも果たさない。虚しい約束を果たしてくれと迫らぬように人を世界から放り出してしまう。うかうかと悪徳の快楽の野原を放埒《ほうらつ》に駆けずり回り、罠に気づいたときにはもう引き返せない。多くの人は不意の死を怖れて自ら世界を後にしてきた。長年、おまえに仕えてきたこの哀れな老人にくれた報酬を見れば人は幸せだと言うだろう。目を潰しておいて頭に膏薬を貼るようなものだ。わしのような哀れな人間をつかまえて、逆境にあって悲しみをひとつで終わらせず、苦難にも道連れはあると慰めを言うのは罪だぞ。寄る辺なき孤独な老人となってしまった！

　衰えた記憶に今と昔をふり返って見るのだが、残念ながらこのような苦悶に道連れが見あたらぬ。ふたりの息子を七日のうちに相次いで失ったパウロ・エミリオは、勇気をふるってローマ市民を慰め、ローマ市民が彼を慰めたのではなかったと言うが、その毅然たる忍耐に慰めを感じはするが、養子がふたり残っていたのを思えばわしには不満が残る。アテネの将ペリクレスや屈強のクセノフォンにしても、亡くなった息子たちは土地を離れていたのだから、わしの苦悶の道連れとはならん。ひとりは悲しむ様子もなく平然と眉ひとつ動かさなかったし、片方は悲嘆に沈むでもなく、息子の訃報を知らせた伝令に平然として報酬を与えたと言う。どれもこれもわしの不幸には比ぶべくもない。

　災いに満ちた世界よ、ひとり息子を亡くしたアナクサゴラスが「わが身は死すべき人間であれば、産んだ子供も死ぬものと承知である」と言った言葉をとらえて、失うことにおいては似たもの同士、愛しい娘を亡くしたわしと悲しみは同じだとは言わせぬぞ。メリベアは恋の苦しみに追いつめられ、目の前で自らの意志で身を滅ぼしたが、かの息子は正統な戦いで殺されたではないか。

おお、及ぶべくもない死だ！　ああ、哀れな老人、慰めの根拠を求めるほどにますます慰めを見失う！　予言者で国王のダビデは病気の息子に涙を流し、ひとたび死んでしまうと、もはや手の施しようのないものを嘆くのは愚かである、喪失の悲しみを補う子供たちはほかにたくさんいると言って泣かなかった。わしもあの娘《こ》の死を悲しんで泣くのはよそう。

だが死をもたらした理由が悲しい。可哀想な娘、日ごと気にかけていた心配も懸念も今や消えてしまった。ただ確かなのはおまえの死でわしの命もなくなることだ。なんとしよう、おまえの部屋や小部屋へ入ればもぬけの殻。呼んでも応えてはくれぬか？　おまえの居なくなった空漠を誰が埋めてくれよう？　傷ついた息子の腕を捉えて海へ投げ込んだアテネの長官ランバス・デ・アウリアの果敢な行為が少しは似ているにせよ、殺されたとは言えその死は名誉をもって讃えられているではないか。今日のこの日、わしが失ったものを無くした者はいなかった。あの娘を死へ追いやったのは抗いがたい愛の力であった。阿諛追従《あゆついしょう》の世界よ、疲労困憊の老人に癒しはあるのか？　人間の危うい精神を絡め取るおまえの罠、落とし穴、枷《かせ》と策略を承知のうえでなおもおまえの元に残れと言うのか？　娘をどこへやった？　この邸に共に連れ添って暮らしてくれるものは誰も居ない。老いさらばえた年寄りを誰が慈しんでくれよう？

おお、愛よ、愛の神、おまえに従う者を殺す力があるとは思わなかった。若い頃にはおまえの矢に傷ついこともある。紅蓮の炎にも焼かれた。あのときわしを解き放ってくれたのは、老いてから報復をしようとてか？　四〇歳になって良き伴侶に恵まれたとき、今日、命を絶った愛の結晶を得たとき、おまえの柵《しがらみ》から解き放たれたと感じたものだった。

鉄の矢じりを射るのか炎で焼くのか、いずれにせよ親の仇を子供で取るとは思わなかったぞ。衣類はそのままにして魂に手をかける。醜男も美男に見えて惚れられる。なんでそんな力があるのだ？　相応しからぬ名前ではないか。愛の女神なら仕える者をいたわるべきだ。愛があるなら苦しめるな。わしの娘のように楽しく暮らしている者を死なせて何の益がある？おまえに仕えていた者たちとその手先の婆さんの末路を見るがいい。おぞましい女衒セレスティーナは、邪悪な奉仕にもっけの幸いと抱き込んだ最も忠実なはずの仲間どもの手にかかって殺され、下手人どもは打ち首となった。カリストは転落死、可哀想に娘は同じ死に様を選んで後を追った。これもすべておまえのせいだ。

ひとは優しい名前でおまえを呼ぶが、やることは惨い。矛盾しているではないか。すべてに同じでない法律は悪法だ。耳障りはいいが扱いは悲しみをもたらす。おまえを知らぬ者、おまえと関わりを持たぬ者は幸いなるかな。なにを勘違いしたのか知らぬがおまえを神だと言う。自ら創造した者を滅ぼす神のあろうはずがない。しかるにおまえは柔順な者を滅ぼす。渋々ながらに仕える者にいっそう手篤く報いて悲痛な死の舞踏まで踊らせるなどとは、まったく理屈に合わぬではないか。友の敵にして敵の友、なにゆえ秩序も統一もなく振る舞うのだ？　おまえは目隠しをした裸の子供に描かれ、手に弓を持って手探りに矢を放つ。ましてやおまえの下働きをする者たちはもっと暗い闇の中にいて仕事のけちな見返りなど思いもしなければ見向きもしない。燃え上がる炎は稲妻となって落ちた跡を残さない。人間の魂と命を糧として炎々と燃えさかり、キリスト教徒は言うにおよばず、異教徒もユダヤ教徒も、果たしていずこが初めやら見当もつかぬが薪《たきぎ》はふんだんにある、そしてことごとくがその報いを受けている。

今の時代のマシアスはどうだ、恋に命を落とした哀れな結末はおまえのせいではないか？　パリスはおまえゆえになにをした？　ヘレナはどうだ？　イペルメストラはどうだ？　アイギストスは？　誰もが承知だ(3)。では、サフォ、アリアドネ、レアンドロにはどう報いた(4)？　ダビデやソロモンにいたるまで苦しめずにはおかなかった。おまえに寄せる友情からサムソンはそれなりの代価を払った(5)。おまえが信頼を植え付けた女のせいだ。自分の不幸を語るのにもはやうんざりだから言わずにおくが、ほかにも多くの者たちがいる。この世に生を受けなければメリベアを育むこともなかったろう。あの娘が産まれなければ、恋に落ちなかった。恋することがなければわしの嘆きも老の悲嘆もなかったであろうことを思えば、わしを育んだ世界が恨めしい。

ああ、わが良き伴侶《はんりょ》(6)！　ああ、砕けたわが娘！　どうして死ぬのを思いとどまってはくれなかった？　なぜ大好きな愛しいお母さんを惨い目にあわせた？　なぜ老いた父にこんな憂き目を見せる？　わしが先立つべきところをどうしておまえが先に行ってしまった？　わしを悲嘆に沈めるのはなぜだ？　なぜわしをこの涙の谷へ悲しみのままにひとり残して行った？

作者のむすび——創作の意図に寄せて

さてここに、恋するふたりの死にざまを見てきたが
死の舞踏は容赦願おう。
茨と槍、鞭と釘で血を流した
あのお方を敬おう。
邪《よこしま》なるユダヤ人どもはその顔に唾を吐き
飲み物とては苦い酢。
神々しき両側に架けられたふたり
良き盗賊と共にわれらは行かん。

ここに述べた淫らなる物語の朗読を
読む人よ、恥じるなかれ[1]。
賢者なればお察しあれ
善き行いに導くこれは手本なり。
されば、苦き薬の喉にあたる不愉快を

甘き殻にてくるみおき、高尚なる戒めを飲み下せ。
古《いにしえ》の短き警句と喩えの話
さまざまを突き混ぜて供するものなり。

われを軽薄の徒と言うなかれ、
至高の神を敬い畏れ仕える
熱心なる清廉潔白の人柄なり。
もしやわが筆に汚れ有り
思考に瞭然の乱れあるならば
悪ふざけは払いのけ、麦藁と茎を取り除き
残るは良質の小麦である。

本書の校訂者アロンソ・デ・プロアサから読者へ

甘き調べのオルフェウスの竪琴は
石塊《いしくれ》をも音色にて動かし
冥界のプルトンの宮居《みやい》を押し開き
速き流れを堰き止め
鳥は空に舞わず猛き獣をなごませ
優しき調べに合わせ
石と煉瓦を積み上げて
トロヤの城壁を築いた。

続き

されば読む人よ、この物語をもって
汝の言葉のなすところはさらなり
鋼より硬き心も
読むほどに和らぐであろう。
愛する者には愛を思い止まらせ

悲嘆に沈む者は悲しみが終わり
便りなき者に便りが訪れるであろう。
されば、石塊《いしくれ》が動いたとて
何ほどのことがあろう。

続き

ネビオの軽妙の筆もプラウトゥスも
不実な召使や腹黒い女の陥穽《かんせい》に
落ちぬほどに賢明な人物を
ローマの韻律に描いたことはなかった。
クラティーノ、メナンドロそして老マグヌスも
この作者がカスティーリャ語で書いたごとく
古《いにしえ》のアテネの文体で
描くことを知らなかった。

この悲喜劇を朗読するに際しての方法について

カリストを読むとき

聴衆の感動を呼びたくば心せよ
時には喜びと期待と情熱を込め
時には怒りと大いなる混乱を込めて
呟くように読むと心得るべし。
千変万化の手管を働かせ
どの人物も尋ね、応え
時にあって泣いたり笑ったり。

冒頭に置いた詩に作者が込めた秘密を明かす

この偉大なる人物の名声と
しかるべき栄光と明らかな素姓が
われらのせいで忘却の淵に沈むのは
わが筆は望まず、気持ちが許さない。
しかるがゆえに十一連の詩行から
頭の文字を集めてみよう
さすれば見事に名前、素姓、生国が現れる。

「喜劇」ではなく「悲喜劇」と名付けるべき理由に触れて

苦悶の恋人たるもの
この物語のふたりのごとく
かくすみやかに思いを遂げたことはなく
大きな嘆きの素早き解決もなかった。
偽り多きこの世の楽しみは
常住なきものであるから
願わくは賢明なる読み人よ
すべてに降りかかった悲劇の結末に涙せよ。

作品が印刷された時と場所に触れて

太陽神ボイポスが一五〇〇回の巡りをおえて
レダの双子座がボイポスを宮に迎えたとき(2)
この心楽しく短き物語は
細心の注意をもって精読修正のうえ
サラマンカにおいて印刷された。

使用書

Fernando de Rojas, *La Celestina*, Edición, Introducción y Notas de Julio Cejador y Frauca, Espasa-Calpe, S.A,M Madrid, 1968.

Fernando de Rojas, *La Celestina*, Edición de Francisco J. Lobera y Guillermo Serés, Paloma Díaz Mas, Carlos Mota e Íñigo Ruiz Arzálluz y Francisco Ricos, Real Academia Española, 2000.

Fernando de Rojas, *La Celestina, comedia o tragicomedia de Calisto y Melibea*, Edición, introducción y notas de Peter E. Russell, Clásicos Castalias, 2013.

Fernando de Rojas, *La Celestina*, Vicens Vives, Clásicos Hispánicos, 2013.

訳註

作者からある友人へ

（1）別人が書いたと言われる第一幕を指している。なおミラノは十二世紀以来、優れた甲冑の製造で知られていた。

（2）メーナ（Juan de Mena, 一四五六年没）は十五世紀の著名なカスティーリャの詩人。サラマンカで発見された匿名の一幕の作者をメーナと想定するのは一幕の価値を高めるためにあり得る。コータ（Rodrigo Cota, 一五〇四頃没）。トレドの改宗ユダヤの家系で異端審問所の追求を受けたことがある。有名な作品は Diálogo entre el Amor y un Viejo（愛と老人の対話）で寓意的作品。すでに人生の荒波を乗り越えてきた老人に愛が庭園で誘惑をしようとするのへ叱責を加える。しかしついには誘惑の言葉にまけて再び愛の虜となる。すると愛は手のひらを返して老齢を嘲笑するのである。

（3）頭の文字を拾うと EL BACHILLER FERNANDO DE ROJAS ACABO LA COMEDIA DE CALYSTO Y MELYBEA Y FVE NASCIDO EN LA PVEBLA DE MONTALVAN「得業士ドン・フェルナンド・デ・ロハスがカリストとメリベアの芝居を書く。モンタルバンの生まれ」と読めて作者の名前と生国がわかる折り句、または沓冠体《くつかんむりかたい》の詩になっているが韻を踏んでの訳出は不可能。

（4）クレタ島の迷宮を作ったギリシャ神話の建築家。彫刻にも優れていた。

序文

（1）前六世紀のギリシャの哲学者。相対立する諸傾向のうちに調和を認め、そこに生成消滅を繰り返す世界の原理を求めた。
（2）イタリアの詩人（一三〇四－一三七四）。ペトラルカの著述からの引用句が多く、作者ロハスが多大の影響を受けているのが分かる。
（3）古代ギリシャの哲学者。前三八四－前三二二。『自然学』『動物誌』『ニコマコス倫理学』『詩学』など。
（4）二三－七九。ローマの百科全書学者。『博物誌　全37巻』
（5）この作品は、舞台で上演されるのではなく少人数を前に読み聞かせる形態を取っていることがわかる。
（6）古典の作者たちは劇の初めに全体の梗概を載せたが、各幕の前に粗筋をつけることはしなかった。これはテキストを読みやすくするために印刷業者がつけたもので、『ドン・キホーテ』にも見られるように他のジャンルにもそれがおよんでいる。

第一幕

（1）このあたりの台詞からカリストとメリベアの邂逅はこの場が初めてではないとする説がある。鷹を追って庭園へ入ったと梗概に述べてあるが、もともと梗概は印刷業者が読者の便宜を図ってつけ加えたもので作者の筆になるものではない。カリストが町中の庭園へ逃げ込むような場所で鷹狩りをするのは不自然である。また逃げた鷹を追ってよその庭園へ入り込み、深窓の令嬢メリベアがひとり散策のところをカリストが身近に捕らえて口説くのは時代からして許される行為ではない。名誉の問題から大騒動となるはずである。その後も逃げた鷹を探す気配もなければ、鷹を連れて戻るようすもない。ふたりともに鷹などにはひとことも触れていないことを思えば、ふたりの邂逅の場が庭園とするのは極めて不自然である。前後のカリストの宗教がかった台詞から見て場面は教会内部。カリストはメリベアに寄り添って耳元へ語っていると見るのが最も自然であると考えられる。少し後の台詞に「そばを離れて下さい、恥知らずな！」とメリベアがたしなめるのもその意味であろう。第一幕の匿名の作者は、ふたりの邂逅場面を梗概の言うようなメリベア邸の庭園に設定しているのではないのである。

（2）メリベアの父親。

（3）ティスベが泉のほとりへやって来ると牡獅子が水を飲みに現れたので近くの洞窟へ逃げた。獅子は獲物を食べたばかりの血塗られた口でティスベの落としていったマントを引き裂いて去った。遅れて来たピュラムスが血だらけのマントを見てティスベがてっきり獅子に食い殺されたと勘違いして自ら剣を抜いて自害した。戻ってきたティスベが恋人の死骸を見て悲嘆のあまり同じ剣で果てる。ふたりは父親から結婚を反対されていた。オウィディウス、『転身物語』巻四。

（4）異端審問所は、永遠の救いを放棄したこの台詞の削除を一六四〇年に命じている。

（5）この台詞も一六四〇年に異端審問所から削除を命じられている。

（6）（註：それで人はその父と母を離れて…。創世記　2.24.）

（7）ニムロデはノアの曾孫でバベルの塔を建設しようとして神の怒りに触れた。（創世記 11, 1-9.）アレクサンダー大王はマケドニアの王。ペルシャ、エジプト、バビロニアを征服し、伝説によれば海の底と天界を極めようとした。中世では共に神の力に挑んだ最も傲慢な人間の代表と見なされていた。

（8）ミノス王の妃パシフェと牛との間に怪物ミノタウロスを産んだ神話は夙に知られている。鍛冶・武器製造のウルカーノとミネルバの父は共にジュピターであるから近親相姦が成立する。別の原典にはミネルバが犬と交わったとするものもあるがそれに関わる事実はなく作者の過ちだと考えられている。
(9) ヘラ（ユーノ）、アテナ（ミネルバ）、アフロディテ（ビーナス）の三女神が美を競い、最終判断をトロヤ王の息子パリスに任せた。パリスはスパルタのヘレナの愛の獲得を交換条件にアフロディテを一位に選んだ。これがトロヤ戦争の原因となる。
(10) 血縁関係はなくとも年配の女性を「おっ母さん」、「おばさん」と呼ぶのは通常の使い方であるが娼婦に対しても使われ、以下に頻出する。
(11) 革鞣し場は水を大量に使うのと悪臭を放つのとで通常、郊外の河淵に置かれる。その周辺には自ずと社会の底辺の人びとが集まってきた。これは昔の住まいであって、パルメノはセレスティーナの現在の住所を知らないのが分かる。なお、私娼窟は十五世紀後半に厳しい規制を受け、市民の安全と風紀上の問題から郊外へ移された。
(12) 明らかに跣足会派の修道士へのあてつけ。
(13) 顔や額の傷は悪魔が弟子に爪でつけた物と見なされ、魔女の印と考えられた。なおこのあたりの植物や原料の羅列は今では現物も効能の確定もできなくなっているものが多数ありおおよその雰囲気を伝えるだけで正確な訳出は不可能に近い。
(14) エルサレムのソロモン神殿前にあった池。ここで生贄の羊を清めたのだが、ときどき天使が下って水を掻き混ぜる。そのすぐ後に最初に入った者は病や障害が癒えると言われた。
(15) マロンはウェルギリウスの苗字。
(16) パルメノの惚れているアレウサを取り持って味方に抱き込もうとしている。
(17) 箴言、29,1.

第二幕

（1）ガリシアの詩人。詩を捧げた婦人の夫に殺され、十五世紀には愛の殉教者の典型となっていた。
（2）逃げた鷹を追って庭園へ入り込む状況は第一幕ではまったく見られなかった。しかるにここにきてドン・フェルナンド・デ・ロハスがなぜ邂逅場面をメリベア邸の庭園にしたのか不明である。この場面の台詞を受けて印刷業者が、さかのぼって第一幕梗概での邂逅場面をメリベア邸の庭園に設定した可能性はあるだろう。

第三幕

（1）この梗概は本文と符合しない。実際にはセンプロニオはセレスティーナの家の近くで遭遇してから中へ入る。
（2）召使いの給金は毎年六月二四日、サン・ファンの日に清算されのでその前に暇乞いをすればただ働きとなる。
（3）女性が表に出るときは外套などで顔を隠すのが習慣であり、これに反するとふしだらと見なされた時代である。
（4）真夜中に輝く六連星・すばるを見て夜明けまでの時間を計り、金星・ビーナスが出ると別れを惜しむ。
（5）女衒など風紀紊乱の罪で身体に蜜を塗って羽根を貼り付けて晒し者にされる刑罰を暗示している。

第四幕

（1）『ドン・キホーテ』で懲らしめにサンチョ・パンサが被った毛布上げは、女衒などへの見せしめにも行われていた刑罰である。すでに中世からシーツにくるまれて空中に放りあげられる罰があったことは『コーパス・クリスティ祝祭劇』石井美樹子訳、篠崎書林、昭和五八年、一九四頁の註二十一を参照されたい。
（2）心臓病、肺炎、肋膜炎などの疑いがある。
（3）鶏の舌に腫れ物ができても元気に生きている。一病息災の譬え。
（4）ここには文意の流れにあきらかな矛盾がある。
（5）一角獣は乙女の呼ぶ声に柔順に膝を折り、スカートの上に微睡《まどろ》むところを狩られるままになったとの伝説がある。キリストの象徴とされた。
（6）嘴の下にある袋から雛鳥に食べ物を与える所から自分の胸を切り開いて内臓ではなく血を雛に飲ませて育てるイメージが出来た。やはりキリストの象徴とされた。
（7）このあたりの内容はエゼキエル書、18に見られる。
（8）第一幕ではリュートであったがここではビュエラとなっている。リュートのように胴が卵形ではなく平板であり、ギターの前身と言われている。スペインの一六世紀にはビュエラの方が盛んであった。
（9）テーベの王子アンフィオンは竪琴の調べに合わせて石を操り城壁を築いたといわれる。オルフェウスは竪琴の音で獣を静め河の流れをも止めた。

第五幕

（1）話のつれづれにセンプロニオが剣の先で地面に落書きをしていると思える。

第六幕

（1）カリストが十字をきっているのはセレスティーナの術策にはまるカリストを思って魔除けのためである。
（2）耳をふさぐ耳しいのまむしのようである。（詩編、58, 5.）
（3）アエネイス、I, 661. ビーナスが息子キューピッドにアエネイスの息子アスカニオに姿を変えさせ、エリアス・ディドの恋心を掻き立てる策略を立てる。
（4）ヨハネによる福音書、III, 20.
（5）敬虔な女性が飾り紐に結び目を作って聖金曜日にお祈りの回数の目安にする習慣があった。キリストの受難とカリストの情熱をかけてある。
（6）トロヤの城内へ木馬を引き入れたシノンのこと。（ウェルギリウス、『アエネイス』、II、40-80.）
（7）顎を包んで歯痛の治療をしているように見せる。
（8）ヘレナはスパルタの王メネラオスの妃。パリスに拐かされてトロヤ戦争のきっかけとなる。プリセーナはプリアモスとヘクバの娘。ギリシャのアキレスがその美貌に深く思いをかけ、祖国を裏切る結果となる。

第七幕

（1）十字路は悪魔と契約を結ぶ場と考えられていた。罪人の頭に炎や悪魔、あるいは罪状を現した絵を描いた三角帽子をかぶせて広場で晒し者にした。
（2）子宮が胃の当たりまで上がってくると考えられていた。その特効薬は男との交渉である。そのあたりを言外に含んだやり取りである。
（3）この病の特効薬は男との交渉であることを匂わせているのは先の通り。以降のやり取りはすべてそれを暗に踏まえている。

第八幕

（1）お腹の痛みがとれないのを口実に交渉を要求し後朝の別れを惜しんでひきとめようとしている。
（2）サン・ファンの祭日ごろに雇用の契約が新たに結ばれた。ひとたび契約が結ばれると翌年の契約日まで紛争はなかった。
（3）ディエゴ・デ・キニョーネスの『宮廷恋愛主題歌選』の第一連。十五世紀末に人口に膾炙していた。
（4）紀元前一二〇年頃のギリシャの詩人。
（5）夜間にシャコやその他の鳥を獲るのに突然に灯りを向けて鳥の目が眩んだところを捕らえる方法があった。
（6）ずっと裸足だった従者が靴屋に注文をだしたところ一日で靴が出来あがらないので仕事が遅いと腹を立てて殺してしまった。短気を諫めるたとえ話。
（7）二世紀のローマの作家アプレイウスの小説『黄金のロバ』への言及。魔法使いフォティスが調合した軟膏を身体に塗った主人公ルシオがロバに変わる。ただし語り手アプレイウスと登場人物フォティスとの混同が起こっている。カリストがセレスティーナの術中にはまることをほのめかしている。シトロンはレモン系の果実を砂糖漬けにしたものでビタミンが豊富で元気がでる。

第九幕

（1）教会へ寄るはずが直接セレスティーナの家へ行っているのは明らかに矛盾している。
（2）いずれも当時の化粧品の材料。他に食事中を憚る材料もある。
（3）意図的に矛盾する言葉の羅列である。
（4）外套すら着せずに放り出すので顔を隠すのに外スカートを被らなければならない。
（5）この場面が初めてではないが、訪問者ルクレシアが入るまでに随分と時間の経過がある。ひとりで朗読しているのでその不自然さをさほどに感じないのだろうと思われる。
（6）モンビエドはコルドバ、トロはサモーラ、マドリガルはアビラ、サン・マルティンはマドリッド県のサン・マルティン・デ・バルデイグレシアス。
（7）足場を組んだ上に鶏をいれた瓶を置き、それに石をあてて壊した者が鶏を獲得する田舎の遊び。石が乱れ飛ぶところから、若者が贈り物を次々と運び込むイメージにつながる。
（8）私生児の出産を秘かに取り上げたこと、また妊婦の嗜好の変化に応じるだけの食物があった。

第十幕

（1）目隠しに扉の内前に布を掛けてある。
（2）第一幕の邂逅から何日も経っていることになるが事実とやや矛盾する。

第十一幕

（1）牛のぬいぐるみにひとが入り、のんびりと首の鐘を鳴らしながら草を喰んでいる風情を装う。油断したシャコに近づいて網にかける猟法。

第十二幕

（1）別のところでは七十二歳。どちらが本当かは不明。

第十三幕

（1）お側に仕える召使い、とりわけ少年の場合は主人の寝床の足元に寝起きする習慣があった。トゥリスタンをトゥリスタニコと呼んでいることからもまだ少年であるのがわかる。

（2）この時代の公開処刑において斬首は貴族の処刑方法で召使い程度では絞首刑が普通である。判事のはからいであるのが十四幕でわかる。

第十四幕

（1）公娼は通常、赤い頭巾を着用していた。エリシアは喪服の黒頭巾を被っている。

第十五幕

（1）盗賊に死刑の判決が下ったとき結婚してくれる娼婦がいれば刑をまぬがれることができた。アレウサの機転でセントゥーリオの命を助けたことを匂わせている。

（2）裏稼業に娼婦とつながりを持っていたので中世にはパン屋の評判はよくなかった。娘のアレウサがその道に入っていたことがうかがえる。

（3）家賃は一年契約で支払うのが通例だが必ずしも先払いするものではなかった。

第十六幕

（1）たとえ親の選んだ別の男と結婚してもカリストとの関係は続けるつもりである。

第十七幕

（1）ユリシーズの妻。求婚者をしりぞけ二十年間ひたすら夫の帰りを待った。
（2）エリシアの客足が途絶え、夜明けに娼婦の家を回って音楽を鳴らし、窓から顔を出すのを待つ連中もいない。

第十八幕

（1）古代ローマの百人隊の隊長セントゥリオンをもじった名前を自慢している。

第二十一幕

（1）母親アリサが苦悶のあまり死んだとは述べられていないが、プレベリオの言葉からそれが推測される。
（2）これらの嘆きの意味が正確には把握されていない。船については当時の商人の常で海洋交易に従事していることの暗示とも考えられる。
（3）パリスはトロヤの王の次男、スパルタのメネラオス王の妻ヘレナを掠奪するところからトロヤ戦争が起こる。イペルメストラはダナオ王の娘。アイギストスはアガメムノンがトロイ戦争に出兵中にその妃クリュタイムネストラと通じる。
（4）サフォはギリシャの詩人。アリアドネはテセウスと恋に落ち、クレタ島の迷宮にいるミノタウロスの退治を助ける。レアンドロは毎夜ヘレスポントを泳ぎ渡って恋人ヘロのもとへ通った。

（5）サムソンは大力の秘密が髪の毛にあることを恋人デリラに打ち明ける。（士師記、十六）

（6）目の前の妻アリサを指している。

作者のむすび

（1）複数の人びとを前に朗読されたものであるのがわかる。

（2）太陽が双子座にかかるのは五月二十一日から。

訳者あとがき

本書は、『ドン・キホーテ』に先立つこと一〇〇年前のスペインの世界的古典文学の傑作といわれるフェルナンド・デ・ロハスの *La Celestina* (*La tragicomedia de Calisto y Melibea*) の全訳である。題名の『ラ・セレスティーナ』とは通称であって正式の名称は『カリストとメリベアの悲喜劇』、全二十一幕の芝居形式をとった物語である。作者はフェルナンド・デ・ロハス、一四九九年の作品であって、セレスティーナはそこに登場するひとりの極めて個性的な人物に過ぎず、正確には主役ではない。表向きは怪しげな媚薬、化粧品、布地や糸束などの小間物商いを生業《なりわい》にしている老婆であるが、その裏では男女の仲を取り持って報酬を得るのをもっぱらとしている。自称では魔術の心得もあり、若い頃はもっぱら売れっ子の娼婦であったが今では尾羽うち枯らして生計《たつき》の煙を立てるのもままならず、大好物のぶどう酒も控えねばならない暮らしぶりである。このように筆者のつけた正式な題名を凌駕して個性豊かな一介の登場人物が通称となった稀有な例であろう。

スペインの画家ゴヤはこの作品から強烈な印象を受け、老いた娼婦を『バルコニーのマハとセレスティーナ』の一枚に醜怪な老婆の姿として留めている。またピカソは「青の時代」の傑作として『ラ・セレスティーナ』を描いている。左眼のつぶれた不気味な老婆の姿は、昔の美貌を誇った娼婦を思わせて哀れを誘い、醜く奇怪でもある。

原作についてはいまだ解明されない不明な点が多いが、そのひとつは一四九九年に初版が出たときは十六幕であったものが、一五〇二年の版からは二十一幕に増加されたことである。なぜ五幕を追加しなければならなかったのか、その理由は諸説とも推測の域を出ていない。この時、あわせて「作者からある友人へ」の書簡と序文そして最後の「創作の意図に寄せて——作者のむすび」の詩も追加され、題名も「カリストとメリベアの喜劇」から「カリストとメリベアの悲喜劇」へと改められている。そのあたりの事情は序文に少し触れてある通りである。だが果たして幕の増加を書き足したのはロハス自身なのかそれとも別の人物によるものか判然としない。最後の「創作の意図に寄せて——作者のむすび」には校訂者アロンソ・デ・プロアサの名が明記してある。校訂者は印刷の第一歩として異本を照合してより正しい写本を提供する重要な仕事である。この当時は活字や句読点を調整して読みやすい本を完成させる校正の仕事も行っていたのだからそれなりの知識と教養を要求される。プロアサは実在の当代一流の校訂者であったらしく、詩をつけるぐらいの力量はあったと考えられている。なるほど作品の前後に詩をつけたのはプロアサであるらしいが、はたして幕数の増加を書き足したのは誰なのか。ロハス自身かあるいはこれもプロアサの筆になるのか判明していない。

もともと初版にはこの書簡がなく、『ラ・セレスティーナ』の作者がロハスであることも知られていなかった。それが判明したのは、冒頭の書簡に続く長い詩が「折り句」ないしは「沓冠体《くつかむりたい》」と成っており、そこに作者の名前が隠されていることをプロアサが指摘したからである。各詩行の頭の文字を拾って行くと"El bachiller Fernando de Rojas acabo la comedia de Calysto y Melybea y fue nascida de la Puebla de Montalbán"（得業士ドン・フェルナンド・デ・ロハスがカリストとメリベアの芝居を書く。モンタルバンの生まれ）と読める。今ではこれを疑う者はなく、作者はフェルナンド・デ・ロハスに間違いないと考えられている。ただし何者かが書いた第一幕を発見したロハスがその後を続けたのだと記しているが、これの真偽についてはまだ研究が及んでいない。『ドン・キホーテ』の原作者がモーロ人シデ・ハメーテ・ベネンヘリでセルバンテスがそれを翻案したように第一の作者と第二の作者がいるのか。または『ラ・セレスティーナ』のこれも作者を隠す韜晦《とうかい》手段であってロハスが全体を書いたのか。それとも第一幕を書いたのは実際に無名の別人であるのか、依然として謎のままである。ただ訳していて一幕と二幕以降では確かに文章の息が違うのが分かる。一幕はセネカやアリストテレスなどの古典からの引用がふんだんに折り込まれて文章が重厚で錯綜し流れが重い。二幕になるとそれが取れて軽くなり、ペトラルカやボッカチオからの引用が増えて対話もはずむのである。それを思えば一幕とそれ以降の書き手がやはり違うのではないかと感じられる。

この作品が芝居の形式をとっているについても諸説の分かれるところである。二十一幕もの芝居が現実に上演できるはずがない。読んで分かるとおり場面転換や場所の移動など映画なら出来るであろうが、芝居としてはあり得ない展開であるのは歴然としている。実際、スペインでは『ドン・キホーテ』について数多くの映画化やテレビドラマ化がなされているが、全体の舞台上演があったことは寡《か》聞《ぶん》にして耳にしないのもそのあかしであろう。作品の最後に「この悲喜劇を朗読するに際しての方法について」で触れてあるように、すべてを聞き手の想像にゆだねた読み聞かせの作品であったに違いない。演劇形式をとった小説とも言えるであろうが、すべてが対話形式で進行するので時間軸は現在だけとなり、場面はすべて今に絡んで展開する。過去はセレスティーナの思い出話として登場するばかりである。これも『ラ・セレスティーナ』のひとつの特徴となっているのだが、なぜ芝居の形式を撰んだのか詳《つまび》らかではない。

なにぶんにも一四九九年の作品であるから不明な点が多く残されている作品であるが、生涯にたったひとつ『ラ・セレスティーナ』だけを残してそれ以外にいっさいの文学活動をしなかった作者フェルナンド・デ・ロハスについても分からない部分が多い。トレド近郊の村モンタルバンに一四七三年から一四七六年頃に生まれたのであるらしい。その日常についての詳細は伝わっていないが。この人物の素性を巡ってのもっぱらの論点は改宗ユダヤ人（ユダヤ教からカトリックへ改宗したユダヤ人）であったか否かである。一四八八年の頃、十五か十六歳と思えるが、サラマンカ大学の法学部へ登録しており、ラテン語と修辞学の勉強を初めとしてアリストテレスとその解釈を通して論理学、自然科学と道徳を学んでいる。その片鱗が『ラ・セレスティーナ』にもうかがえるし、おそらくラテン語に優秀であったことが分かる。三〇代半ばには法学部修士の学位を得ていたらしく、その専門はローマ市民法であった。したがってフェルナンド・デ・ロハスがセレスティーナを書いた頃には、もはや新参者ではなく十分な経験を積んだ法学者であったと言える。『ラ・セレスティーナ』を書くのは「専門外」の営みで筆のすさびにすぎないと書簡で断っているのも、立派な法律専門家が文芸に手を染めるうしろめたさをそこはかとなく感じさせる。

一五〇〇年初頭にタラベラへ移り、そこでトレドの改宗ユダヤ人（ユダヤ教からカトリックへ改宗したユダヤ人）モンタルバン家のレオノールと結婚して間に七人の子供をもうけている。長男フランシスコはサラマンカ大学得業士となり、タラベラその他で法律家として大成し、その息子のフェルナンド、つまりロハスの孫も法学士としてバリャドリッドの王室裁判所の弁護士として成功している。数少ない書類に見る限り法律家としてのタラベラでの生活に問題はなかった。一五三八年にはタラベラの市長であったことからも、末席の貴族ながら身分ある郷士として住民から受け入れられていたのが分かるのである。ぶどう園、ミツバチ、水車、家屋、多数の借地を所有して穏やかな日常と豊かな暮らしを送っていたのがうかがえる。没年は一四五一年。死にさいして、遺体をタラベラの「聖母修道院教会」へ埋葬するよう頼んでいる。そして遺言通り、非の打ち所のない立派なカトリックとして埋葬されたのである。

改宗ユダヤ人の娘レオノールと結婚はしたがロハスとその家族は旧キリスト教徒として生きてきた。「キリスト教徒」として産まれ、「ユダヤ教や儀式の事は何も知らなかった」とする説が真実と思える。異端審問所で舅アルバロ・デ・モンタルバンの追及を受けたことはない。これらの事実から判断してもロハス自身が改宗ユダヤ人であったとは考えにくいのである。

第一幕劈頭《へきとう》でサラマンカの貴公子カリストが、逃げた鷹を追ってメリベア邸の庭園へ無断で入り込み、そこの令嬢メリベアと邂逅した場面設定についても異論がある。いくら貴族といえども街中で鷹狩りをするはずがなく、仮に鷹狩りの訓練を行っていたにせよ、鷹がよその庭園に逃げ込むような場所で行うはずもない。百歩譲ってもし実際に鷹が庭園へ逃げ込んだとしても、カリストひとりが警戒厳重な邸宅へ易々と忍び込めるものだろうか。後の場面でメリベアのもとへ忍んでいくときには召使い達に梯子をかつがせて行って塀を登っている。また運良く庭園に入れたとしても深窓の令嬢のメリベアが突然侵入してきた見知らぬ男の口説に耳を傾け、平然と対話を続けるとはあり得ない。むしろ人の気配に驚いていち早く屋内へ逃げ込むはずだし、ひとこと発すればたちまち警護のものたちがかけつけてカリストはつまみ出されるのが落ちであろう。プレベリオの召使いたちは荒くれ者ばかりで油断がならないと後に出てくるところから考えても、庭園で悠長にメリベアの美貌を褒め称えている場合ではないはずである。こうして見ると、カリストが「まさにふさわしいい場所でもったいなくも拝謁を賜り……」と口説いている場面はメリベア邸の庭園ではありえないと思われる。ここに言う「ふさわしい場所」とは前後の台詞から判断して教会の内部ではなかろうか。さらに言えばこれが庭園での対話なら「そばを離れて下さい」の台詞が不自然である。嫌であれば自分からその場を去れば済むことであることを思えば、メリベアはぴたりと寄り添って耳元に囁きかけるカリストをうるさがって「そばを離れて下さい」と言っていると考えられるのである。

ただ、第一幕の梗概に「鷹を追って庭園へ入ったカリストがメリベアと遭遇し」と記してあるが、実は梗概は作者ではなく印刷業者が読者の目を引いて売り上げを伸ばすために書くものであって作者フェルナンド・デ・ロハスの場面設定ではない。ところが後に第三幕で「逃げた鷹を追ったのがメリベア様の庭園へ入るきっかけでした」とパルメノが言う。ロハスはここでは第一幕の梗概をそのままとりいれてふたりの邂逅の場を庭園であったかのように言わせているのだがこれは明らかに前後と矛盾している。

セレスティーナが実際に魔女であったかどうかについても議論がなされてきた。メリベアがカリストに熱烈な恋心を抱く物語であるが、そこには仲介役セレスティーナの魔術が働いているからだと主張する研究者もいる。しかしメリベアがカリストへの恋に落ちるのはセレスティーナの魔術によるとの説に説得力はない。むしろカリストの一目惚れ、そしてメリベアもやはり好もしく思っていた。そのふたりの気持ちの自然な高まりが原因ではなかろうか。セレスティーナが魔術の力をかりてメリベアを籠絡してその気にさせたとするのはおとぎ話に過ぎまい。セレスティーナが部屋に所有するいうおどろおどろしい品物は、こけおどしに近いがらくたの類であって、蝮の油に浸した糸や昇汞水《しょうこうすい》は良家に入る込むための小道具である。糸に摩訶不思議の威力が宿るとするのはまやかしのデタラメであるのはパルメノの言葉にも明らかであろう。セレスティーナ自身からしてあくまで呪《まじな》い程度の効き目しか期待していないはずであって、冥界の王プルートの力によってメリベアが陥落したと考えているとは思えない。当時のスペイン民間には魔術を信じる者がいたのは確かである。しかし惚れ薬としてイモリの黒焼きを信じるのは自由だが現実にその効果を喧伝するのは愚かだと言える。イワシの頭も信心からで、たとえ真夜中にわら人形に五寸釘を打ち込んだとて人は殺せないのが真実である。メリベアがうぶな心を恋風に吹かれたとしてもそれは魔術の効力ではなく、若い男女の一途な情熱の赴くまま、偶然のいたずらにすぎないのである。ロハスが魔法を信じていたかどうか、セレスティーナが魔術を使えたどうかなどの議論は的はずれであって、作品の主眼は、セレスティーナがカリストの情欲をしずめるためにあらゆる手段を使い、それによってたっぷりと報酬をもらう経緯《いきさつ》に置かれているのである。そう考えればカリストがメリベアとの結婚を爪の先ほども考えていない理由が分かる。主人公カリストはサラマンカ随一の貴公子である。メリベアも指折りの富豪であってみれば婚姻の成立に何ほどの障害があるとも思えないのはプレベリオの両親が誇らしげに口にしていることからも分かる。しかるにカリストにメリベアとの結婚を匂わせる言葉はひとつもない。ただメリベアの愛が欲しいだけ。ただ情欲の赴くままに「狂える恋」に走って行く物語である。カリストは英雄でも何でもない普通の金持ちでただの色気づいた貴族の若者である。メリベアとて然り。恋に落ちて理性をうしなって軌道を踏み外したとて咎めるにはあたらないだろう。堰《せ》き止める術のないのが恋である。すべからく若者はその浅慮を軽挙妄動への戒めにするべしと作者ロハスも校訂者プロアサも繰り返し述べている。はたしてカリストとメリベアは何らかの罪を犯して戒めを受けたのであろうか。セレスティーナやセンプロニオなどの悪人の世界で金銭を巡って殺人事件が起こったのは分かる。しかしカリストとメリベアの純粋な恋はなぜ成就しないのか。そこには神の意志が働いて罰が下ったのか、それならばなにゆえに邪《よこしま》な恋であったのか、他に道はなかったのか、等々と様々に憶測あるいは議論が飛び交ってきたがいまだ納得させるだけの説がない。そのあたりにも思いを馳せながら読んで頂ければ幸いである。

翻訳には参考までに次の三種がある。

『魔女セレスティーナ』、大島正、発売所・白水社　昭和五〇年
『セレスティーナ――欲望の悲喜劇』、岡村一、中川書店、一九九〇年
『ラ・セレスティーナ』、杉浦勉、国書刊行会、一九九六年

アルファベータブックスの茂山和也氏にはお世話になりました。記して感謝申しあげます。

二〇一五年一〇月六日

訳者識

訳者略歴
岩根 圀和（いわね くにかず）
1945年、兵庫県生まれ。神戸市外国語大学修士課程修了
神奈川大学名誉教授

訳書 『新訳 ドン・キホーテ（前・後）』（彩流社）
『贋作 ドン・キホーテ（上下）』アベリャネーダ（ちくま文庫）
『落ちた王子さま』ミゲル・デリーベス （彩流社）
『糸杉の影は長い』ミゲル・デリーベス （彩流社）
『異端者』ミゲル・デリーベス （彩流社）
『マリオとの五時間』ミゲル・デリーベス（彩流社）
『赤い紙』ミゲル・デリーベス （彩流社）
『バロック演劇名作集』（国書刊行会）他

著書 『スペイン無敵艦隊』（彩流社）
『贋作 ドン・キホーテ』（中公新書）
『物語 スペインの歴史』（中公新書）
『物語 スペインの歴史 人物篇』（中公新書）

ラ・セレスティーナ
カリストとメリベアの悲喜劇

第1刷発行 2015年11月30日

著者●フェルナンド・デ・ロハス
訳者●岩根 圀和
発行人●佐藤 英豪
発行所●株式会社アルファベータブックス
〒102-0072 東京都千代田区飯田橋2-14-5 定谷ビル
電話 03-3239-1850 Fax 03-3239-1851 E-mail alpha-beta@ab-books.co.jp
装丁●佐々木 正見
印刷●モリモト印刷株式会社 製本●株式会社難波製本

ISBN 978-4-86598-006-6 C0097